DIETER BÜHRIG

Schattenmenagerie

DER FALSCHE ZAR Nikolaus Romanowsky fühlt sich als Erbfolger des Zaren Peter III. und plant, sich zum Herrscher eines neuen, geeinten Zarenreichs emporzuschwingen. Als Pächters der Fasaneninsel, die im Eutiner See nahe des Schlosses liegt, spinnt er seine Intrigen und beseitigt alle, die ihm im Wege stehen. Inspektor Kroll, der den Fall übernimmt, kommt mit seinen Ermittlungen nicht so recht voran. Doch er erhält unerwartete Hilfe von der blinden Pianistin Viviana. Die sensible Musikerin kann durch ihr außergewöhnliches Spiel Musikklänge zum Leben erwecken. Ihr erscheint plötzlich das vor Augen, was sie mit ihrer Musik ausdrückt. Fantasie und Realität mischen sich. Inspiriert durch die Musik von Carl Maria von Weber hilft sie dem Inspektor in ihren musikalischen Visionen bei der Entschleierung der Hintergründe und Motive der Verbrechen …

Dr. Dieter Bührig wurde in Hannover geboren. Der Musikpädagoge, aus dessen Feder zahlreiche Veröffentlichungen von Chor- und Bandarrangements stammen, lebt in Lübeck. 2010 gab er mit dem Krimi »Schattengold« sein Debüt als Romanautor.

Bisherige Veröffentlichungen im Gmeiner-Verlag:
Der Klang der Erde (2011)
Schattengold (2010)

DIETER BÜHRIG

Schatten-menagerie

Ein musikalischer Kriminalroman nach Motiven von Carl Maria von Weber und Modest Mussorgskij

GMEINER *Original*

Alle Personen und die Handlung des Romans sind frei erfunden.
Jede Ähnlichkeit mit lebenden oder verstorbenen Personen
wäre rein zufällig.
Um unerwünschte Assoziationen zu vermeiden,
wurden die Namen einiger Institutionen, Dienstbezeichnungen
und politischer Funktionen leicht verändert.

Besuchen Sie uns im Internet:
www.gmeiner-verlag.de

Im Ehnried 5, 88605 Meßkirch
Telefon 07575/2095-0
info@gmeiner-verlag.de

1. Auflage 2012

Lektorat: Claudia Senghaas, Kirchardt
Herstellung: Julia Franze
Umschlaggestaltung: U.O.R.G. Lutz Eberle, Stuttgart
unter Verwendung eines Fotos von: © Jascha400d / sxc.hu
Druck: Bercker Graphischer Betrieb GmbH & Co. KG, Kevelaer
Printed in Germany
ISBN 978-3-8392-1241-7

Dieses Buch widme ich der jungen blinden Pianistin Anja Braun, deren Musik mir ein lieber Begleiter beim Schreiben war.

Dieter Bührig

KAPITEL 1: AUF DEM GIPFEL

»Verdammtes Schuhwerk! Ewig gehen diese blöden Schnürsenkel auf. Und jetzt auch noch Blasen an den Fersen. Vielleicht sollte ich mir mal ein Paar richtige Wanderschuhe leisten.«

Inspektor Michael Kroll zog sich vorsichtig seine alten Turnschuhe aus und warf sie laut fluchend gegen den nächstbesten Felsen. Dann folgten die durchweichten Socken. Gott sei Dank hatte er sich vor der Wanderung noch eine Tube Wundcreme eingesteckt, die jetzt rettende Dienste tat. Dann zog er sich Socken und Schuhe wieder an und setzte seinen Weg zum nahen Ziel fort.

Der Kriminalbeamte hatte sich den Urlaub redlich verdient. Jedenfalls war er selbst davon zutiefst überzeugt. Ob das seine Vorgesetzten und die Ganoven der Lübecker Unterwelt auch so sahen, kümmerte ihn momentan nicht.

Er hatte in diesen Osterferien seine Nichte Micha mitgenommen, damit deren Eltern auch mal etwas Ruhe vergönnt war. Die Siebtklässlerin interessierte sich jedoch nicht für seine Wanderungen. Sie lag lieber krimilesend auf dem Liegestuhl am Swimmingpool oder strolchte durch die Boutiquen im nahegelegenen Peguera. Kroll war kein Freund dieser Orte, also gingen beide arbeitsteilig vor. Er Natur, sie Kultur. Seine Aufsichtspflicht übte er dann per Handy aus. Abends trafen sie sich wieder und erzählten sich auf der Terrasse im matt glühenden Licht des Sonnenuntergangs die Erlebnisse des Tages.

Die kleine Wanderung auf den Gipfelfelsen hatte er schon öfter unternommen. Er liebte diese abgelegene und waldreiche Gegend, in die sich nur selten Touristen verirrten, obwohl die Route in einigen Wanderbüchern beschrieben wird. Von Andratx aus führte eine enge Passstraße über Capdella hoch zu dem kleinen, an steilen Felsen klebenden Dorf Galilea. Unterhalb des Ortes ging es noch einen Kilometer weiter in Richtung Puigpuyent, wo man in einer schmalen Kurve vor einem abgezäunten Wirtschaftsweg parken konnte.

Merkwürdig. Heute stand dort bereits ein anderer Mietwagen. Und gerade noch konnte Kroll beobachten, wie ein weiteres Fahrzeug den engen Parkplatz verließ und in Richtung Nordosten verschwand. Ein gelber Ford Focus mit einem Aufkleber von einem Autoverleiher. Mit seinem kriminalistischen siebten Sinn merkte sich der Inspektor das Kennzeichen und die Uhrzeit. Er fand diese Anhäufung von Mietwagen ungewöhnlich. So viele Wanderer an einem Wochentag im April, also nicht gerade zur Hochsaison?

»Nun gut, vielleicht treffen wir uns ja. Offenbar handelt es sich um Gleichgesinnte. Da ergibt sich bestimmt die Gelegenheit zu einem Schwätzchen.«

Die Route war hier so eindeutig, dass man eigentlich nicht aneinander vorbeigehen konnte. Der letzte

Teil der Wanderung erwies sich als etwas anstrengend. Kroll musste einen unwirtlichen, steilen und nur spärlich markierten Pfad über Geröll und Felsen hinaufklettern. Wenn man nicht aufpasste, konnte man leicht abrutschen. Dennoch gelangte er zum Gipfel, ohne jemandem zu begegnen. Aber mit seiner ausgeprägten Kriminalistennase spürte er, dass er hier nicht der Einzige war.

Oben angelangt, streifte er sich den Rucksack von den Schultern und machte es sich auf einem breiten Felsvorsprung gemütlich. Wieder entledigte er sich seiner Schuhe, denn seine Füße schmerzten noch. Dann öffnete er seinen Rucksack. Wie immer hatte er selbst geschmierte Stullen sowie zwei Plastikflaschen dabei, eine mit Mineralwasser und eine, die er in seinem apartamento in Camp de Mar mit vino tinto gefüllt hatte. Natürlich durfte auch nicht die kleine Isomatte fehlen, schließlich bekommt man es als Ü 50 schnell im Rücken, wenn man längere Zeit auf einem kalten Stein sitzt. Auch ein Weinglas zauberte er aus dem Rucksack. Genüsslich mischte er sich eine Weinschorle und biss in seine Stulle.

»Wird Zeit, dass die Spanier lernen, vernünftiges Brot herzustellen!«, murmelte er leise vor sich hin. Die ›Stulle‹ war nichts weiter als die übliche längliche barra de pan, ein brötchenartiges Weißbrot, das ihn eher an ein überdimensionales Kaugummi als an ein Brot erinnerte. Trotzdem fühlte er sich hier oben vollends glücklich. Denn eigentlich gehörte für ihn dieses fade spanische Brot zum Urlaub dazu. Hinten am Horizont erahnte er die Umrisse der Insel Sa Dragonera, deren Erkundung er sich für die morgige Wanderung vorgenommen hatte. Er entdeckte sogar ein Segelboot, das sich langsam an der Insel vorbeischob.

»Der wird sich beeilen müssen, wenn er heute noch Port de Sóller erreichen will.« Das ist nach Port d'Andratx über eine lange Strecke entlang der felsigen Nordküste hinweg die erste Möglichkeit, um sicher die Nacht in einem geschützten Hafen zu verbringen. Friede und Geborgenheit, das war es, was auch er hier im fernen Mallorca suchte. Zu Hause in Lübeck erwarteten ihn nur Mord und Totschlag und all die Schattenseiten der menschlichen Seele.

Jetzt ließ er sich und sein lichtes Haupthaar von der mallorquinischen Frühjahrssonne verwöhnen. Der Osterhimmel zeigte sich hier oben von der besten Seite. Kroll wusste nicht, was er mehr bewundern sollte: das cremeblaue, wolkenlose und unendliche Himmelszelt oder das türkisblaue, grenzenlose und glitzernde Meer, das sich von seinem Standpunkt aus fast über den gesamten Norden, den Westen und den Süden ausbreitete.

Eigentlich könnte ich mich für einen Posten bei der hiesigen Kriminalpolizei bewerben, träumte er. Eine passende kleine Finca würde er schon finden. Sie musste ja nicht unbedingt am Meer liegen. Für so etwas würde sein bescheidenes Gehalt sicherlich nicht ausreichen. Er liebte das romantische Landesinnere der Insel sowieso viel mehr als die touristisch überlaufenen Küstenstriche.

Außerdem schwärmte er für die mallorquinische Küche. Aus diesem Grunde mietete er sich schon seit Jahren statt in einem All-inclusive-Hotel lieber in einem kleinen Aparthotel in der Bucht von Camp de Mar ein. Hier gab es außer einem paradiesischen Ausblick auf die romantische Felsenbucht eine praktische Küchennische, welche ihm alles bot, um sich eine seiner heiß geliebten Tapas zu brutzeln. Die Lebensmittel holte er sich gern in den beschaulichen tiendas der nahe gelegenen Ortschaften Andratx oder Calvià. Dank seiner guten Spanischkenntnisse pflegte er gern gesellige Kontakte zu den Einheimischen. Wobei er sich jedes Mal höflich entschuldigte, nicht des Mallorquí kundig zu sein. Nun saß er oben auf dem Gipfel des Bauçà und nahm sich vor, im nächsten Urlaub einen Grundkurs in der Inselsprache zu belegen.

»Hm, heute Abend werde ich mir eine Handvoll gambas anschmoren, mit viel ajo, dazu milde grüne pimientos. Und eine Flasche vino tinto aus Benissalem.« Die Vorfreude ließ ihn seine Fußschmerzen vergessen. Das Picknick auf dem Gipfel des Bauçà wollte Kroll genüsslich mit einer Zigarette abschließen. Er kramte in seinem Rucksack, fand aber nur ein altes Feuerzeug. Da erinnerte er sich, dass er die Packung, die er heute Morgen an der Tankstelle von Andratx gekauft hatte, in seine hintere Hosentasche gesteckt hatte. Und nun saß er darauf! Enttäuscht schaute er auf die zerquetschte Schachtel und brachte etwas ans Tageslicht, das ihn stark an die Überreste der Tempotücher erinnerte, die er zu Hause für gewöhnlich in seiner Jeans vergaß, bevor diese sich der unerbittlichen Gewalt der Waschmaschine unterwarf. Vorsichtig strich er den ›krummen Hund‹ gerade und ließ sein Feuerzeug spielen. Es gab nur ein paar müde Funken von sich.

»Verdammtes Ding!«, fluchte er, diesmal weithin hörbar. Aber das half nichts. Jetzt blieb ihm nichts anderes übrig, als sich ein paar Krümel in den Mund zu stecken und den Tabak kauend zu genießen.

»Na ja, Rauchen ist hier ja sowieso wegen der Waldbrandgefahr verboten«, tröstete er sich.

Sein lauter Ruf erinnerte ihn daran, dass hier noch irgendwo jemand in der Nähe sein musste. Er packte seine Sachen zusammen, schulterte den Rucksack und vergewisserte sich, dass er keine Abfälle hinterlassen hatte. Plötzlich bemerkte er hinter einem Busch einen Hut.

»Hm. – Lodenhut. – Was für Jäger. Gute Qualität. Gepflegt und sauber. – Richtig. Hier, das Abzeichen am Hutband: DJV – 50. Deutscher Jagdschutzverband. Fünfzigjähriges Jubiläum. Muss ein älterer Herr sein. Vielleicht der unbekannte Wanderer, der hier oben Rast gemacht hat. – Aber ein erfahrener Jäger lässt doch nicht seinen Hut unbemerkt zurück. Und dazu noch so ein gutes Stück. – Merkwürdig.«

Mit einem grübelnden Seufzer legte er die Kopfbedeckung deutlich sichtbar auf einen Stein.

»Vielleicht kommt er ja wieder. So wird er seinen Hut finden.«

Dann machte sich Kroll an den Abstieg. Diesmal wollte er den weiter nördlich gelegenen Pfad versuchen, der in den Wanderführern verschwiegen wird, weil er wesentlich unbequemer zu begehen ist.

Auf halbem Wege stutzte er. Was steckte da unten zwischen den Felsen? Haben da wieder Touristen ihre Abfälle hingeworfen? Kroll kletterte vorsichtig in die Felsmulde. Dort lag ein wie ein Jäger gekleideter Mensch regungslos mit blutendem Kopf zwischen dem Geröll. Dessen Rucksack entdeckte Kroll mehrere Meter weiter den Geröllhang abwärts.

Er holte das Handy aus seinem Rucksack. Um die teuren Fernrufe zu umgehen, hatte er es sich angewöhnt, bei seinen Spanienreisen eine spanische Prepaidkarte in sein Handy einzulegen. Die Notrufnummer kannte er auswendig. Sofort war er mit der spanischen Polizei verbunden. Jetzt erwies es sich als Vorteil, dass er so gut Spanisch konnte. Er erklärte dem Beamten kurz den Sachverhalt. Man versprach ihm, einen Hubschrauber zur Bergung des Verunglückten zu schicken. Er selbst solle vor Ort bleiben, um die Rettungsmannschaft einzuweisen.

Vorsichtig näherte er sich der Person. Kroll hatte schon zu oft Tote gesehen, um zu wissen, dass hier Erste Hilfe fehl am Platze war. Einen kurzen Moment reizte es ihn, die Taschen des Mannes zu durchsuchen. Aber als Profi wusste er, dass er das den Leuten von der Spurensicherung überlassen sollte. So konnte er nichts anderes tun, als auf den Hubschrauber zu warten. Er nahm den Rucksack ab und setzte sich auf einen Felsbrocken.

Stille herrschte, eine beklemmende Stille. Selbst die Natur war verstummt. Kroll wagte es nicht, sich zu bewegen, um die Ruhe des Toten nicht zu stören. Er betrachtete beiläufig seinen vor ihm abgelegten Rucksack. Am liebsten hätte er jetzt einen unverdünnten Schluck Rotwein zu sich genommen. Aber das empfand er als pietätlos.

Plötzlich schoss ihm ein bohrender Gedanke durch den Kopf: Wieso liegt sein Rucksack so weit weg? Wieso hat er ihn nicht umgeschnallt? Man wandert nicht mit dem Rucksack in der Hand durch eine so bergige Gegend! – Meinen Rucksack nehme ich doch nur ab, wenn ich Rast mache. – Wenn der Mann unglücklich gestürzt wäre, hätte er ihn doch bestimmt noch auf dem Rücken. – Und dann der Hut oben auf dem Gipfel. Wahrscheinlich gehört der zu dem Verunglückten. Aber man stolpert doch nicht, und der Hut fällt nach oben! Höchst merkwürdig, das alles.

Unfall oder Mord? Der Instinkt des Kriminalisten war in Kroll erwacht. Wieder hatte ihn sein Beruf eingeholt. Von Urlaub konnte nun keine Rede mehr sein. Er fischte sein Handy erneut aus dem Rucksack und ließ sich mit der Mordkommission in Palma verbinden. Dort wies er sich als Kollege aus und erläuterte seinen Verdacht. Auch vergaß er nicht, den gelben Mietwagen zu erwähnen, der bei seiner Ankunft vom Parkplatz fortgefahren war. Vielleicht ergab sich da eine Spur, die man weiterverfolgen konnte.

Die örtliche Spurensicherung wurde sofort auf den Weg geschickt. Zunächst musste dafür gesorgt werden, dass die Rettungsmannschaft des Hubschraubers keine Spuren verwischte und das einsame Auto auf dem Parkplatz am Eingang der Route sichergestellt wurde. Außerdem bot der spanische Kollege den Einsatz einer Spürhundestaffel an, die sich bei der Spurensuche in wildem Terrain bewährt hatte. Kroll sollte den telefonischen Kontakt auf jeden Fall aufrechterhalten.

Gut, dass ich jetzt meine spanische Prepaidkarte habe, dachte er. Das wären teure Gespräche geworden. Er machte es sich auf einem umgefallenen Baumstamm bequem und genoss ein letztes Mal die herrliche Ruhe der Natur.

Nach etwa 20 Minuten näherte sich unter ohrenbetäubendem Lärm der Helikopter. Er konnte nur auf einem niedriger gelegenen Felsplateau landen. Dort wartete dann die Mannschaft, bis die Leute der Spurensicherung und der Mordkommission mit ihren nicht besonders weniger lauten Landrovers eintrafen und die ganze Gegend mit einer dichten Staubwolke bedeckten. Der Zauber der Insel war für Kroll nun endgültig gebrochen. Ihm kam es so vor, als hätte seine Trauminsel ihre Jungfräulichkeit verloren.

Comisario Alejandro Ruiz-Valdés machte sich mit einem Assistenten allein auf den Weg zum Fundort der Leiche, wo Kroll wartete. Die beiden Profis waren sich auf Anhieb sympathisch. Kroll gefielen die wachen, aber dennoch verträumt wirkenden Augen des Comisario. Im Gegensatz zu vielen seiner Landsleute redete er nur wenig und verzichtete weitgehend auf das für die Spanier typische Gestikulieren. Alejandro hingegen musste innerlich schmunzeln, als er den Deutschen mit seiner verbeulten Jeans und den klobigen Turnschuhen musterte.

»Ihre Schnürsenkel haben sich gelöst, mein Lieber. Wenn man drauftritt, kann man leicht ins Stolpern kommen, und eine Leiche genügt uns vorläufig.«

Kroll schämte sich ein wenig wegen seiner Nachlässigkeit. »Oh, diese verflixten Schuhe! Wirklich keine gute Qualität, diese Schnürsenkel. Immer rebellisch!«

Der Spanier lachte herzhaft und klopfte seinem Kollegen auf die Schulter. »Wenn das Ihr einziges Problem ist, würde ich gern mit Ihnen tauschen. – Gut, dass ich hier gleich auf einen Profi gestoßen bin. Die normalen Touristen hätten uns alle Spuren verdorben.«

Kroll freute sich heimlich über das Lob.

Dann näherten sich beide vorsichtig der Leiche und musterten sie von allen Seiten. Der Hinterkopf wies eine schwach blutende, offene Wunde auf. Merkwürdigerweise konnte man am restlichen Körper, außer einigen Fallspuren, auf den ersten Blick keine größeren Verletzungen erkennen.

Der Mann war – für einen Wanderer in dieser Gegend etwas ungewöhnlich – mit einer teuren Jägerbekleidung ausgestattet. Die grüne Kniebundhose aus Baumwolle passte stilgetreu zur farbgleichen Lodenjacke aus Schurwolle. Die Füße steckten in schweren Nubuklederschuhen. Der Jagdrucksack aus natogrünem Segelleinen lag geschlossen einen Steinwurf weiter entfernt. Alles wies, abgesehen von Schleifspuren, nur wenig Abnutzung auf.

»Hm«, brummte Kroll vor sich hin. »Eigentlich keine typische Kleidung für einen Wandervogel auf Mallorca! Entweder ein spleeniger deutscher Tourist oder ein pensionierter Jäger aus dem Landadel, den es hierher verschlagen hat.«

»Ein Einheimischer ist es sicher nicht«, meinte der Comisario. »Unsere Jäger sehen anders aus. Außerdem fehlen jegliche Jagdutensilien. – Aber das mit dem Rucksack ist, wie Sie bereits am Telefon bemerkten, in der Tat auffällig. Außerdem kann ich auf den ersten Blick keine Blutspuren an den Felsen entdecken. Wenn der Mann wirklich unglücklich gestürzt wäre, hätte das bestimmt Abdrücke hinterlassen.«

»Ja, und außerdem gefällt mir nicht, dass sein Hut fehlt. Oben auf dem Gipfel liegt einer, der zu dem Toten passt. Der Mann wird doch nicht von dort hinuntergefallen sein. – Ich denke, man sollte das

Gebiet weitläufig absperren und auf weitere Spuren hin durchkämmen.«

»Genau. Das hatte ich auch vor.« Der Comisario rief seinen Assistenten und befahl ihm, Wache zu halten. Dann machten sich die beiden Profis auf den Weg zu den anderen, die unten auf dem Felsplateau warteten. Dort wurde ein kurzer Kriegsrat abgehalten, und nach kurzer Zeit wusste jeder, was er zu tun hatte. Dann wandte sich Alejandro an seinen deutschen Kollegen:

»Kommen Sie mit auf ein Tässchen Kaffee nach Galilea, bei María in der Bar Parroquial. Dort können wir uns stärken und den weiteren Gang der Dinge besprechen. Hier stehen wir sowieso nur im Weg. Und außerdem, wissen Sie, arbeiten meine Leute viel besser, wenn ich nicht dabei bin. Mein Assistent wird mir dann Bericht erstatten.«

»Wenn das mit meinem Assistenten Hopfinger auch so gut klappen würde …«, träumte Kroll vor sich hin.

Oben auf der Terrasse der Bar kamen in ihm wieder Urlaubsgefühle hoch. Sie saßen in der Sonne auf dem schönen alten Kirchplatz. Dem Tässchen Kaffee folgte schnell ein Tunel hierbas con hielo. Dazu gab es ein paar kleine Tapas. Kroll nahm sein Glas, schüttelte die Eiswürfel vorsichtig, sodass sie in der Flüssigkeit kreisten, und nippte ein wenig am süßlichen Kräuterlikör.

»Schön haben Sie es hier. Ich würde gern mit Ihnen tauschen. Sonne, Strand, herrliche Berge. Und die meisten Touristen hocken ohnehin den ganzen Tag in ihren All-inclusive-Ghettos. Da bleibt für Sie doch höchstens mal ein kleiner Ladendiebstahl.«

»Na ja, da zu arbeiten, wo andere Leute Urlaub machen, ist in unserem Beruf auch nicht gerade das Gelbe vom Ei. Und im Übrigen macht das Kapitalverbrechen auch vor unserer Insel nicht halt. Wenn Sie wüssten, was wir mit Drogenbanden und Mafiastrukturen zu schaffen haben!«

»Ach, vergessen wir für heute unsere Klientel. Trinken wir noch einen Hierbas. Das wird wohl die letzte Stunde meines Urlaubs sein. Ich werde das Gefühl nicht los, dass der Tote ein Deutscher ist und dass man mich zu Hause braucht, zumindest, um rasche Amtshilfe zu leisten.

So wie es aussieht, muss ich ihn frühzeitig abbrechen. Sie kennen ja uns Deutsche: Schnaps ist Schnaps – Dienst ist Dienst. Jetzt habe ich erst einmal die traurige Aufgabe, meiner Nichte mitzuteilen, dass wir unseren Urlaub abbrechen müssen. Die wird ganz schön sauer sein. Ich fürchte, ich werd ihr ein besonderes Trostpflaster schenken müssen. Sie ist jetzt in einem Alter, in dem Mädels von einem modernen Handy träumen. – Schade um den Urlaub. Aber hilft nichts. Wie gesagt: Dienst ist Dienst.«

*

Am übernächsten Tag fuhr Kroll nach Palma in das Büro des Comisario. Der präsentierte ihm die

Ergebnisse der Spurensicherung und den Obduktionsbericht. Bei dem Toten handelte es sich laut Personalausweis um einen deutschen Staatsbürger, einen gewissen Ferdinand Graf zu Stolberg, wohnhaft in Eutin/Ostholstein. In seiner Brieftasche schien nichts zu fehlen: Ausweise, Scheckkarten, ein Adressbüchlein und eine beträchtliche Summe an Bargeld. Raubmord konnte weitgehend ausgeschlossen werden.

Der Tod erfolgte durch einen heftigen Steinaufschlag am Hinterkopf. Den Zeitpunkt konnten die Spezialisten aufgrund der Gehirnuntersuchungen mit einer Ungenauigkeit von etwa einer Stunde ziemlich genau angeben. Es musste geschehen sein, kurz bevor Kroll seine Bergwanderung antrat. In unmittelbarer Nähe des Fundorts fand man keinen Felsen, der als Stoßkante infrage gekommen wäre. Wohl aber entdeckten die Spürhunde auf dem Gipfelplateau des Bauçà einen blutbefleckten Brocken, an dem Haare des Toten nachgewiesen wurden. Ein unglücklicher Sturz von dort oben hätte schon zu einer tödlichen Verletzung geführt. Es war aber auch möglich, dass der Felsbrocken dem Opfer mit höchster Kraft auf den Hinterkopf geschlagen wurde. Den Schleifspuren zufolge musste jemand, falls diese Hypothese stimmte, dann den leblosen Körper den Abhang hinuntergerollt und den Rucksack hinterhergeschickt haben. Der Jägerhut wurde offenbar achtlos hinter das Gebüsch geworfen. Fingerabdrücke oder sonstige Spuren gab es nicht.

»Tja, lieber Kollege, für mich riecht das nach einem Kapitalverbrechen, obwohl alle klassischen Indizien für einen Raubüberfall fehlen. – Und Sie wären beinahe Zeuge geworden!«

Der Comisario klopfte Kroll väterlich auf die Schulter. Der sah seine Urlaubspläne endgültig davonschwimmen. Er kramte seine zerbeulte Zigarettenschachtel aus der Hose. Als sein Kollege die ›krummen Hunde‹ sah, bot er ihm aus Mitleid eine seiner eigenen an und ließ ein Tischfeuerzeug aufschnappen:

»Mein Gott, wo haben Sie die denn her? Ist das Schmugglerware aus einem Lkw-Reifen oder haben die auch einen Sturz vom Felsengipfel mitgemacht?«

Kroll achtete nicht auf den spöttischen Unterton. Er war dankbar, endlich wieder einmal eine richtige Zigarette, mit einem richtigen Feuerzeug angezündet, zu rauchen.

»In seinem Rucksack fanden wir zwei Ansichtskarten. Der Tote war wohl nicht mehr dazu gekommen, sie abzuschicken, obwohl bereits Briefmarken darauf klebten. Eine an eine gewisse Barbara von Bülow in Eutin-Uklei. Auf den ersten Blick belanglose Urlaubsgrüße. Aber da stand noch ein Nachsatz, den wir im Auge behalten sollten: ›Habe was Ideales für unser Projekt gefunden.‹ Die andere an einen gewissen Friedrich Georg Herzog von Altenburg auf Gut Altenburg. Nur mit der Bemerkung: ›Alles klar. Es kann losgehen.‹ – Ich weiß nicht, was der Graf damit meinte, aber die deutschen Kollegen sollten sich dahinterklemmen.

Übrigens hat uns Ihr Hinweis auf den gelben Mietwagen weitergeholfen. Er war auf einen gefälschten Namen gebucht, aber nach Recherchen in der Mietwagenzentrale und in Abgleich mit den Listen der Flugzeugpassagiere konnten wir den Burschen eindeutig zuordnen. Es handelt sich um einen in einschlägigen Kreisen wohlbekannten Auftragskiller einer russischen Mafiabande, wohnhaft in Hamburg, den Interpol schon lange im Visier hat, dem man aber bislang nichts nachweisen konnte. – Nun, das hat sich jetzt dank Ihrer Beobachtungsgabe geändert. Auf den Mann ist ein internationaler Fahndungsbefehl rausgegangen. – Pech für den Kerl, dass er ausgerechnet in der abgelegensten Gegend unserer Insel einem deutschen Kriminalbullen über den Weg laufen musste! – Bueno, wir hätten zwar einen Täter, aber weder ein Motiv und erst recht keinen Auftraggeber. Der wird ja allem Anschein nach in Deutschland zu suchen sein.«

Je länger der Comisario redete, umso mehr sackte Kroll in sich zusammen. Er spürte Unheil auf sich zukommen.

»Eutin – wo liegt das? Kennen Sie den Ort?«, fragte der Comisario.

»Nun ja«, druckste der Deutsche, »Sie werden es nicht glauben, aber das liegt in der Nähe meiner Heimatstadt Lübeck und gehört in meinen Zuständigkeitsbereich. Wenn sich der Fall als Mord herausstellen sollte, muss ich wohl oder übel Ihre Arbeit weiterführen.«

»Na prima, dann kann ich ja mal eine Dienstreise ins schöne Deutschland antreten. Vorher muss aber der örtliche Untersuchungsrichter entscheiden, ob die Unfalltheorie zugunsten einer Mordtheorie aufgegeben wird.«

Wenige Tage später war es offiziell: Die spanischen Behörden ersuchten die deutschen, namentlich die Regionale Kriminalbehörde Lübeck, um Amtshilfe.

Also doch: Anfangsverdacht auf Mord.

KAPITEL 2: MICHAS E-DIARY – 1. TEIL

Eins – zwei – … eins – zwei … Hallo! – Mist, warum nimmt das verdammte Ding nicht auf? – Eins – zwei – drei … Aha, jetzt schlägt die Anzeige aus. Da muss man wohl erst bis drei zählen, damit es anspringt. Steht aber nicht in der Gebrauchsanweisung!

Egal. Jetzt geht's los. – Also. Hier spricht Micha. Eigentlich Michaela, aber alle rufen mich nur Micha. Und mein neues Walkman-Handy nenne ich Ela. Denn es soll meine – wie sagt doch Papa immer zu Mama? – meine bessere Hälfte sein. Heute ist mein 14. Geburtstag, und jetzt, wo ich groß geworden bin, kann ich schließlich nicht mehr in ein Poesiealbum schreiben.

Das ist kindisch. Außerdem hasse ich das Schreiben. Wegen meiner pummeligen kleinen Finger. So wie die von Onkel Michel. Nur die sind nicht nur dick, sondern auch noch lang und knorrig. Das kommt wohl davon, dass er immer seine Leichen anfassen muss.

Wahrscheinlich habe ich sie von ihm geerbt. Aber er ist ein Mann. Da darf man mal hässlich aussehen. Ich bin schließlich eine Frau. Und da ist das schlecht. Abends ziehe ich mir heimlich die Finger lang. Ein bisschen hat's schon geholfen. Aber so schön wie bei meiner besten Freundin Ricki sind sie nicht. Wie ich die beneide!

Dafür hat sie noch kein so geiles Handy, mit dem man nicht nur Fotos schießen oder Musik hören, sondern auch stundenlang Sprache aufnehmen kann. Dann werde ich das alles zu Hause auf meinem Notebook mit einem Spracherkennungsprogramm umwandeln und es zusammen mit den Fotos als E-Book ausbauen. Also gewissermaßen ein E-Diary.

Onkel Michel hat es mir zum Geburtstag geschenkt. Eigentlich wollte er mich und meine Freundinnen zu einer Schnitzeljagd im Eutiner Schlosspark einladen. Aber dann habe ich ihm klargemacht, dass das ja wohl nur was für kleine Kinder ist. Jetzt, wo ich erwachsen bin, wollte ich ihn lieber auf seiner Verbrecherjagd begleiten. Schließlich war ich doch dabei, als das auf Mallorca passierte. Und so sind wir beide gerade auf dem Weg von Lübeck nach Eutin, wo er in diesem Fall ermitteln muss.

Onkel Michel heißt eigentlich Michael und ist ein hohes Tier in der Lübecker Kripo. Auch wenn er viel zu alt für mich ist – er ist mit seinen 50 Jahren schließlich schon fast am Ende seines Lebens –, so mag ich ihn sehr. Ich mag ihn, weil er immer mit offenen Schnürsenkeln rumläuft und das nicht mal merkt. Und weil er nicht so streng ist wie Papa, der mir immer vorhält, Handys und Laptops seien nichts für kleine Mädchen. Aber das ist typisch für Eltern. Von ihren Kindern haben sie überhaupt keine Ahnung. Dabei gehe ich jetzt schon in die siebente Klasse und weiß, worauf es im Leben ankommt.

Bei Onkel Michel ist das anders. Irgendwie ist er einer von uns. Er kickt auch gern mal Fußball mit mir oder lädt mich zu Pommes ein. Nur den zerknitterten Mantel, in dem er ständig rumläuft, könnte er mal austauschen. Und dann diese ekeligen zerdrückten Kippen, die er ab und zu aus der Manteltasche kramt. Wenigstens raucht er sie nicht, weil sein Feuerzeug nie funktioniert. Ich werde ihm zu Weihnachten ein neues schenken. Das bin ich ihm schuldig, wo er mir so ein geiles Handy geschenkt hat.

Ach ja, das kann man auch als Navi benutzen. Mal sehn …

»Onkel Michel, wir sind jetzt kurz hinter Ahrensbök. Bei der nächsten Kreuzung musst du geradeaus weiterfahren, sonst kommen wir linker Hand nach Bosau!«

… Da bin ich früher, als ich noch Kind war, mit Mama und Papa auf dem Fahrrad entlang des Plöner Sees gefahren. Zu Ostern musste ich dann am Wegrand Eier suchen. Heute weiß ich, dass die Eltern die Schokoeier einfach in einem unbeobachteten Moment im hohen Bogen nach vorne werfen, und die naiven Kids mit der Nase darauf stoßen. An den Ostertagen machten das Massen von Landausflüglern und nicht selten entdeckte ich auch ein fremdes Ei, was dann regelmäßig zu Streitigkeiten mit anderen Kindern führte.

Komisch, dass ich damals an so was geglaubt hab! Übrigens hat der Landpächter jetzt ein großes Schild anbringen lassen: ›Ostereier suchen verboten!‹ Wahrscheinlich sind seinen Kühen die aus Versehen liegen gelassenen Schokoeier samt Verpackung schlecht bekommen.

Moment, da kommt gerade eine SMS an. – Von Ricki.

›Hi, Micha. Haben Musik. Tot langweilig. Hören gerade Weber – Freischütz. Völlig uncool. Gute Story, aber blöde Musik. Beneide dich. G+K Ricki.‹

Arme Ricki! Aber schließlich können nicht alle freihaben. Stell dir vor, der Lehrer muss sich seinen Freischütz ganz allein anhören. Das wäre doch auch langweilig. Und außerdem hat sich dieser Weber bestimmt viel Mühe gegeben.

Mein Gott, ist die Gegend hier langweilig, aber Onkel Michel scheint begeistert zu sein: Da, schau mal, Kühe! Da hinten, ein Pferd! – Oh, da drüben am Waldrand: Rehe! – Na ja. Ich hab schon Spannenderes geseh'n …

»Jetzt kommt die neue Umgehungsstraße. Da darfst du nicht rauffahren, Onkel Michel! Immer weiter geradeaus!«

… Aber ich will mich nicht beklagen, schließlich hat er es geschafft, mich schon vor der Mittagspause aus der Schule herauszuholen. Mich mal mitzunehmen auf seine Verbrecherjagd, das hat er mir schließlich zum Geburtstag versprochen. Und es auch gehalten. Mama sah das nicht gern, aber gestern kam Onkel Michel zu meiner Schule, machte sich vorm Schulleiter wichtig, murmelte irgendwas von dienstlichem Anlass, Zeugenbefragung und so weiter, und schon hatte ich frei.

Die Schule ist ein Kreuz geworden. Seit diesem Jahr ist unsere Gemeinschaftsschule eine sogenannte gebundene Ganztagsschule. Das hat sich der blöde Schulleiter ausgedacht, weil er dadurch zusätzliche Gelder aus dem Ministerium bekommen konnte. An uns Kinder hat er dabei wohl nicht gedacht. Wir müssen jetzt von 8 bis 16 Uhr in der muffigen Schule rumhocken, müssen das widerliche Kantinenessen runterwürgen und ständig ruhig an den Tischen sitzen und pauken. Rund um die Uhr. Dabei haben auch wir Kinder ein Recht auf Freizeit. Ich will auch mal rumtoben, rumlungern, mit anderen Kindern spielen, durch den großen Mediamarkt stromern und die neusten Handys oder Computerspiele ausprobieren, – oder einfach zu Hause auf dem Sofa liegen und meine Lieblingsband ›Pausenbrot‹ hören …

»Da vorne musst du rechts in die Elisabethstraße fahren und bei der nächsten Ampel links in die Weidestraße!«

… Jetzt haben sie uns wie in einer Kaserne eingesperrt. Viele Kinder, gerade die Jungs, sind erheblich aggressiver geworden. Auch den Lehrern merkt man es an, dass sie jetzt mehr Stress haben. Manche haben den Spaß am Unterrichten verloren und übertragen ihre schlechte Laune auf uns.

Angeblich waren die Eltern dafür. Wegen der Berufstätigkeit, hieß es. Aber das kann ich nicht glauben. Mama hätte mich lieber zu Hause gehabt. Das darf sie jetzt aber nicht mehr. Außerdem kocht sie besser. Und viele Mütter meiner Klassenkameraden leben von Hartz IV, die hocken ohnehin gelangweilt zu Hause vor der Glotze …

»So, jetzt hinter dem Bahnübergang einen kleinen Schlenker nach rechts und gleich danach links in den Jungfernstieg einbiegen. – Ja, genau. Prima hast du das gemacht. Da vorne am Rande des Schlossparks können wir parken.«

… Ach, vergessen wir die blöde Schule. Ich freue mich, dass ich jetzt nicht bei Frau Heinzmann in Musik hocken muss, – obwohl sie ja eigentlich eine ganz Nette ist.

Weber, – wer das wohl wahr? Und so ein komischer Titel, – Freischütz …

»Onkel Micha, was ist ein Freischütz? Ist das ein Mörder? Auch so einer wie die, mit denen du es zu tun hast?«

»Freischütz … Ja. – Nee, das hat mit Verbrechen nichts zu tun, glaube ich. Eher mit Musik oder so. – Frag mal heute Abend deine Mutter. Die kennt sich da besser aus. Ich muss mich jetzt auf meine Arbeit konzentrieren. Du weißt, dass ich dienstlich hier bin.«

»Wo sind denn nun deine Verbrecher, Onkel Michel?«

»Das muss ich doch erst noch herausbekommen! Selbst hier in der Provinz laufen die Täter nicht mit einem Hinweisschild herum. – Aber du kannst mir ja helfen, sie zu finden. Die Jugend hat doch für vieles eine feinere Nase als wir Erwachsenen.«

… Stimmt, wenn ich mir so seine Nase anschaue. Ein wirklich heftiger Kolben. Meine ist dagegen zierlich und schön geschwungen. Eigentlich bin ich doch ganz schön. – Wenn nicht meine Pummelfinger wären …

Wow, das Schloss ist ja echt geil! Das muss ich gleich Ricki simsen. Die wird jetzt Mathe haben. Da steht ihr Lehrer sowieso nur vor der Tafel und verschwendet seine Kreide, ohne zu merken, dass überhaupt keiner aufpasst. Bestimmt wird sie meine SMS unter der Bank lesen können. – So, noch ein Schnappschuss vom Schloss, den füge ich ihr bei …

›Hi Ricki. Bin in Eutin vorm Schloss. Würde gern drin wohnen. Fühl mich wie eine Märchenprinzessin. Dann bräuchte ich nicht zur Schule. Du als meine Hofdame. Hätten unseren eigenen Freischütz. Onkel Michel sucht Verbrecher. Werde ihm helfen. Ist wichtiger als Mathe. G+K Micha …‹

»So, Micha, wir sind da. Pack das Handy jetzt weg. Wir haben eine Menge zu erledigen, da kannst du nicht immer mit dem Ding rumspielen.«

KAPITEL 3: EUTIN – UTIN

Inspektor Kroll parkte seinen englischgrünen Mini Cooper, das traditionelle Modell Baujahr 2000, direkt neben dem Schlosspark und stellte den Motor ab. Die wichtigsten Recherchen konnte er von hier aus zu Fuß machen. Er liebte seinen Mini mit der Holzarmatur, dem typischen weißen Doppelstreifen auf der Motorhaube und den großen Nebelscheinwerfern an der Stoßstange. Als einzigen neumodischen Luxus hatte er sich einen CD-Player samt Powerboxen einbauen lassen. So konnte er in aller Ruhe seine Led-Zeppelin-CDs anhören. Aber nur, wenn er die Musik lauter machte als den Auspufflärm.

Eigentlich hätte er sich bei seinem Gehalt auch so einen Mittelklassewagen leisten können wie sein Nachbar. Der fuhr einen schwarzen Volvo, der Kroll jeden Morgen, wenn er zum Dienst fuhr, an den Leichenwagen erinnerte, der Michas Opa vor zwei Jahren zu seiner letzten Reise abgeholt hatte.

Passend zu seinem Auto lief der geschäftige Nachbar stets in einem mausgrauen Anzug und einer unscheinbaren Krawatte herum. Kroll kleidete sich lieber etwas legerer, in Turnschuhe, Jeans, ein ewig junges Sweatshirt mit dem Aufdruck ›I have a dream‹ und einen zerknitterten grauen Mantel, den er sich offenbar vom Titelhelden der Fernsehserie Columbo abgeguckt hatte. Er liebte die Sendung, denn da wusste man gleich von Anfang an, wer der Mörder war. Kroll war aufgefallen, dass der Täter stets die Person war, die Columbo als Erste die Hand schüttelte. Schade, dass sein Job nicht auch so ablaufen konnte.

Der Kriminalinspektor hatte kürzlich sein Fünfzigstes vollendet. Das einst hippielange Haupthaar hatte einer Dreiviertelglatze weichen müssen. Seine Mitarbeiter hielten sie für sein Erkennungszeichen und nannten ihn hinter vorgehaltener Hand die Verbrecherkrolle. Krolle ist ein norddeutscher Ausdruck für Locke. Keine Locke – kein Verbrecher. Sollte das eine Anspielung auf die Tatsache sein, dass es dem Inspektor bisher nur selten gelang, einen Übeltäter zu überführen?

Kroll war im Grunde genommen eher ein Romantiker als ein Mann der Tat. Und so hatten seine, von buschigen Brauen verdeckten, tief liegenden Augen mehr den weichen Glanz eines Träumers als den harten Strahl eines Superagenten. Er versuchte, das Verbrechen mit dem Herzen, weniger mit dem Hirn aufzuklären. Das machte ihn für Außenstehende sympathisch.

Sein Gesicht sah aus, als sei es zu oft im Schleudergang gewaschen worden. Den Ansatz zum Doppelkinn konnte er auch nicht mehr durch den ungebügelten, dunkelblauen Wollschal verdecken. Sein Zweifingerbart erinnerte entfernt an Charlie Chaplin. Dazu passten allerdings nicht die gut gefütterten Wangen, die, ebenso wie die auffälligen Augensäcke, den Gesetzen der Gravitation folgend, nach unten strebten.

Himmelaufwärts führten dagegen die buschigen Augenbrauen, unter denen die kleinen, aber intensiv leuchtenden Augen lagen. Sein Blick war das Jugendlichste an ihm. Wenn er mit jemandem sprach, funkelten die Pupillen, als wäre er ein Maler, der in seinem Modell ein Motiv für ein Meisterwerk suchte. Er neigte dazu, beim Sprechen schnell hintereinander zu blinzeln. Gewöhnlich heftete er seinen Blick solange auf seinen Gesprächspartner, bis dieser verlegen zur Seite schaute. Manche hatten den Eindruck, der Inspektor könne bis tief in die Seele seines Gegenüber blicken.

Micha schaltete ihr Handy mit einem Seufzer auf Standby und folgte ihrem Onkel. Schließlich hatte sie sich fest vorgenommen, ihm zu helfen. Sie wusste, dass er, obwohl er es bis zum Oberinspektor geschafft hatte, ein wenig lebensfremd war. Eben ein richtiger Träumer, – eben ein echter Mini-Cooper-Fahrer.

Die Spur mit dem mutmaßlichen Auftragskiller hatte sich zerschlagen. Wenige Tage nachdem Kroll aus Mallorca zurück war, erhielt er die Nachricht, dass der Bursche bei einer Schießerei in Zusammenhang mit einem Bandenkrieg in Hamburg ums Leben gekommen war. Als Profi hinterließ er natürlich keine verwertbaren Spuren. So mussten sich die Nachforschungen auf den Raum Eutin beschränken, der Wirkungsstätte des Toten.

Kroll kletterte unsportlich aus seinem etwas engen Kleinwagen und kramte zwei Zettel aus der Tasche seines zerknitterten und etwas angeschmutzten Mantels. Zu Micha sagte er:

»Lauf du schon mal vor zur Torbrücke. Ich komme gleich nach.«

Sein Assistent Hopfinger hatte ihm vor der Abfahrt in Lübeck eine Checkliste in die Hand gedrückt.

»Dieser eingebildete Dummkopf«, brummte Kroll vor sich hin. »Denkt, er sei das Hirn unserer Abteilung. Glaubt, die Fälle mit messerscharfer Logik und knallharten Theorien lösen zu können. Ich vertraue lieber meiner Menschenkenntnis und meiner Intuition.«

Was ihn aber nicht abhielt, sorgfältig den Spickzettel seines Assistenten zu studieren.

1. Wohnhaus Graf Stolberg in der Lübecker Straße aufsuchen; nach verwertbaren Spuren durchsuchen.
2. Haussuchung im Büro des Grafen im Schloss.
3. Kontakt mit Kommissar Dorndorf von der Kripo Eutin aufnehmen.
4. Barbara von Bülow verhören. Wohnhaft auf Gut Uklei nördlich von Eutin, nahe dem Ukleisee.
5. Herzog Friedrich Georg von Altenburg über Stolbergs Tod informieren. Wohnhaft auf dem Gut Altenburg, nördlich von Eutin und westlich von Lensahn.

»Komisch, abgesehen von dem Kollegen nur Adelige! – Mal sehen, was Frau Grell über die Geschichte Eutins zu berichten hat.« Der zweite Zettel enthielt das Ergebnis der Recherchen seiner Sekretärin:

Im 9./10. Jahrhundert beherrschten die Slawen die Gegend. Sie unterhielten eine Inselburg namens Utin auf der Fasaneninsel, gleich gegenüber dem heutigen Schloss. Außer wenigen Holz- und Knochenresten und einigen Tonscherben ist nichts davon übrig geblieben. Damals war die Insel größer, da der Wasserspiegel des Eutiner Sees ein paar Jahrhunderte später durch Stauwehren anstieg. Unter Wasser fand man die Überreste von Pfählen, die darauf hinweisen, dass es früher eine Holzbrücke zum Festland gab. Manche Forscher vermuten einen unterirdischen Verbindungsgang zwischen der Insel und dem Festland.

Im 18. Jahrhundert stand ein kleines Gartenschlösschen auf der Insel, das jedoch 1770 abgebrochen wurde und als Steinbruch für das St. Georgs-Hospital diente. Heute steht ein schmuckes Fachwerkbauernhaus auf dem Gelände, das nur per Motorboot erreichbar ist. Übrigens das Einzige, das – abgesehen von dem Ausflugsdampfer – den Großen Eutiner See befahren darf. Hier wohnt der Pächter der Insel und alleinige Inhaber der Fischereirechte.

Im 13. Jahrhundert stand Utin an einem entscheidenden Wendepunkt seiner Entwicklung. Der Bischof von Lübeck, der dort im Domkapitel, einer Art politischer Enklave rings um die Domkirche, residierte, musste aufgrund von Auseinandersetzungen mit dem Lübecker Rat die Stadt verlassen. Er zog samt Gefolgschaft nach Utin, dem Zentrum seiner weltlichen Grundherrschaft. Seine Domherren wohnten in den noch heute teilweise erhaltenen Kapitelhöfen nahe der Eutiner Stadtkirche. Die Grafen zu Stolberg zählen dazu. Auch einige der Lübecker Kapitelhäuser blieben bis in die jüngere Vergangenheit in ihrem Besitztum.

Der Bischof selbst residierte in einem großen Steinhaus, an das er 1293 eine Schlosskapelle anbauen ließ. Damit war der Grundstock für das spätere Eutiner Schloss gelegt. Der groß angelegte Ausbau zur heutigen nahezu quadratischen Form geschah erst im 18. Jahrhundert.

Als Folge der Reformation kam es im 16. Jahrhundert zu einer Interessengemeinschaft zwischen dem in Schleswig ansässigen Adelsgeschlecht der Gottorfer und dem bischöflichen Domkapitel. Die Landesherren nannten sich fortan Fürstbischöfe und erhielten das Privileg der Vererbbarkeit ihrer Herrschaft.

Das Jahr 1773 brachte für Eutin, wie es jetzt hieß, eine grundlegende Veränderung. Im Rahmen des Vertrags von Zarskoje Selo, eines internationalen Schacherhandels zwischen Russland und Dänemark, wurde das Fürstbistum Lübeck mit den

Grafschaften Oldenburg (in Oldenburg) und Delmenhorst in Personalunion verbunden. Seitdem ist der Herzog von Altenburg Hausherr des Eutiner Schlosses.

Eutin und sein Schloss erlebten noch manch unruhige Zeiten, die Herrschaft der Herzöge von Altenburg vererbte sich jedoch bis in die heutige Zeit. Allerdings fiel es ihnen immer schwerer, das langsam verfallende Gebäude instand zu halten. Um die schwer angeschlagene Substanz des Schlosses zu retten, war der jetzige Herzog im Jahre 1992 gezwungen, seinen Besitz in die Stiftung Eutiner Schloss umzuwandeln. Das Land Schleswig-Holstein bestritt die kostspielige Restaurierung und Erhaltung der Schlossanlage, der Herzog übertrug seinen Besitz treuhänderisch der Stiftung.

Heute gelangt man in das Schloss über eine Brücke, die den allseitig umrahmenden Schlossgraben überspannt, durch das mächtige Torhaus von Westen aus in den Innenhof. Das Torhaus beherbergt das Büro der Stiftung und die Wohnung des Schlossverwalters. Linker Hand befindet sich im Obergeschoss der prächtige Rittersaal, der heute für Konzerte und feierliche Veranstaltungen genutzt wird. Die Schlosskapelle schließt das Rechteck nach Südosten ab. Dort finden wir noch heute den Originalprospekt einer Arp-Schnitger-Orgel aus dem späten 17. Jahrhundert. Das Innenleben wurde im 19. Jahrhundert erneuert. In der Südwestecke dominiert ein mächtiger Rundturm, der in seiner Ostnische eine

Geheimtreppe birgt. An mehreren Stellen ist das Schloss trotz des sumpfigen Untergrunds unterkellert.

Kroll genügte dieser kurze Überblick. Frau Grell hatte sich wirklich große Mühe gegeben. Wahrscheinlich hat sie sich, so dachte der Inspektor, einen jungen Geschichtslehrer geangelt. Die mittelreife, aber immer noch recht ansehnliche Sekretärin war bekannt für ihren Männerkonsum.

Er ging eiligen Schrittes zur Torbrücke, wo Micha schon ungeduldig wartete und die steinernen Affen bestaunte, die die Brücke auf beiden Seiten bewachten.

»Onkel Michel, warum stehen hier die Affen? Zu einer richtigen Burg gehören doch Pferde, oder wenigstens Löwen.«

»Das sind Paviane. Soviel ich weiß, galten sie im alten Ägypten als Symbol der Weisheit. Aber warum die hier stehen, kann ich dir nicht sagen.«

Das hätte Kroll auch nicht wissen können. Denn nicht einmal die Fachleute in Eutin kannten den Grund. Fest stand nur, dass die beiden Steine als Findlinge 1894 beim Bau eines Palastes in Oldenburg ausgegraben und von einem Bildhauer nach ägyptischem Vorbild gemeißelt wurden.

»Auf geht's!«, munterte er seine Nichte auf. »Zuerst statten wir dem Schloss einen Besuch ab, dann werde ich bei der örtlichen Kripo reinschauen. Du kannst währenddessen im Schlosspark spielen gehen. Den von Hopfinger anbefohlenen Besuch auf den Gütern Uklei und Altenburg können wir uns vorläufig schenken. Vielleicht erfahre ich ja schon was bei dem Eutiner Kollegen.«

»Fein. Dann bin ich bald Schlossprinzessin.«

KAPITEL 4: DIABELLI

Das große Eingangstor stand zur Hälfte offen, obwohl an dem anderen Flügel ein unübersehbares Schild angebracht war: ›Museum geschlossen. Besichtigungen erst wieder ab Mai.‹ Dennoch wagten sich Kroll und das Mädchen hinein. In der niedrigen Tordurchfahrt hingen ein paar alte Löscheimer.

»Das sind nur museale Erinnerungen«, klärte der Inspektor seine Nichte auf. »Im Schloss selbst gibt es bestimmt ein modernes Feuerwarnsystem.«

Über den Innenhof schallten Orgelklänge. Kaum hatten sie die Durchfahrt betreten, stürzte ein Mann von niedriger, gedrungener Gestalt aus einer Art Pförtnerloge heraus. Er machte einen furchterregenden Eindruck. Unter seinem schmierigen Overall zeichneten sich beachtenswerte Muskelpakete ab. Der kurzgeschorene Schädel, der nahezu halslos auf den breiten Schultern saß, wies eine Reihe von Platzwunden und Schrammen auf. In dem wilden, zerfurchten, unrasierten Gesicht spiegelte sich deutlich der Charakter eines stumpfen Gewaltmenschen wider. Breitbeinig stellte er sich den beiden Lübeckern in den Weg, machte eine abwehrende Handbewegung und schubste sie regelrecht mit seinem aufgedunsenen Oberkörper wieder hinaus vor das Eingangstor.

»Raus!«, brüllte er. »Nix Zutritt! – Da!« Er schlug

mit seiner übermäßig behaarten Faust brutal auf das Holzschild.

Kroll blieb verdattert stehen. Micha drückte sich verängstigt an seine Seite. So einen abweisenden Empfang hatte sie sich als Prinzessin nicht vorgestellt.

»Entschuldigen Sie bitte, aber …«, brachte der Inspektor schüchtern vor.

»Nix aber! Nix Besuch! Verschwinden, sonst Hund!« Sein Gebrüll füllte den ganzen Schlossinnenhof. Aus dem Dunkel der Pförtnerloge drang das gefährliche Knurren eines Wachhundes. Plötzlich tauchte hinter ihm eine schmale, hohe Gestalt auf.

»Ist gut, Dogger, du kannst zurück an deine Arbeit. Das hier erledige ich schon selbst.« Das Faktotum verdrückte sich knurrend, während der Mann mit beiden Händen den Torrahmen versperrte. »Was wollen Sie? In dieser Jahreszeit gibt es keine Besichtigungen. Haben Sie das Schild nicht gelesen? Ist doch wohl deutlich, oder?« Mit lauerndem Blick fügte er hinzu: »Und wenn Ihnen das nicht gefällt, rufe ich die Polizei.«

»Polizei? Die können Sie gleich haben.«

Kroll kramte umständlich seinen Dienstausweis aus dem Mantel und hielt ihn dem Mann vor die Nase. »Hier. Inspektor Kroll von der Regionalen Kriminalbehörde Lübeck.« Im tiefen Schatten der Durchfahrt war wenig zu erkennen. »Gehen wir in die Sonne. Da können Sie alles genau prüfen.«

Der Mann lenkte plötzlich ein. Offenbar wollte er nicht aus dem Schatten heraustreten.

»Schon gut. Ich glaub's Ihnen. Aber heutzutage kann man nicht vorsichtig genug sein. Hier läuft so viel Gesindel herum und immer wird was gestohlen.«

»Da sind doch Leute im Schloss. Woher kommt denn das Orgelspiel?«, hakte Kroll nach.

»Ach, das sind nur die Gören vom Waisenhaus. Der Herzog hat ihnen erlaubt, eine kleine Totenfeier zu Ehren eines Gönners abzuhalten. – Rührseliger Unsinn! Die besudeln nur die Räume, und ich muss ihnen wieder alles hinterherräumen. Wenn es nach mir gegangen wäre …«

»Offenbar geht es nicht immer nach Ihnen. Und hoffentlich bleibt das auch so«, wagte Micha sich zu Wort. Der Mann schaute verächtlich auf sie herab und murmelte irgendetwas Unverständliches vor sich hin, was so klang wie ›Freche Rotzgöre‹.

Krolls Augen hatten sich inzwischen etwas an die Dunkelheit gewöhnt. Aber dennoch konnte er sein Gegenüber nur schemenhaft erkennen. Der Inspektor hatte es sich angewöhnt, zuerst das Schuhwerk seiner Gesprächspartner zu mustern, bevor er deren Gesichtszüge fixierte. Der Mann trug derbe, aber soweit Kroll erkennen konnte, saubere und gepflegte knöchelhohe Halbschuhe. Die Kniebundhose ließ ihn wie einen Jäger erscheinen, dachte er sich. Aber der Rest passte nicht dazu. Er bestand aus Arbeitsjackett und einem weißen Hemd samt Krawatte.

Vom Gesicht erkannte Kroll nur wenig. Er konnte

nichts Auffälliges bemerken. Der Mann war ein Paradebeispiel an Unauffälligkeit. Wie sein Nachbar. Vielleicht hat dieser Mann einen ähnlichen Beruf, dachte sich Kroll.

Einzig die Augen stachen trotz der Dunkelheit hervor. Es schien fast so, als würden sie von innen heraus leuchten. Es war aber ein kaltes, unpersönliches Leuchten, was sogar die kleine Micha regelrecht erschreckte. Der Mann blinzelte kein einziges Mal, und sein Blick war starr auf Kroll gerichtet. Endlich hatte der Inspektor einen Gegner, der seinem wachen, forschenden Blick nicht auswich, wie das eigentlich immer der Fall war.

»Und wer sind Sie?«, fragte Kroll, jetzt sichtlich selbstbewusster. »Und was gibt Ihnen das Recht, uns derartig streng am Betreten des Schlosses zu hindern?«

»Diabelli, Luciano Diabelli. Ich bin der Schlossverwalter. Ich verwalte die Geschicke des Schlosses. Ich bin, wenn Sie so wollen, der Herrscher seines Inventars, seiner Geister und – seiner Seelen.« Seine Augen loderten für einen Moment wild auf.

»Der Herzog hat mich beauftragt, das Gebäude außerhalb der Besichtigungszeiten vor neugierigen Besuchern zu schützen.« Seine Stimme klang recht hoch und schneidend, als würde er die Arie des Mephistopheles ›Wehe, wehe über euch‹ aus Busonis ›Doktor Faustus‹ singen.

»Ich bin kein Besucher, ich bin aber neugierig. Das gehört zu meinem Job. Es geht um den Tod des

Grafen zu Stolberg, und ich würde mir gern sein Büro anschauen.«

Jetzt blinzelten die Augen des Mannes das erste Mal seit Anfang des Gesprächs. »Wenn Sie meinen, – bitte sehr. Aber das Kind bleibt draußen!«

Micha lehnte sich noch enger an ihren Onkel, ergriff heimlich seine Hand und drückte sie bittend.

»Nein, sie kommt mit. Ich brauche sie als Zeugin.«

»Wie Sie wünschen.« Es klang nicht gerade einladend. »Ich muss aber erst in die Pförtnerloge, um die Schlüssel zu holen.«

Er drehte sich abrupt um, stiefelte in den kleinen Raum und öffnete einen Wandschrank. Kroll folgte ihm und schaute ihm über die Schulter. Der Wachhund funkelte ihn böse an. An einem großen Brett hingen Dutzende von Schlüsseln an ihren Haken: einfache Bartschlüssel, moderne Sicherheitsschlüssel, ein paar verrostete Schatullenschlüsselchen und einige riesige Eisenmonster aus grauen Vorzeiten.

An einem Haken mit der Beschriftung ›Rodtberes Keller‹ fehlte der Schlüssel. Man sah nur die helle Stelle, den er durch die Lichtabschattung während seines jahrhundertelangen Hängens hinterlassen hatte.

»Was ist mit dem Schlüssel, der dort fehlt?«, wollte Kroll wissen.

Der Verwalter brummte vor sich hin. »Keine Ahnung. Das war wohl vor meiner Zeit.«

»Merkwürdig, der Schlüssel muss aber doch erst

kürzlich abgenommen worden sein, sonst wäre das Profil nachgedunkelt …« Kroll fühlte, dass der Mann seiner Frage auswich.

Diabelli nahm einen der etwas moderner aussehenden Schlüssel vom Haken. »Folgen Sie mir. – Aber auf eigene Verantwortung. In so einem alten Gebäude lauern überall Gefahren. Ich will nicht verantwortlich sein, wenn Sie oder Ihre …, äh, ich meine, Ihr Zeuge sich das Genick brechen.«

Ich glaube, ich muss ihm klarmachen, dass ich hier bald die Prinzessin bin. Dann werde ich ihn auf der Stelle entlassen, ging es Micha durch den Kopf.

Zu dritt stiegen sie die breite Turmtreppe hinauf. Im zweiten Stock öffnete Diabelli eine Tür. »Das Büro des Stiftungsvorstandes, bitte sehr. Schauen Sie sich in Ruhe um. Aber bitte fassen Sie nichts an und machen Sie nichts kaputt. Finden werden Sie sowieso nichts.«

Der Raum machte einen ordentlichen Eindruck. Eine Regalwand beherbergte die für ein Büro typischen Aktenordner. ›Protokolle Stiftungsrat‹, ›Satzung‹, ›Schriftverkehr Ministerium‹, ›Rechnungen‹ und Ähnliches konnte Kroll auf den Aktenrücken erkennen. Den Ordner mit den Sitzungsprotokollen des Stiftungsrats nahm er kurzerhand aus dem Regal und klemmte sich ihn unter den Arm.

Wahrscheinlich nur unwichtiger Papierkram. Das bringt mich jetzt bestimmt nicht weiter, dachte sich Kroll. Ich werde Hopfinger darauf ansetzen. Das ist genau das Richtige für ihn.

Diabelli merkte, dass der Inspektor den Ordner mitnehmen wollte und fauchte: »Die Unterlagen können Sie nicht mitnehmen, die werden noch gebraucht. – Und überhaupt, sind Sie denn dazu berechtigt? Haben Sie eigentlich einen Hausdurchsuchungsbefehl?«

Kroll fixierte den Verwalter mit einem unerwartet harten Blick und erwiderte scharf: »Ich bin Ihnen gegenüber nicht rechenschaftspflichtig. Ich tu, was ich für richtig halte. – Was geht Sie das überhaupt an? Oder haben Sie ein Interesse daran, dass ich die Akten nicht durchsehen soll?«

Der Mann wich dem starren Blick Krolls aus.

»Ich, – nein, natürlich nicht. – Ich dachte nur …«

»Das Denken überlassen Sie gefälligst mir. Ich werde dafür bezahlt.«

Micha sah sich einstweilen ein bisschen um.

Ein alter Stich von der Schlossanlage hing an der Wand. Der darauf abgebildete riesige barocke Lustgarten südlich vom Schloss beeindruckte sie. Auf dem See schaukelte sogar ein Zweimaster. Ein beachtlicher Festungsbau thronte auf der Fasaneninsel.

»Diese Darstellung muss man etwas kritisch sehen. Der Maler hat alles ziemlich übertrieben, um den Anschein von Macht und Reichtum zu vergrößern. Solche Stiche gingen seinerzeit von Hof zu Hof, und man betrog sich gern gegenseitig. Fotos, Internet oder gar Google-Maps gab es ja nicht.« Diabelli presste ein hohles Lachen durch seine Zähne. Anscheinend fand er das witzig.

Micha ignorierte ihn. Ihr fiel auf, dass der Verwalter rastlos durch den Raum schritt, aber immer darauf bedacht zu sein schien, den Lichtfleck, den die Sonne durch das Fenster auf die Holzdielen warf, zu meiden.

Kroll setzte sich an den Schreibtisch und kramte einen Zigarettenstummel aus der Manteltasche. Er strich ihn sorgfältig glatt, bevor er ihn in den Mund steckte.

»Zum Teufel, sind Sie wahnsinnig? Rauchen ist hier strengstens verboten!«

Der Inspektor kümmerte sich nicht weiter um ihn. Rauchen wollte er ohnehin nicht. Ihm genügte schon der Geschmack von Tabak auf der Zunge. Außerdem funktionierte sein Feuerzeug sowieso nicht. Vorsichtig durchstöberte er die Papiere, die auf dem Schreibtisch lagen, Rechnungen, Anträge, Bauskizzen. Ein recht unauffälliger Zettel mit einer handschriftlichen Notiz fiel ihm ins Auge: ›Herkunft und Qualifikation Romanowskys prüfen, Stolberg‹.

»Wer ist Romanowsky?«, fragte er den Verwalter.

Kroll fiel auf, dass bei der Namensnennung ein spürbarer Ruck durch Diabelli ging. Der blieb steif in einer etwas dunklen Ecke stehen und bequemte sich vorsichtig zu einer vagen Erläuterung.

»Romanowsky? – Nikolaus Romanowsky. Das ist der Pächter der Fasaneninsel. Er ist dem Herzog gegenüber für den Gewässerschutz und den Fischfang in den Eutiner Seen verantwortlich. – Und wenn ich richtig informiert bin, gehört er dem Stiftungsrat an. Ein gebildeter Mann. Man sagt, er kenne sich gut mit der Geschichte des Herrschaftshauses aus. Über seine Herkunft kann ich nichts sagen.«

Hm, nach seiner Herkunft habe ich dich doch gar nicht gefragt, dachte Kroll. Er fuhr sich mit dem Nagel seines linken Daumens über die Stirn. Das machte er immer, wenn er scharf nachdachte. Auch das hatte er von Inspektor Columbo kopiert, den er wegen seines Scharfsinns sehr verehrte. Woher weiß Diabelli, dass sich jemand für die Herkunft dieses Romanowsky interessiert? Es ist zu vermuten, dass der Verwalter sich hier schon ausgiebig umgeschaut hat und Stolbergs Notiz kannte.

Kroll beschloss, hier mit seinen weiteren Nachforschungen anzusetzen. An einem Besuch von Stolbergs Wohnung lag ihm jetzt nichts mehr. Auch das könnte Hopfinger übernehmen. Diabelli und Romanowsky interessierten ihn jetzt mehr.

Er lehnte sich auf dem Schreibtischsessel zurück, verschränkte seine Arme und tat so, als würde er nachdenken. In Wirklichkeit wollte er den Verwalter durch sein Schweigen irritieren. Der ging immer unruhiger im Raum auf und ab, wobei er jedes Mal um den Sonnenfleck herumschritt. Endlich verlor er die Geduld.

»Ist noch was? Ich hab noch andere Pflichten, als hier meine Zeit sinnlos zu vertrödeln.«

»Schon gut.« Kroll wachte aus seinen Träumereien auf. Gleichwohl hatte er deutlich die innere Unruhe seines Gegenübers gespürt.

»Danke, Sie haben mir sehr geholfen. Ich werde veranlassen, dass der Raum polizeilich versiegelt wird. Ich bitte Sie und Ihr Personal, das zu respektieren.« Diabelli schluckte seinen Ärger herunter und schwieg indigniert. Aber Kroll kümmerte sich nicht länger um ihn, ließ ihn einfach links liegen und wandte sich seiner Nichte zu: »Ich denke, wir können wieder runtergehen. Was meinst du, Micha?«

»Hier ist es langweilig. Ich will lieber den Rittersaal und die Gemächer der Königin sehen.« Sie schaute aus dem Fenster heraus. Unten hatte das Orgelspiel aufgehört.

»Eine Königin gibt es hier nicht, allenfalls eine Herzogin«, wandte Diabelli wichtigtuerisch ein. »Wenn Sie mir dann wieder nach unten folgen wollen.«

Als sie wieder unten im Schatten des Torhauses standen, sahen sie, wie aus der gegenüberliegenden Ecke des Innenhofs eine Schar Kinder unbekümmert schwatzend hervorströmte. Zwei Jungen spielten übermütig mit einem Fußball und näherten sich dem Torhaus. Der Verwalter schnauzte sie mürrisch an: »Hey, ihr beiden da! Her mit dem Ball! Hier ist das Ballspielen verboten.«

Das fröhliche Schwatzen hörte abrupt auf. Einer der Jungen lieferte den Ball mit zerknirschtem

Gesicht ab. Die Kinder drängten sich verschüchtert an dem Verwalter vorbei. Sie schauten aus den Augenwinkeln zu Micha hinüber. Wer war das fremde Mädchen, das so völlig furchtlos neben Diabelli stand? Schnell waren sie über die Brücke in Richtung Schlosspark verschwunden.

»Sie erlauben«, sagte Kroll zum Verwalter und nahm ihm den Ball aus der Hand. »Das ist Beweismaterial, das ich beschlagnahmen muss.« Er gab Micha den Ball. »Halt ihn gut fest. Wir werden ihn im Labor genauestens untersuchen müssen. Fingerabdrücke, DNS-Test usw. Du weißt schon.«

Dann nahm er sie am Arm und verließ den Torgang, ohne sich von Diabelli zu verabschieden. Er spürte förmlich, wie sich dessen hasserfüllter Blick in seinen Rücken bohrte. Aber das war ihm egal.

Micha auch. Draußen auf dem Schlossvorplatz schlug er ihr vor: »So, ich werde jetzt in das Büro der örtlichen Kripo gehen. Das ist zu langweilig für dich. Geh in den Schlosspark und bring den Kindern den Ball zurück. Spiel ein wenig mit ihnen. Vielleicht erfährst du ja irgendwas Interessantes. In zwei Stunden treffen wir uns am Denkmal auf dem Marktplatz. Das ist dort drüben, die Gasse hinauf. Dann lad ich dich zu einem Eisbecher ein. Ansonsten bleiben wir über Handy in Kontakt.«

Micha war einverstanden. »Onkel Michel, hast du die Finger von diesem Mann gesehen? – Ganz lang und knochig. Und ganz lange, scharfe Fingernägel, lackiert und gepflegt. Wie die Krallen eines

Raubvogels. Der Kerl hat doch noch nie irgendeine Arbeit angefasst. Wundert mich, dass er dann Verwalter geworden ist. – Und hast du gesehen, dass er es immer vermied, in die Sonne zu treten, so als hätte er vor ihr Angst, – oder vielleicht auch vor seinem eigenen Schatten.«

»Stimmt, gut beobachtet. Du wirst bestimmt mal eine erfolgreiche Kriminalinspektorin.«

»Klar, das habe ich von dir geerbt. – Sag mal, der Mann nannte sich Herrscher der Seelen. Was ist das, eine Seele?«

»Tja, das ist nicht einfach zu beantworten. Ich probier's mal so: Eine Seele ist das innere Ich eines Menschen, das sind seine Gefühle, seine Wünsche, seine Vorstellungen, das ist sein Charakter. – Warum der Typ sich jedoch als Herrscher der Seelen aufwirft, kann ich bei bestem Willen nicht nachvollziehen.«

»Stirbt denn die Seele zusammen mit dem Menschen?«

»Weißt du, das ist sehr schwer zu sagen. Viele meinen, die Seele lebe nach dem Tode weiter. Manche glauben sogar, jeder Stern am Firmament sei die Seele eines Verstorbenen. Aber das ist physikalisch betrachtet natürlich völliger Unsinn.«

»Aber es klingt gut. Die Vorstellung gefällt mir. Ich werde heute Nacht mal Opa dort oben suchen und mit ihm sprechen. – Er fehlt mir so, seitdem er vor zwei Jahren zu seiner – wie sagte Mama immer? – zu seiner letzten Reise aufgebrochen ist.

Heute weiß ich, dass er tot ist. – Er hat mir übrigens auch immer meine Fragen beantwortet, – so wie du jetzt.«

»Ja, sprich mit ihm. Er wird sich bestimmt darüber freuen. – Jemand hat mal gesagt, die Seele sei ein Buch, in dem der liebe Gott das Tagebuch eines Menschen führt.«

»Das verstehe ich nicht. Dann müsste es doch nur gute Menschen geben. Warum gibt es aber auch böse Menschen? Haben die keine Seele?«

»Weißt du, da gibt es verschiedene Möglichkeiten, glaube ich.«

Kroll legte den Arm um das Mädchen und führte es sanft an das Brückengeländer.

»Schau hier, der Bach, der das Schloss umgibt. Er sieht in jedem Moment anders aus. Mal glitzert er, mal verdunkelt er sich. Mal ruht er, mal fließt er. Mal trägt er den Sand ab, mal schwemmt er ihn an. – Die Seele gleicht dem Wasser, sie wandelt sich stetig. Nie ist sie so wie vorher.«

Den Gedanken hatte Kroll irgendwann einmal beim Lesen eines Goethegedichts aufgeschnappt.

»Manche Menschen lassen ihre Seele im Laufe der Zeit versteinern, – durch Hass, Neid oder Egoismus. Andere wiederum haben ihre Seele dem Teufel verkauft, weil sie meinen, dadurch etwas erreichen zu können, wozu sie sich allein nicht in der Lage fühlen. – Aber wenn der Teufel dann das Tagebuch führt, so kannst du dir vorstellen, wie es um den Charakter des Menschen bestellt ist.«

»Kann man denn die Seele anfassen, kann man sie sehen, – wie ein Buch?«

»Man kann sie verletzen, so wie man eine Seite aus einem Buch herausreißen kann. Aber man kann die Seele nicht körperlich berühren. Man sieht sie auch nicht, nicht einmal mit einem Röntgenapparat. – Nein, – aber ich finde, sie verrät sich über unsere Augen. Schau einem Menschen in die Augen, dann siehst du seine Seele.«

»Dann hat der Schlossverwalter ja wohl keine Seele, denn in seinen Augen sah ich nur ein kaltes Funkeln, keine Gefühle, keine Regungen.«

»Vielleicht hast du recht, vielleicht ist dieser Diabelli auch kein normaler Mensch. Für mich ist er ein Verdächtiger. Ich kann mir vorstellen, dass der zu allem fähig ist, auch zum Mord.«

Micha lachte. »Du bist ein unverbesserlicher Kriminalist. Geh du zu deinen Kollegen, ich bin lieber unter Kindern.«

Und schon war sie mit dem Ball in der Hand hinter den Büschen verschwunden. Kroll machte sich auf den Weg zu Kommissar Dorndorf.

KAPITEL 5: IM SCHLOSSPARK

Micha drückte sich an dem hässlichen Parkplatz vorbei, der nördlich zwischen dem Schloss und dem See lag. Heute, einem Werktag in der Vorsaison, war hier nicht viel los. Ein paar Möwen stolzierten vornehm über den Schotterboden und hatten vor dem Kind überhaupt keine Scheu. Vergebens hofften sie auf Brotreste, wie sie ihnen die Touristen in der Hauptsaison bereitwillig zuwarfen. Leider hatte das Mädchen nichts als einen Ball in der Hand.

Schnell gelangte es an die Spitze der Schlosshalbinsel, wo der bilderbuchschöne Wassertempel direkt am Ufer stand. Normalerweise hat man von hier einen herrlichen Ausblick auf die nah gegenüberliegende Fasaneninsel und auf den See fast in seiner gesamten Länge. Doch weil in dem Tempel ein Liebespaar Zuflucht gefunden hatte, wollte Micha nicht stören und bog Richtung Süden in eine prachtvolle Allee ab.

Die freundliche Aprilsonne meinte es gut mit den Menschen. Ein paar Spaziergänger flanierten mit sich und dem Wetter zufrieden durch die über dreihundert Meter lange Lindenallee, die im Lichte der Sonne hellgrün leuchtete. Die Rentner auf den Parkbänken beobachteten verträumt das verwirrende Spiel der lila Schattenschlangen, die die Sonne auf den Fußweg malte. Überall duftete es nach Frühling.

Eine Kindergartengruppe kreuzte Michas Weg. Unbekümmert schwatzend watschelten die Kleinen, sich in Zweiergruppen an den Händen haltend, im Gänsemarsch über den Rasen. Die Erzieherinnen hatten nichts dagegen, schließlich stand nirgends ein Schild ›Rasen betreten verboten‹, so wie es Micha vom Stadtpark vor ihrer Haustüre kannte. Also traute sie es sich ebenfalls und schlenderte ziellos über die Grünfläche.

Ein wenig enttäuscht stellte sie fest, dass fast nichts mehr von dem schönen barocken Lustgarten, den sie auf dem alten Stich gesehen hatte, übrig geblieben war. Sie wusste nicht, dass sich die Vorstellung von einem Herrschaftsgarten im Laufe der Zeit gewandelt hatte. Gegen Ende des 18. Jahrhunderts brach der damalige Schlossherr mit dem Ideal des gekünstelten Barockgartens. Statt Pomp und Prunk sollte die Natur nunmehr unverbildet nachgezeichnet werden.

An der höchsten Stelle des Gartens erreichte Micha den Sonnentempel, einen offenen Rundbau, dessen strahlenförmig angelegter Fußboden ein Sonnensymbol andeutete. Der Steinboden entpuppte sich als idealer Ort zum Prellballspielen. Als Micha das schließlich zu langweilig wurde, legte sie den Ball auf den Rasen und drehte ein paar Pirouetten nach einer Musik, die nur in ihrem Kopf existierte. Hier fühlte sie sich wieder wie eine Märchenprinzessin. Die Begegnung mit dem finsteren Schlossverwalter war schnell vergessen.

Ein Stückchen weiter stieß Micha auf ein kleines Mausoleum aus Tuffstein. Ihr gefiel das kleine Gebäude nicht. Es sah so traurig und etwas heruntergekommen aus. Sie wusste nicht, dass es früher die Büsten der Philosophen Seneca und Aratos von Soloi beherbergte. Heute ist es dem Komponisten Carl Maria von Weber gewidmet, der im Jahre 1786 in Eutin geboren wurde. Doch das Verhältnis der Stadt zu seinem wohl berühmtesten Sohn ist anscheinend nicht einfach. Seine Büste wurde vor einiger Zeit geklaut. Offenbar gibt es in der Stadt leidenschaftliche Andenkensammler unter den Weber-Fans, – aber auch kein besonders ausgeprägtes Interesse seitens der Stadtväter, für Ersatz zu sorgen.

Oder ihnen fehlte das Geld. Ihnen genügte es, wenn der Name Weber während der Eutiner Festspiele Geld in die Stadtkasse einspielte. Der Tatort dieser Vergnügungen, die berühmte Freiluftbühne, war schnell erreicht. Sie thront an der Spitze einer Landzunge, die direkt auf die Fasaneninsel zeigt. Mit Blick auf die idyllische Naturkulisse erleben hier in der Sommersaison Tausende von Besuchern schönstes Musiktheater. Vor allem Webers Freischütz erklingt fast jedes Jahr.

Doch jetzt, außerhalb der Saison, machte das Stahlgerüst samt den verwitterten, leeren Plastikstuhlreihen, den brutalen Absperrgittern und den hilflos in den Himmel ragenden Beleuchtungstürmen einen skurrilen Eindruck. Ein idealer Drehort für einen Fernsehkrimi.

Davor gähnt ein verwildertes und schmutziges großes Loch, der Orchestergraben. Wo während der Festspielabende die herrlichste Musik geboren wird, um den ganzen Schlossgarten und seine Besucher mit ihren Klängen zu verzaubern, kriechen nun müde ein paar Spinnen durch das vermoderte Laub und den Unrat, den der Winter hinterlassen hat. Jenseits des Orchestergrabens liegt die eigentliche Bühne. Sie besteht lediglich aus einer etwas abgeschrägten Rasenfläche. Während der Spielzeit dienen ein paar karge Holzwände als Bühnenbild. Die Darsteller müssen sich, wenn sie keinen Auftritt haben, hinter den seitlichen Bäumen und Büschen verstecken.

Doch heute gastierte auf dieser Bühne eine ganz seltsame Truppe. Michas Herz klopfte schneller, als sie die kleine Schar entdeckte, die es sich auf dem Rasen bequem gemacht hatte. Es handelte sich um die Kinder, die der Schlossverwalter vorhin so grob aus seinem Revier verscheucht hatte.

Zögerlich näherte sich Micha ihnen, den Ball etwas verkrampft in den Händen haltend. Als die Kinder sie bemerkten, brach schlagartig eiskaltes Schweigen aus. Schließlich war sie doch die Göre, die auf der Seite des verhassten Verwalters stand. Und dann hielt sie auch noch den Ball in der Hand, der eigentlich ihr Eigentum war.

»Hier, – soll ich euch zurückgeben!«, rief Micha über den sie trennenden Orchestergraben hinweg und kickte den Ball gekonnt mitten in die Gruppe.

»Mein Onkel meint, der Verwalter hätte kein Recht darauf, ihn euch wegzunehmen. Ich hab euch gesucht, denn es tat mir leid, dass ich euch nicht gleich helfen konnte.«

Ein länglicher, schmaler Junge, der sofort aufgesprungen war, um den Ball zu fangen, sprach sie schüchtern an:

»Schon gut. Kannst dich zu uns setzen. – Und danke, dass du das mit dem Ball geregelt hast.«

Micha nahm neben ihm Platz und grüßte in die Runde: »Ich bin die Micha aus Lübeck.« Wichtigtuerisch fügte sie hinzu: »Ich muss meinem Onkel helfen, einen Mörder zu fangen.«

Die Kinder horchten auf und schauten sie ungläubig an. Einen Mörder hier in der Provinzstadt, wo es allenfalls Wilderer gab?

»Ja, es geht um den mysteriösen Tod eines gewissen Stolberg, der auf Mallorca bei einer Bergwanderung ums Leben gekommen ist.«

Ein Mädchen mit frechen Sommersprossen im Gesicht erwiderte:

»Wissen wir, stand bei uns groß in der Zeitung. Aber von Mord war keine Rede!«

»Ja, Onkel Michel ist sich da auch noch nicht sicher. Er meinte, man solle das nicht voreilig verbreiten, weil der Täter dann vielleicht gewarnt wäre. – Ihr müsst das also für euch behalten!«

»Geht klar. Für den alten Stolberg tun wir's gern. Er war immer nett zu uns. Wir haben vorhin seinetwegen eine kleine Trauerfeier in der Schlosskapelle abgehalten. Dieser widerliche Verwalter hatte uns das zwar verboten, aber der Herzog erlaubte es dann doch. Sogar, dass wir die Orgel benutzen durften.«

Der schlaksige Junge fiel dem Mädchen mit den Sommersprossen ins Wort:

»Ja, das waren wir ihm schuldig. Er ist ziemlich reich und hat hier in Eutin viel für die Jugend getan. Unser Jugendtreff in der Innenstadt zum Beispiel, wo wir einen eigenen Übungskeller haben. Ich spiele nämlich in einer Band, musst du wissen. Wir sind auch schon mal beim Lübecker Band Contest im Werkhof aufgetreten. Die U-Teens, vielleicht hast du schon was von uns gehört. Ich bin Antonio, der Schlagzeuger.«

Ein Mädchen neben ihm boxte ihn in die Seite.

»Nun gib mal nicht so an! So toll seid ihr ja nun auch nicht. Ich fand die Gruppe Merry Blend von der Thomas-Mann-Schule besser. – Und überhaupt bist du ziemlich unhöflich. Du hast uns der Neuen noch gar nicht vorgestellt.«

Sie zeigte in die Runde. »Also, wir hier sind der 1. FC Eutin.«

Micha staunte. »Ihr seid ein Fußballclub? – Jungen und Mädchen zusammen?«

Helles Gelächter in der Runde.

»Nein, FC kommt von Freigänger-Club. Wir wohnen alle im KWB. Und weil wir manchmal Lust haben, etwas auf eigene Faust zu unternehmen, hau'n wir einfach ab und treffen uns hier im

Schlosspark. Wir wollen auch mal freihaben von der Schule und den Erziehern, so ähnlich wie die Freigänger im Knast. Daher der Name.«

Micha konnte das gut verstehen. Sie musste an ihre eigene Schule denken, wo sich ihre Klassenkameraden um diese Stunde unter der Fuchtel der gebundenen Ganztagsschule ducken mussten. Dann hakte sie nach: »Und KWB: Was ist das denn schon wieder?«

»Das Kinderhaus für Waise und Behinderte. Das liegt jenseits vom Park, da oben bei den Kasernen. Das hat übrigens auch der Stolberg gestiftet, und wir fühlen uns eigentlich ganz wohl da drin. Klingt für dich vielleicht komisch. Aber es ist kein Knast, wie du aus unserem Clubnamen vielleicht schließen könntest. Wir haben das mit dem Namen nur so aus einer Laune heraus gemacht. Wir wohnen dort, bekommen eine gute Ausbildung, und man hilft uns, unser eigenes Leben zu führen.«

»Wieso Behinderte? Ihr seht nicht gerade aus, als wenn ihr eine Macke hättet.«

»Wenn du 'ne Zicke bist, kannst du gleich wieder verschwinden!«, fauchte ein etwa 18-jähriges Mädchen, das bislang scheinbar geistesabwesend Micha gegenüber saß. Sie hob beim Sprechen den Kopf nicht. »Ich zum Beispiel bin behindert, und ich glaube kaum, dass ich deswegen eine Macke habe oder ein schlechterer Mensch bin als du.«

Micha schämte sich ihrer unglücklichen Ausdrucksweise. »Ich hab's nicht so gemeint. Ich dachte nur, Behinderte haben einen Stock oder so was.«

Antonio, der Junge mit dem Ball in der Hand, wollte vermitteln. »Weißt du, das ist so. Viele von uns sind Waisenkinder, so wie ich. Und die da drüben, die Viviana, ist darüber hinaus auch noch blind. Da wirst du verstehen, dass sie sauer ist, wenn jemand so abfällig über uns redet.«

Micha nahm ihm den Ball aus der Hand, erhob sich, setzte sich neben die blinde Viviana und drückte ihr den Ball in die Hand.

»Entschuldige, das war wirklich blöd von mir. Aber ihr seid so ganz anders als die Kinder, mit denen ich sonst so spiele. – Hier, der Ball. Den sollst du haben. Ich bin sicher, du kannst damit besser umgehen als so mancher Junge.«

Sie wollte ihr den Arm um die Schulter legen.

»Und ob!«, rief Viviana, schnellte hoch und kickte den Ball direkt vor die Füße eines Jungen, der etwas abseits stand. Und schon war die ganze Meute auf den Beinen und spielte Fußball, egal ob man Waise, Behinderter, Junge, Mädchen, Großstädter oder Provinzler war.

Ein schriller Pfiff unterbrach das Treiben. Er kam oben von einem der Beleuchtungstürme. Dort hockte ein Junge, ruderte mit den Armen und zeigte auf den Eutiner See.

»Ruhe, Leute!«, befahl Antonio. Er schien der Anführer des 1. FC Eutins zu sein. »Noël hat was entdeckt. Alle hoch auf den obersten Rang!«

Im Laufen erklärte er Micha: »Noël hat von uns allen die schärfsten Augen. Deswegen muss er immer Wache stehen.«

Oben angekommen, drängelten sich alle um den besten Aussichtsplatz auf den See, während Antonio auf den Turm kletterte. Kurz darauf kamen die beiden Jungen wieder runter.

»Also, folgende Lage: Noël hat gesehen, wie der Pächter der Fasaneninsel mit einem Motorboot zum Wassertempel gefahren ist. Dort muss der verdammte Verwalter, dieser Diabelli, auf ihn gewartet haben. Und dann haben sie irgendwelche Umschläge ausgetauscht. – Die beiden scheinen unter einer Decke zu stecken. Und ihr kennt sie ja: So wie die sich uns gegenüber immer verhalten haben, scheinen sie nichts Gutes im Schilde zu führen. – Kriegsrat!«

Das war das Stichwort für ein paar der Älteren, sich zurückzuziehen. Die anderen setzten ihr Fußballspiel auf der Wiese fort. Noël fasste Viviana und Micha am Arm und zog sie beiseite.

»Ich hab jetzt keinen Bock auf Ballspielen. Kommt, lasst uns in die Konzertscheune gehen. Viviana, du hast versprochen, mir etwas auf dem neuen Flügel vorzuspielen.«

Sie machten sich auf den Weg. Micha hakte sich bei Viviana unter. Ihr blieb nicht verborgen, dass Noël das blinde Mädchen verliebt anschaute und sich mehr als nur kameradschaftlich um sie kümmerte.

»Du spielst Klavier? Ich meine, wo – wo du doch blind bist. Wie kannst du da die Noten lesen oder die Tasten sehen?«

Viviana lacht kurz auf. »Man sieht, dass du vom Klavierspielen keine Ahnung hast. – Also, das ist so. Ein richtiger Klavierspieler braucht sowieso nicht auf die Tasten schauen. Die spürt man zwischen den Fingern. Das lernt schon jeder Anfänger. Das mit den Noten ist natürlich ein Problem. Früher hatte ich nach der Brailleschrift gelernt. Das ist so eine Art von Blindenschrift auch für den Musiker. Sie besteht, wie bei der normalen Blindenschrift für Texte, aus hervorstehenden Punkten, die man mit den Fingerspitzen abtasten kann. Sie sind zu einem Symbol zusammengefasst, dem Braillezeichen. Du kannst dir das wie die Sechs auf einem Spielwürfel vorstellen. Aufgrund der Anordnung der Punkte weiß ich, um welchen Ton es sich handelt und wie er zu spielen ist. So wird beispielsweise die Tondauer durch eine bestimmte Anordnung der unteren zwei Punkte der Sechspunkteform festgelegt.«

»Aber wenn du die Finger zum Abtasten der Schrift brauchst, wie kannst du dann auf den Tasten spielen?«

»Gar nicht. Anders als ein sehender Pianist, der vom Blatt spielen kann, muss ich zuerst alle Zeichen abtasten und dann die Anordnung auswendig lernen. Erst dann kann ich das Ganze auf den Tasten realisieren. Das hat nebenbei den Vorteil, dass ich die Musik genau im Kopf habe, sodass mich ein Blick auf die Noten erst gar nicht ablenken kann.«

»Wow, das wäre mir zu anstrengend. Ich meine, du spielst doch nicht nur Hänschenklein.«

»Natürlich nicht. Ich habe mein Programm genauso wie jeder andere Pianist auch, Mozartstücke, Beethovensonaten, Chopinetüden und so weiter. Vorhin hatte ich bei der Trauerfeier für Herrn Stolberg zum Beispiel ein Stück von Carl Maria von Weber auf der Orgel gespielt.«

Micha musste ihr frisch erworbenes Wissen zeigen: »Das ist doch der, der den Freischütz komponiert hat?«

»Du kennst dich ja gut aus. Habt ihr das in der Schule gelernt?«

»Na ja, so ähnlich«, druckste Micha herum. Sie konnte ja schlecht verraten, dass sie heute die Schule schwänzte und ihre Kenntnisse per Handy von ihrer Klassenkameradin gelernt hatte.

Jetzt schaltete sich Noël in das Gespräch ein. Er hatte am Wegrand eine Schlüsselblume gepflückt.

»Wartet mal.« Er steckte sie Viviana ins Haar. »Das steht dir gut.«

Viviana lächelte leise.

»Ja«, fand auch Micha. »Du siehst bezaubernd aus. Wie eine richtige Schlossprinzessin.« Sie nahm ihre Hand und drückte sie liebevoll, als sei sie eine alte Freundin.

Viviana schien aber mehr auf das Kompliment

des Jungen zu achten. »Danke, Noël. Du bist wirklich nett.«

Micha nahm die kurze Pause wahr, um das Mädchen genauer anzuschauen.

Eigentlich war es mit 18 Jahren schon eine junge Frau. Ihr ungebändigtes, dunkelbraunes Haar fiel ihr ständig ins Gesicht. Sie ließ es geschehen, als wolle sie so ihren starren Blick verbergen. Eigentlich hatte sie schöne große bernsteinfarbene Augen. Doch die bewegten sich so seltsam, stellte Micha fest. Sie irritierte es, dass Viviana sie beim Sprechen nie anschaute.

Das Gesicht war unauffällig und sorgfältig geschminkt. Micha musste sich unwillkürlich fragen, wie eine Blinde das so hinbekam. Vielleicht halfen ihr die Freundinnen. Vivianas heller Teint verstärkte den wilden Eindruck, den ihre vom Wind verwehten Haare machten.

Die etwas hervorstehenden Wangenknochen prägten ihr Gesicht und beflügelten es mit einem Anflug von Stolz. Die lange, abwärts gebogene Nase unterstrich diesen Eindruck. Über ihrem etwas energisch nach vorn gereckten Kinn thronte ein wahrer Schmollmund. Beim Sprechen strich sie sich mit der Zunge unaufhörlich und blitzschnell über die Lippen, so wie ein Sehender, der seine Worte gern mit Blickgesten unterstreicht. Das Auffälligste an ihr aber waren ihre Hände. Micha bewunderte sie. Schlank, zierlich und mit außergewöhnlich langen Fingern. Als sie Vivianas Hand drückte, war ihr, als ob sie eine exotische, zerbrechliche Blume in der Hand hielt.

Die drei setzten ihren Weg zur Konzertscheune fort. Noël errötete ein wenig bei dem Lob und wollte das Gesprächsthema wieder auf eine sachliche Basis zurückführen.

»Du musst wissen, dass dieser Carl Maria von Weber hier bei uns in Eutin geboren ist. Und weil Herr Stolberg der Viviana ein sehr großzügiges Stipendium auf einer Begabtenschule für Blinde ermöglicht hatte, wollte sie ihm eine Freude machen und schlug vor, ein Stück von dem berühmtesten Musiker unserer Stadt zu spielen.«

Micha gefiel der ansonsten recht schweigsame Junge. »Ja, das klang wundervoll. Ich meine, ich habe die Musik zwar nur über den Hof gehört, aber ich glaube, der Tote wird das im Himmel gern aufgenommen haben. – Hast du das alles nur mit diesen Punkten gelernt?«

»Nein, das war früher so. Inzwischen mache ich es anders. Vielleicht hast du mal was von Midi-Dateien gehört. Man kann sie mit der Brailleschrift vergleichen, nur dass es digitalisierte Informationen über die Musik sind. Ich besorg mir die als Midi-Dateien von anderen Leuten eingespielten Noten aus dem Internet. Der Computer oder mein Keyboard kann das lesen und über eine Soundkarte abspielen. Ich höre mir das dann stückweise an und versuche, es auf der Tastatur nachzuspielen. Der Vorteil ist, dass man diese Daten beliebig langsam abspielen kann, ohne dass sich die Tonhöhe oder der Anschlag ändert. So lerne ich ein Stück so lange, bis ich parallel zum Klang der Midi-Datei mit meinen eigenen Händen mitspielen kann.«

»Dann musst du ja ein gutes Gehör haben und ziemlich gut mit dem Computer umgehen können. Ich kann eigentlich nur googeln oder chatten. Wenn wir in Mathe mal mit Excel arbeiten sollen, verlasse ich mich lieber auf meine beste Freundin, die Ricki.«

Dann fiel ihr ein: »Aber was nutzt dir denn ein Computer, wenn du den Bildschirm nicht sehen kannst. Den kann man doch nicht mit den Fingern abtasten.«

»Heutzutage gibt es passende Hilfsmittel dafür. Die sind zwar sehr teuer, aber Herr Stolberg hat für uns Blinde im Heim einen speziellen Arbeitsplatz einrichten lassen. Wir haben einen Screenreader, der uns den Bildschirmtext und sogar auch die Grafiken in Klänge oder zum Abtasten in die sogenannte Braille-Zeile umsetzt. – Ich google und chatte genauso wie andere auch, nur dauert es etwas länger.«

Viviana blieb stehen, als wolle sie die Wichtigkeit ihrer folgenden Worte unterstreichen.

»Weißt du, wenn man so ein Handicap hat wie ich, muss man sich ganz anders im Leben bewegen. Mir bleibt einfach nichts anderes übrig, als die Möglichkeiten des Computers zu nutzen. Schließlich will ich ja Pianistin werden.«

»Das ist ja toll, eine Blinde, die Pianistin werden will. Da sind dir ja auf Grund deiner Behinderung die Sympathien der Zuhörer von vornherein sicher.«

Viviana entzog sich mit einer heftigen Bewegung Michas Arm und stieß sie vehement beiseite.

»Also eins will ich mal klarstellen: Ich würde mich heruntergesetzt fühlen, wenn man mich nur als Zirkussensation betrachtet. Ich will Anerkennung, weil ich gute Musik mache, nicht weil ich eine Blinde bin!«

Sie zeichnete mit ihrer Schuhspitze imaginäre Kreise auf den Weg.

»Im Übrigen kann ich dir eine Reihe von blinden Spitzenpianisten nennen: George Shearing, Ray Charles und Stevie Wonder. Oder im Bereich der Klassik: Der spanische Komponist und Organist Antonio de Cabezón, der im 16. Jahrhundert lebte. Oder die seinerzeit gefeierte Pianistin Maria Theresa von Paradis, die von keinem geringeren als Ludwig van Beethoven verehrt wurde. Und dann, um ein Beispiel aus unseren Tagen zu nennen, Anja Braun aus Siegen, die nur wenig älter ist als ich und schon tolle Erfolge feiert.«

Viviana hatte sich in Rage geredet. Trotzig stampfte sie mit dem Fuß auf, mitten in einen der Kreise, die sie auf dem Weg hinterlassen hatte. Als ob sie beweisen wollte, dass sie sehen konnte.

»Und zwar, weil sie geile Musik macht, nicht weil sie blind ist. Sie ist mein Vorbild.«

Noël versuchte, sie zu besänftigen. »Beruhige dich, Viviana, die Micha meint das bestimmt nicht so. Du musst ihr das nicht übel nehmen, für sie ist all das neu. Sie hat bisher in einer anderen Welt gelebt, da denkt man anders, viel oberflächlicher.«

Micha hakte sich wieder bei Viviana ein. »Ja, bitte entschuldige. Ich hab eben noch nie mit einer Blinden gesprochen. – Komm, lasst uns weitergehen. Jetzt bin ich richtig neugierig, wie du spielst. Und ich verspreche dir, ich werde die Augen schließen, so als wäre ich auch blind. – Und ich will mich nur auf deine Musik konzentrieren.«

KAPITEL 6: DORNDORF

»Und wenn ich die Oboenstimme nicht nach oben, sondern nach unten führe? Vom Gis über das G zum Fis?«

Dorndorf setzte sich an das verstimmte Klavier, das an der Stirnseite seines Dienstzimmers stand. Mit etwas linkischen Fingern intonierte er den Beginn von Wagners Tristan und Isolde. Der sagenumwobene Tristan-Akkord löste sich jetzt in einen kitschigen Großen Septakkord auf. Das war auch nicht die Lösung, die er anstrebte. Der Oberkriminalrat der Eutiner Zweigstelle der Lübecker Kriminalbehörde seufzte unzufrieden.

»Irgendwie muss es doch eine bessere Lösung geben als die von Wagner. Man kann doch nicht eine vierstündige Oper abwarten, bis sich dieser Klang auflöst. Und dann noch in ein banales H-Dur.«

Dorndorfs Hobby war die Musik. Als Kriminalist hegte er gewisse Vorurteile gegenüber der romantischen Harmonik. Er liebte die logisch-klassische Strenge einer motivischen Entwicklung. So, wie er sich bei der Verbrechensbekämpfung nur von den nachprüfbaren Tatsachen leiten ließ. Ein Fall war für ihn so etwas wie eine Beethoven-Sinfonie: Vom Dunkeln zum Licht, – allein durch strenge motivische Arbeit. So wie in dieser Musik kein Ton zu viel oder an der falschen Stelle war, genauso ging Dorndorf bei seinen Ermittlungen vor.

Puzzleteil für Puzzleteil musste sich in der korrekten Weise aneinander reihen, bis sich ihm die Logik der Tat erschloss. Sonst war er mit seiner Arbeit nicht zufrieden.

Er notierte sich seine eben gefundene Variante, über die er noch nicht ganz glücklich war, in sein Notenheft, das auf dem Schreibtisch lag. Sie war der 312. Ansatz. Über zehn Jahre hatte er nun schon gebraucht, um seine Korrektur der Wagnerschen Komposition zu vollenden. Über die ersten fünf Takte war er nie hinausgekommen. Und dennoch hatte sich das Quartheft schon zu Dreiviertel gefüllt.

Als er die letzte Note eintrug, brach zu allem Überfluss auch noch die Bleistiftspitze ab. Als würde sich sogar sein Schreibwerkzeug weigern, diese Lösung anzuerkennen. Resigniert warf er den Stummel in den Papierkorb. Das ließ tief in seinen Gemütszustand blicken, war er doch in der Behörde als Sparsamkeitsapostel verschrien.

Jemand klopfte vorsichtig an die Tür, als hätte er Angst, den Meister in seinem kreativen Höhenflug zu stören. Die Sekretärin steckte zaghaft den Kopf durch den Türspalt. »Der Herr Inspektor Kroll von der Lübecker Zentrale möchte Sie sprechen.«

Erschrocken klappte Dorndorf den Klavierdeckel zu und verdeckte rasch das Notenheft mit einem Fax, das vor einer Stunde eingetroffen war. Wie ein kleines Kind, das nicht beim Naschen ertappt werden wollte.

»Ist gut. Bitten Sie ihn herein.«

Man begrüßte sich, setzte sich an den Arbeitstisch, auf dem nur ein Telefon stand und das eben beschriebene Notenheft samt Fax einsam auf der großen Fläche lag. In dem Regal an der Längsseite des Raums schlummerten ein paar verstaubte Aktenordner. Die gegenüberliegende Wand schmückte ein Porträt des Landesvaters.

Etwas spartanisch eingerichtet hier, dachte Kroll. In seinem Lübecker Büro sah es ganz anders aus. Dort konnte man den Wald vor Bäumen nicht sehen, sprich, den Schreibtisch vor Aktenordnern. Allerdings war hier in der Kleinstadt Eutin auch nicht allzu viel zu ordnen. Das organisierte Verbrechen hielt sich bislang in Grenzen. Dorndorf schien den verwunderten Blick Krolls richtig zu deuten.

»Bei uns ist nicht viel los«, kommentierte er die Tätigkeit seiner Abteilung. »Außer der Erstechung eines SS-Mannes, der am Vorabend der Hitlerdiktatur in eine blutige Schlägerei mit dem Reichsbanner verwickelt war, kann ich nur den berühmten Mord von 1830 an dem Kammerherrn von Qualen erwähnen, einem dänischen Gesandten am Eutiner Hof. Beide Taten blieben unaufgeklärt.«

Dorndorf ahnte nichts von der Ironie des Schicksals: Sein Amtssitz befand sich genau auf dem ehemaligen Gelände derer von Qualen. Das Haus wurde später abgerissen und durch das heutige Kreishaus ersetzt. Der Kommissar residierte also genau am

Tatort. Hätte er eine Zeitmaschine, wäre es ihm ein Leichtes gewesen, den Namen des Mörders ans Tageslicht zu befördern.

»Na ja, die Aufklärungsquote ist auch bei uns in Lübeck nicht gerade rühmenswert«, räumte Kroll ein. »Aber das sollte uns nicht davon abhalten, in dem vorliegenden Fall nichts unversucht zu lassen. – Hauptsache, die hohe Politik bleibt außen vor. Das zieht erfahrungsgemäß nur unnötige Scherereien mit irgendwelchen Politikern nach sich.«

Dorndorfs Sekretärin brachte auf einem Tablett eine Thermoskanne mit Kaffee, Milch, Zucker, Gebäck und zwei Tassen. Während sich die beiden ihre Getränke zubereiteten, nutzte Kroll die Gelegenheit, um seinen Kollegen näher zu mustern. Er hatte ihn seit der Festnahme eines als Ausbrecherkönig berühmt gewordenen Schwerverbrechers vor sechs Jahren nicht mehr gesehen. Damals war es Kroll mit der Hilfe seines Eutiner Kollegen gelungen, den Flüchtigen, der sogar einen arbeitslosen Gärtner ermordete, um dessen Identität anzunehmen, in Lübeck zu verhaften.

Die hagere Gestalt ihm gegenüber konnte man auf den ersten Blick als vertrockneten Beamten verkennen. Wie Kroll ein Mittfünfziger, mit schmalen, stets etwas gebeugten Schultern und einem gelblichen Schnurrbart. Er war unauffällig, altmodisch und tadellos gekleidet. Auf den Ellenbogen seines dunkelbraunen Jacketts prangten unübersehbar mausgraue Ärmelschoner. Ein billiges Kassenmodell hing an einem Brillenband um seinem Hals. An seinem Haarschnitt hatte der Friseur allenfalls zehn Euro verdient.

Er gehörte zu den Menschen, die auf den Klassenfotos stets in der letzten Reihe standen, halb verdeckt durch Mitschüler, die es schon frühzeitig gelernt hatten, sich ins rechte Licht zu rücken.

Ganz anders als mein spanischer Kollege auf Mallorca, dachte Kroll und sehnte sich nach etwas Sonne und einem Glas Hierbas zurück.

Aber dennoch spürte Kroll, dass in seinem Gegenüber trotz der Biedermeierhülle ein tiefes Feuer brannte. Seine Augen verrieten ihn. Und seine Finger. Seine Pupillen bewegten sich ununterbrochen, als fürchte der Mann, er könne irgendetwas in seinem Leben verpassen. Die nervöse Unruhe übertrug sich auf seine Hände. Mit seinen feingliedrigen, langen Fingern spielte Dorndorf auf der Tischkante, als würde er eine virtuelle Tastatur mit Tristanakkorden bedienen.

»Da gebe ich Ihnen recht«, setzte Dorndorf das unterbrochene Gespräch fort. »Das war auch eines der Probleme im Fall des Kammerherrn von Qualen. Von interessierter Seite wurde das Gerücht verbreitet, der Vater des Ermordeten sei ein illegitimer Sohn des Zaren Peter III. gewesen, und es ginge um Ansprüche auf den Zarenthron. – Sie können sich vorstellen, was das bedeutete.«

Kroll konnte nicht. Ein Zar Peter kam in Frau Grells Geschichtsübersicht nicht vor. Entsprechend machte er ein nicht gerade intelligentes Gesicht, sodass Dorndorf nachhaken musste:

»Sie sollten wissen, dass Russland in der Geschichte Eutins eine große Rolle spielte.«

Kroll musste unwillkürlich an den russischen Auftragskiller denken, der mit hoher Wahrscheinlichkeit den Grafen Stolberg auf dem Gewissen hatte. Ehe er seinen Faden weiterspinnen konnte, breitete sein Gesprächspartner die Details aus. Er begann, sich in Fahrt zu reden.

»Eine zentrale Begebenheit spielte sich im Jahre 1739 in unserem Schlossgarten ab. Hier traf sich erstmalig unser junger Herzog Karl Peter Ulrich mit seiner entfernten Kusine, Sophie Auguste Friederike von Anhalt-Zerbst. Er war damals elf Jahre alt und sie ein Jahr jünger. Später gingen sie als das unglückliche Ehepaar Zar Peter III. und Sophie, alias Katharina, in die Geschichte ein. Katharina war nicht ganz unschuldig an der Ermordung ihres Gatten und eignete sich daraufhin selbst die Zarenkrone an. Ihren gemeinsamen Sohn Paul überging sie einfach als legitimen Erbfolger Peters. Heute nennt man sie Katharina die Große. In Bezug auf ihre Ehe war sie nicht gerade großartig, finde ich. – Sie sollten eine Schlossführung mitmachen. Da wird Ihnen so was erklärt.«

Kroll erinnerte sich nur vage an einen Hollywoodfilm, in dem die Geschichte ganz anders dargestellt wurde. Aber das stand jetzt nicht zur Debatte. Das wär so recht eine Story für Micha, schließlich wollte sie vorhin doch unbedingt Schlossprinzessin werden. Ich werd sie ihr auf der Rückfahrt erzählen, dachte er und suchte eine Möglichkeit, das Gespräch auf den Grund seines Besuchs zurückzuführen. Ungeduldig stand er auf und schaute zum Fenster. Unvermittelt unterbrach er, ohne sich umzudrehen, Dorndorfs Redefluss:

»Hatten Sie hier in Eutin schon mal mit der Hamburger Russenmafia zu tun?«

Der Gastgeber stutzte. »Was hat denn die Mafia mit Katharina der Großen zu schaffen?«

Kroll erwiderte etwas harsch: »Bitte beantworten Sie meine Frage.«

»Nun, da muss ich nachdenken. Ich glaube nicht. – Doch, warten Sie mal. Vor ein paar Jahren mussten wir in einem Fall von Schutzgelderpressung eingreifen. Ein russisches Aussiedlerpaar hatte ein kleines Restaurant eröffnet und wurde ziemlich übel von Kriminellen bedroht. Wir konnten sie nicht dingfest machen. Zwar erfuhren wir durch Zeugenaussagen, dass sie Autos mit Hamburger Kennzeichen fuhren. Wie sich aber herausstellte, waren sie gefälscht. – Ob sie einer Russenmafia angehörten, kann ich natürlich nicht sagen. Die Wirtsleute haben dann die Stadt schnell wieder verlassen. Seitdem haben wir hier Ruhe.«

»Ja, aber wohl eher die Ruhe vor dem Sturm«, murmelte Kroll vor sich hin, während er durch das Fenster den beschaulichen Alltag auf der Straße beobachtete. Wieder wechselte er für Dorndorf überraschend das Thema: »Was wissen Sie über den toten Stolberg? Sein Haus liegt doch gleich hier um die Ecke.«

»Ja, stimmt, keine hundert Meter entfernt. Graf Stolberg war ein angesehener Bürger der Stadt. Mitglied der Bürgerschaft. Mäzen verschiedener sozialer Einrichtungen, unter anderem des Kinderwaisenhauses am Hang oberhalb der Stadt. Alter Adel, der bis in die Zeit von Karl dem Großen zurückverfolgt werden kann. Nachfahre von Friedrich Leopold Graf zu Stolberg, einem Förderer des literarischen Lebens der Stadt, dem Eutiner Kreis, der in der zweiten Hälfte des 18. Jahrhunderts dafür sorgte, dass der Ort den Ruf eines Weimar des Nordens erlangte. Aufsichtsrat bei den Eutiner Festspielwochen und Vorstandsmitglied in der Stiftung Eutiner Schloss. 71 Jahre alt. Kinderloser Witwer. Wohnhaft in einem der vornehmen Kapitelhöfe in der Stolbergstraße. Passionierter Jäger und Jagdfreund des Herzogs von Altenburg, dem zweiten Vorstandsmitglied der Stiftung.«

»Wenn er so ein geachteter Mann war, hatte er dann überhaupt Feinde? – Neider vielleicht?«

»Nein, uns ist Derartiges nicht bekannt. Wir haben uns auch in dieser Hinsicht erkundigt. Die Nachbarn konnten nur Bestes über ihn berichten. Im Stiftungsrat galt er als integre Persönlichkeit. Man respektierte ihn nicht nur wegen seines sozialen Engagements, sondern auch wegen seines profunden Wissens der Eutiner Geschichte.«

Dorndorf hielt kurz ein und begann, wieder mit den Fingern auf der Tischkante Klavier zu spielen. »Allerdings, – da fällt mir ein: In letzter Zeit gab es hier eine Reihe unschöner Querelen um die Festspielwochen. Die waren die letzten Jahre über in die roten Zahlen geraten, und die Stadtvertreter drohten, die Subventionen zu streichen.«

Er unterbrach sein Fingerspiel mit einer komplizierten, imaginären Kadenz. »Sie wissen ja, gute Kunst kostet eben auch was. Und Stolberg hatte sich dafür eingesetzt, dass nur Topopern in hochkarätiger Besetzung auf die Bühne gebracht wurden. Er wollte die Festspiele vom Image des Folkloretheaters befreien und suchte den Anschluss an das internationale Opernniveau. Und als der finanzielle Einbruch an die Öffentlichkeit kam, kriegten die anderen Aufsichtsratsmitglieder, besonders die, die gleichzeitig im Stadtrat saßen, kalte Füße, weil ihnen ihre Provisionen wegschwammen.«

Der Oberkriminalrat seufzte, nahm seine Brille ab und säuberte sie umständlich mit seinem Stofftaschentuch. Kroll wartete geduldig. Vielleicht ergibt sich hier ein Anhaltspunkt, sinnierte er.

Der andere fuhr in seinen Erklärungen fort. »Schließlich mischte sich auch noch der regionale Wirtschaftsverband ein, vor allem Vertreter der Tourismusbranche, die mit dem Niedergang der Festspiele eine Schmälerung ihrer Einnahmen befürchteten. Gastwirte, Hoteliers und allen voran die Gräfin von Bülow, Besitzerin eines Pferdehofs, auf dem viele der reichen Opernfreunde zu Gast waren. Die versteht zwar viel von Pferden, aber absolut nichts von modernen Operninszenierungen. Und es ist kein Geheimnis, dass sich die Bülow und der Stolberg nicht besonders gut abkonnten.«

Kroll hatte aufgehorcht, als er den Namen Bülow vernahm. Sein Gesprächspartner setzte sich die Brille wieder auf. »Aber das ist doch noch lange kein Grund, Stolbergs Ableben zu beschleunigen. Immerhin sind das angesehene und grundehrliche Leute. Wir glauben nicht, dass Neid eine Rolle gespielt haben kann, ebenso wenig wie Eifersucht, – wenn es denn überhaupt Mord war.«

Dorndorf nahm das Fax zur Hand. Dadurch konnte Kroll das darunter liegende aufgeschlagene Notenheft sehen.

»Sie komponieren?«

Der Kommissar errötete leicht und beeilte sich, seine Verlegenheit zu kaschieren.

»Nein, nichts Besonderes. – Es ist nur ein unbedeutendes Hobby.«

Kroll griff sich das Notenheft und musterte es genauer. »Sieht aber recht professionell aus, – soweit ich davon was verstehe.«

»Oh, vielen Dank für das Lob. Ein bescheidener Kompositionsversuch, – nicht der Rede wert.« Die Schultern des Mannes richteten sich spürbar auf, als freue er sich insgeheim, dass sich ein Kollege für sein Hobby interessierte. »Sie müssen wissen, ich liebe die Musik. Sie ist für mich so ein wunderbares Gegengewicht meiner im Grunde genommen doch recht eintönigen Arbeit hier im Hause.«

Das wird sich wohl bald ändern, dachte Kroll und tat so, als könne er die Noten lesen. »Bescheidener Versuch? – Sieht so aus, als seien Sie schon recht weit vorangeschritten.«

»Oh nein, im Gegenteil. Es ist erst der Anfang. Ich sitze noch an den ersten fünf Takten.« Dorndorf spürte Krolls fragenden Blick und beeilte sich zu ergänzen: »Ich finde, Musik muss vollkommen sein. Vollkommen und ausgewogen. Sie muss eine ebenmäßige Form haben. Ich mag die ausschweifende Fantasie der Romantiker nicht.« Das Thema machte ihn sichtlich verlegen. Geschickt versuchte er, zum Anlass des heutigen Treffens zurückzukommen. »Mit romantischen Exzentrikern haben wir es in unserem Beruf doch zur Genüge zu tun, nicht wahr?«

Der Mann erinnerte Kroll an eine Figur in Camus' ›Die Pest‹, an den Rathausangestellten Joseph Grand, der sein Leben damit verbringt, an dem ersten Satz eines Romans zu feilen, den er nie zu Ende bringen wird. Und es eigentlich auch gar nicht will. Diese Tätigkeit, die jeder vernünftige Mensch als sinnlos bezeichnen würde, war sein individuelles Lebenselixier. Sein einziger Weg, sich in seiner abgeschlossenen Welt vor den kollektivistischen Katastrophen unserer Zeit zu schützen.

Dorndorf kam auf den Zettel zurück, den er

immer noch in der Hand hielt. »Hier, das Fax von Stolbergs Bank. Es ist heute Vormittag angekommen. Habgier können wir demnach ebenfalls ausschließen. Es gab keine Unregelmäßigkeiten bei seinen finanziellen Transaktionen. Und in seinem Hause wurde nichts entwendet. Es fällt mir schwer, ein Motiv für eine Gewalttat zu finden.«

»Ich bin mir selbst auch nicht ganz sicher. Aber dennoch gab es für mein Gefühl zu viele Ungereimtheiten dort in den Bergen von Mallorca. Sie wissen ja, ich war unmittelbar nach dem Vorfall vor Ort. Auch unser spanischer Kollege hatte Bedenken, so einfach von einem Unglücksfall auszugehen. – Ich möchte da gern noch ein wenig am Ball bleiben und mich nicht voreilig auf eine Theorie festlegen. – Berichten Sie mir doch bitte noch, was Sie über den Herzog erfahren haben.«

»Nun, zunächst möchte ich Sie korrigieren. Adelstitel wie Herzog schaffte man in Deutschland als Folge der Zerschlagung der Monarchie bereits 1920 ab. Viele Adelige erhielten allerdings das Recht, den Begriff Herzog als Bestandteil des Nachnamens zu führen. Herzog von Altenburg ist also genauso ein Name wie Kroll oder Dorndorf. – Also unser Friedrich Georg Herzog von Altenburg, wie er korrekt heißt, lebt mit seiner Familie, das sind seine Frau Cäcilie, geborene von Zingst, und sein Sohn Peter Anton, auf einem etwa 20 km entfernten Gut.«

Das mit dem Herzogtitel hätte mir Hopfinger

eigentlich sagen können, dachte sich Kroll. Jetzt muss ich ausgerechnet von einem Untergebenen belehrt werden.

Gott sei Dank ahnte Dorndorf nichts von Krolls Skrupeln. »Er kommt nur gelegentlich hier im Schloss vorbei. Dann hockt er meistens in seinem privaten Arbeitszimmer unterm Dach, wo auch das Schlossarchiv untergebracht ist. Oder er bespricht sich mit Stolberg und dem Schlossverwalter, einem gewissen Diabelli.«

»Richtig, über den wollte ich Sie auch ausfragen. Ich habe ihn vorhin zufällig im Schloss kennengelernt. – Ein mürrischer und unsympathischer Zeitgenosse. Ist Ihnen irgendetwas über ihn bekannt?«

»Polizeilich ist er noch nicht aufgefallen, das wüsste ich. Ich kenne ihn persönlich überhaupt nicht. Da müsste ich erst mal recherchieren.«

»Ja, tun Sie das, und geben Sie mir bitte Bescheid. – Und dann ist mir vorhin noch ein Name aufgestoßen: Romanowsky. – Was wissen Sie über den?«

»Nur so viel, dass er der Pächter auf der Fasaneninsel ist. Er gehört zum Stiftungsrat. Auch er ist polizeilich unbescholten.«

»Das klingt nach einem russischen Namen. Wissen Sie etwas über seine Herkunft?«

»Nein. Da müsste ich im Einwohnermeldeamt nachfragen. Es wird nicht einfach sein, an ihn direkt heranzukommen. Er lebt ziemlich isoliert auf seiner Insel. Die darf und kann man nicht ohne Weiteres betreten.«

»Fertigen Sie mir bitte auch über diesen Herren einen Bericht an, soweit Sie auf legalem Wege an Informationen herankommen können. – Schließlich wäre da noch die Frau von Bülow, die Sie vorhin ja bereits erwähnten, an die der Tote eine Postkarte gerichtet hatte mit einem Hinweis auf ein gemeinsames Projekt. Was ist mit der, und wissen Sie etwas über das besagte Projekt?«

»Die Familie des Herzogs von Altenburg ist gut befreundet mit ihr. Gräfin Barbara von Bülow, Besitzerin von Gut und Pferdehof Uklei, nahe dem gleichnamigen See etwa fünf Kilometer nördlich von Eutin. Wohlhabend. Polizeilich ebenfalls ein unbeschriebenes Blatt. Von einem Projekt weiß ich nichts. Aber ich kann mir vorstellen, dass das mit den Festwochen zu tun hat. Wahrscheinlich irgendetwas, was deren Zukunft sichern sollte.«

Lauter leere Blätter, ging es Kroll durch den Kopf. Wär ja noch schöner, wenn die Leute ihre Seele auf Polizeiakten niederschrieben. Das würde die Arbeit der Polizei mächtig vereinfachen.

Er trank den Rest Kaffee aus und steckte sich das letzte Stück Gebäck in den Mund.

»Gut, das wär's für heute. Bitte recherchieren Sie in Bezug auf die beiden Männer und schicken Sie mir bitte den Bericht nach Lübeck.«

Kaum war der Lübecker verschwunden, setzte sich Dorndorf wieder ans Klavier.

»Hm, ich probier's mal mit einem neapolitanischen Sextakkord.«

Dabei handelte er sich offenkundige Quintparallelen ein. »Es ist wie verhext! Sollte Wagners Ansatz im Endeffekt doch die beste Lösung sein?«

KAPITEL 7: VIVIANA

Etwas abseits im östlichen Teil des Schlossgartens stand lange Zeit eine halb verfallene, auf den ersten Blick schnell zu übersehende Scheune. Das, was viele Kurzbesucher für einen einfachen Wirtschaftshof hielten, war in der Zeit des Barock eine Orangerie, die im Zuge der Neugestaltung des Gartens zeitweise als Komödienhaus umfunktioniert wurde. Sie bildete damals ein Zentrum des Eutiner Musiklebens, in dem auch der Vater von Carl Maria von Weber als Kapellmeister wirkte. Später, als das Interesse der Herzöge an musikalischer Belustigung abflaute, ließen sie sie wieder in eine Orangerie zurückbauen. Bis vor kurzem fristete sie ein kümmerliches Dasein, wurde aber jüngst liebevoll restauriert. Zwischenzeitlich hatten die Eutiner Festwochen im Freilufttheater großen Erfolg. So musste seiner Zeit eine andere, direkt neben der historischen Orangerie erbaute Scheune als Probenraum und Konzertsaal herhalten.

Sie war das Ziel der drei jungen Leute. Viviana nestelte einen Schlüssel aus der Tasche. Die beiden Eutiner schienen sich hier gut auszukennen. Sie traten ein. Weil die sperrigen Holzläden geschlossen waren, herrschte eine dunkle, mystische Atmosphäre in der Konzertscheune. Von draußen drang nur spärliches Licht hinein. Die alten Deckenstützen und Fachwerkbalken warfen zarte Schatten auf den

Parkettboden. Ein paar Sonnenstrahlen, die durch die geschlossenen Fensterläden drangen, funkelten sternförmig, als seien sie Boten einer anderen, Lichtjahre entfernten Welt.

Noël öffnete den Deckel des nagelneuen Flügels und brachte die Deckelstütze in Konzertstellung. Ein Blüthner der obersten Kategorie. Graf Stolberg hatte ihn gestiftet. Danach kramte der Junge eine Kerze hervor, die er bei der Trauerfeier in der Schlosskapelle mitgenommen hatte, und stellte sie auf das Notenpult. »Wartet noch einen Augenblick, ich muss nur mal zur Toilette. Vorher darfst du keinen Ton spielen!«

Viviana nutzte die Gelegenheit seiner Abwesenheit, um Micha zu fragen: »Du, sag mal: Wie sieht er eigentlich aus, der Noël? – Ich meine, ist er … attraktiv? – Er riecht gut und er spricht auch sehr lieb. Aber, – weißt du, ich kann ihn ja nicht sehen, und die anderen wollte ich nicht fragen. – Ich glaube, er ist in mich verknallt, – und er gefällt mir auch ganz gut. – Ich würde gern wissen, wie er aussieht. – Du bist neutral, du könntest mir das sagen.«

Micha spürte ein warmes Gefühl in der Magengegend. Sie freute sich insgeheim, dass Viviana ihr Vertrauen schenkte, obwohl sie sich der Blinden gegenüber nicht immer gerade höflich verhalten hatte.

»Na ja, was soll ich sagen. – Er sieht gut aus. Ist etwas kleiner als du, hat pechschwarze Haare, so wild wie deine, und eine lustige Stupsnase. Er macht immer so ein trauriges Gesicht. Aber das steht ihm. Das macht ihn irgendwie männlicher. – Also, wenn er nicht schon an dich vergeben wäre, würde ich ihn glatt nehmen. Mir ist er nur etwas zu schweigsam. – Er schaut dich immer so sehnsüchtig an. Man sieht es ihm deutlich an, dass er in dich verliebt ist.«

Viviana errötete. »Meinst du? – Ach was. Was kann ein Junge schon mit einem blinden Mädchen anfangen? Sicherlich hat er auch nur Mitleid, so wie alle. – Weißt du, das nervt mich. Alle haben immer nur Mitleid, keiner liebt mich als Mensch, als Frau, als Musikerin, wenn du verstehst, was ich meine.«

»Nun werd aber nicht komisch! Das bildest du dir nur ein. Bleib einfach so, wie du bist. Gehe deinen eigenen Weg, so wie du es willst. Und das mit der Liebe wird sich schon finden.«

Viviana tastete sich zum Klavierhocker, setzte sich und streichelte die Tastatur sanft mit ihren langen, schmalen Fingern. Micha beneidete sie um ihre zarten Hände.

»Diesen neuen Flügel habe ich noch nie gespielt. – Ich möchte warten, bis Noël wieder da ist. – Aber ihm gegenüber kein Wort von eben!«

»Ehrenwort unter Frauen!«

Als Noël wieder zurückkam, zündete er die Kerze an und setzte sich neben Micha in die erste Stuhlreihe. Der Kerzenschein betonte die geheimnisvolle Stimmung im Raum.

»Also, los geht's.«

Viviana schraubte den Klavierhocker auf die richtige Höhe, während sie erklärte:

»Ich möchte mit dem beginnen, was ich vorhin auf der Orgel gespielt habe. Es ist der langsame Satz aus der Sonate Nummer vier von Carl Maria von Weber. Eigentlich gehört so eine Musik nicht auf die Orgel, aber ich fand, dass die Stimmung gut zu der Gedenkfeier für den Grafen Stolberg passte. Ich bin gespannt, wie sie auf dem neuen Flügel klingt. – Und – ich möchte sie dir widmen, Noël, weil du dich immer so nett um mich sorgst.«

Noël war froh, dass es zu dunkel war, um zu sehen, wie er errötete.

Micha schloss die Augen. Das hatte sie vorhin versprochen. Sie hatte ganz vergessen, dass Viviana das gar nicht kontrollieren konnte. Noël lehnte sich zurück und verschränkte genießerisch seine Arme. Es schien, als sei er mehr an der Pianistin als an der Musik interessiert.

*

Viviana legte ihre Finger auf die Tasten. Ihre Fingerkuppen berührten kaum die Elfenbeinplättchen. Die weiche C-Dur-Kadenz, mit der der Satz begann, umschmeichelte die Kerze mit ihrem tröstenden Klang. So, wie es der Komponist vorgeschrieben hatte: Andante consolante. Die Flamme vibrierte ganz leicht, als fühlte sie sich durch die Musik in ihrer Seele angestoßen.

Viviana spürte gleich mit den ersten Tönen ein tiefes Vertrauen in den wunderschönen Flügel. Bei der zweiten Phase der schlichten Melodie vergaß sie ganz die mühsam eingepaukten Braillezeichen. Es war, als käme die Musik aus ihrem Inneren heraus. Sie gab sich ihr bedingungslos hin. Sie spielte nicht die Musik, sie erträumte sie.

Nach und nach schlichen sich die zarten Klänge durch den Raum und füllten die Herzen der beiden Zuhörer. Vergessen war der Alltag, der Ärger mit dem Schlossverwalter, die Suche nach dem Mörder. Micha vergaß sogar, dass sie eigentlich Schlossprinzessin sein wollte.

Nach der Wiederholung des Themas löste sich die Melodie in einen filigranen Mittelteil auf. Aus dem ursprünglichen dolce piano entwickelten sich kraftvolle, aber nicht aufdringliche Fortissimoklänge. Jetzt wiegte sich die Kerzenflamme im Takt der sonoren Musik. Und so animierte ihr Schattenwurf die Jahrhunderte alten Holzbalken zu wiegendem Tanz.

Viviana verschmolz mit der Musik. Ihren Körper hatte sie vergessen. Ihr war, als würde sie die Musik leben, als würde sie nichts als Musik sein, als hätte sie ihren Körper beiseite gelegt.

Sie hob intuitiv den Kopf. Ein warmer Schleier legte sich über ihre Augen. Der Widerhall eines vagen Urlichts erhellte ihr Bewusstsein. Sie fühlte, dass sie plötzlich sehen konnte, wenn auch nur schemenhaft.

Die Flamme.
Eine Kerze.
Holzträger im Raum.
Fensterläden, durch deren Ritzen sich Sonnenstrahlen kämpfen.
Wie das Funkeln ferner Sterne.
Umrisse von Menschen.

Je mehr sie die Musik beflügelte, desto deutlicher konnte sie sehen. Die Klangfarben verwandelten sich vor ihren Augen in wirkliche Farben. In der nun folgenden ersten Variation des Themas schärften sich Konturen. Kräftige akkordische Gegenbewegungen lösten sich mit perlenden Läufen ab. Behutsam lichtete sich der Nebel vor Vivianas Augen, ganz langsam, als wolle er sie nicht erschrecken.

Sie ahnte neben sich eine fremde Gestalt. Undeutlich erkannte sie einen ernst dreinblickenden Mann.

Schmales Gesicht.
Auffällig schlanke lange Nase.
Gekräuselte schwarze Locken über den Ohren.
Dünne Strichlippen, spitzes Kinn.
Tief heruntergezogene Augenlider.
Kühler, fast herablassender Blick.

Der Variationssatz mündete in einen sehnsuchtsvollen Teil, grazioso, cantabile, dolce. Das Kerzenlicht spiegelte sich in der gefühlvollen Musik. Vivianas unerfahrene Augen weiteten sich. Jetzt konnte sie die beiden Gefährten in der ersten Sitzreihe erkennen.

Noël.
Für dich spiele ich.
Stupsnase.
Wie Micha gesagt hatte.
Das traurige Gesicht.
Ich tröste dich mit meiner Musik.

Viviana fühlte sich, als lebe sie in einer anderen Welt. Die Musik war nicht mehr Klang. Sie war Leben. Ein neues Leben. Mit ihrer Musik hatte sie eine höhere Realität geschaffen. Das war mehr als nur ein Traum.

Die zweite Variation des Themas verwandelte den Klang in ein imaginäres Zwiegespräch, marcato. Viviana spürte ihre Finger nicht mehr. Wie selbstverständlich huschten sie über die Tasten, als spotteten sie dem technischen Schwierigkeitsgrad.

Viviana hörte den Mann neben sich seufzen.

»Wunderbar. – - – Du hast mich gerufen?«

Sie schaute mit fragendem Blick zu ihm hoch. Immer noch ungläubig, dass sie jetzt plötzlich die Fähigkeit besaß zu sehen.

»Mit deiner Musik hast du mich gerufen. – Ich heiße Carl Maria. Ich habe diese Musik komponiert. – Noch nie hörte ich sie so wunderbar wie heute. Du weißt, das ich ihr die Überschrift ›Andante, quasi Allegretto, consolante‹ gab. Aber die Pianisten machten seit jeher aus dem Andante einen Trauermarsch, oder aber sie spielten es zu schnell, wie ein Allegro. Als wollten sie mit ihrer leeren Virtuosität prahlen. Egal wie, alle haben es nicht vermocht, den Klang consolante, tröstend und auch tröstlich, zu gestalten. – Du bist die Erste, die meine Musik so wiedergibt, wie ich sie mir beim Komponieren vorgestellt hatte. – Dafür danke ich dir.«

Carl Maria machte eine längere Pause. Viviana spielte ohne ein Wort zu erwidern weiter. Dann holte er aus seinem weiten Mantel, der mit einem teuren Pelzkragen belegt war, einen Stoß Noten hervor. Er legte das sorgfältig zu einem Stapel gebündelte Päckchen auf das Notenpult des Flügels.

»Ich möchte dir etwas widmen. – Und nur du darfst es spielen! – Du weißt sicherlich, dass ich hier in Eutin geboren wurde, das ich viel zu jung verlassen musste. Aber wahrscheinlich weißt du nicht, dass ich mich Zeit meines Lebens nach meiner frühen Kindheit zurücksehnte. Ich liebe diese Landschaft, die Wälder, die Sagen, die Menschen. – Ihnen huldigte ich nicht nur in meiner bekanntesten Oper, dem Freischütz. Du sollst wissen, dass ich schon eines meiner ersten Jugendwerke diesem Land widmete, die damals recht erfolglose Oper

›Das stumme Waldmädchen‹. Zu Recht erfolglos, war das Libretto doch mehr als kümmerlich. Später, als mir klar wurde, dass die Thematik keiner Worte bedurfte, schrieb ich die Musik in eine Klaviersuite um. Hier ist sie: Die Wolfsschlucht-Suite. – Sie ist aber unvollendet geblieben. Es ist nur eine Motivsammlung.«

Carl Maria zögerte, als müsse er einen eigentlich schon längst gefassten Beschluss erneut überdenken. Er musterte die Pianistin. Wäre sie die Richtige? Er bemerkte, dass es ein dünner Lichtstrahl geschafft hatte, durch die schmalen Ritzen der Fensterläden direkt auf ihre schmalen, zierlichen Hände zu scheinen. Der Fremde trat hinter sie und legte die seinigen auf ihre Schulter.

»Weißt du, ich war noch zweimal in meinem Geburtsort. Als junger Mann und später als gefeierter Komponist. – Ich hatte hier eine wundervolle Zeit, aber ehrlich, ich traf niemanden, der wirklich etwas von Musik verstand. – Viel später hatte ein gewisser Mussorgskij mit seinen ›Bildern einer Ausstellung‹ etwas Ähnliches probiert. Aber das gefällt mir nicht. Das war wahrscheinlich von meiner Vorlage geklaut. Wer weiß, – die Russen hatten schon immer einen guten Draht nach Eutin. Meine unvollendete Komposition wurde nie veröffentlicht, sie lag aber die ganze Zeit hier im Eutiner Schloss. – Du sollst die Erste sein, die dieser Musik Leben einhaucht. – Und ich weiß, dass nur du das kannst. Nur du bist ihrer würdig. Nur du bist dazu auserwählt, meine Musik zu Ende zu bringen.«

Die Schlussakkorde legten sich besänftigend über den Raum. Viviana streichelte ein letztes Mal die Tastatur. Dann zog sie behutsam ihre Hände zurück und faltete sie auf ihrem Schoß.

Minutenlang herrschte tiefes Schweigen, als wäre es Bestandteil der Musik.

Viviana schloss behutsam den Tastaturdeckel.

Die Gestalt verschwand. – Dafür lag ein Bündel Noten auf dem Flügel.

Oder lag es dort schon von Anfang an, – nur dass Micha und Noël es nicht bemerkt hatten?

*

Die Klingelmelodie von Michas Handy durchbrach brutal die Stille. ›When love takes over‹ von David Guetta. In der Schule war Micha noch stolz auf den Klang. Jetzt spürte sie, dass er nicht in diesen Raum passte, und schämte sich vor Viviana.

Ihr Onkel. Er wollte wissen, wo sie bliebe. Er wartete schon eine Viertelstunde und wurde ungeduldig, weil er im Büro noch so viel zu erledigen hatte.

»Ich bin in einer Konzertscheune. Hol mich doch einfach ab.« Micha erkundigte sich bei Noël nach dem Weg. »Die liegt an der Landstraße nach Schönwalde, am Ende vom Schlossgarten. Sieht aus wie ein Bauhof. Du kannst das gar nicht verfehlen, auch wenn du mein Handy-GPS nicht dabei hast. – Bis gleich.«

Viviana hatte noch eine Bitte. Sie drückte Micha das Bündel Noten in die Hand.

»Würdest du so lieb sein, das hier beim Leiter der Musik- und Kunstschule in Lübeck in der Kanalstraße abzugeben. Der Kai, einer der Klavierlehrer dort, soll daraus eine Midi-Datei machen. Die wissen schon Bescheid, wenn du meinen Namen nennst. Ich werd dich in ein paar Tagen anrufen. Vielleicht können wir uns ja mal treffen. – Und das mit der Verbrecherjagd: Sag deinem Onkel, wir helfen ihm. Schließlich mochten wir den Stolberg gern und sind auch daran interessiert, dass der Mörder gefasst wird.«

Micha freute sich riesig über das Vertrauen, dass das blinde Mädchen ihr entgegenbrachte.

KAPITEL 8: LÜBECKER ROTSPON

Frau Doktor Gisella Gaiger galt als Expertin der russischen Zarengeschichte. Sie hatte über Zar Peter III. und seine falschen Doppelgänger promoviert. Das war nicht gerade eine Thematik, die sie für eine wissenschaftliche Karriere an einer Topuniversität prädestinierte. So landete sie zwar nicht spektakulär, aber rundum zufrieden als leitende Archivarin im Lübecker Stadtarchiv.

Unverheiratet ins beste Alter gekommen, führte sie ein zurückgezogenes, bescheidenes Leben in einer der kleinen verträumten Quergassen der Lübecker Altstadt. Besuch bekam sie höchst selten. Ihr Hauptkontakt zur Außenwelt war – abgesehen von ihrer Dienststelle, die sich genau gegenüber dem Lübecker Dom befand – das Internet. Nur der Postbote klingelte regelmäßig an ihrer Tür. Er brachte Fachzeitschriften oder Bücher über die Zarengeschichte, die sie im Internet bestellt hatte.

An ihrem Arbeitsplatz galt sie als gute und bequeme Vorgesetzte, weil ihr Interesse mehr den verstaubten Akten in den Regalen als der Leitung des Archivs galt. Sie kleidete sich betont unauffällig, vielleicht um die gediegene Aura der alten Dokumente nicht zu stören. Schürze, Plastikhandschuhe und eine antiseptische Kopfhaube gehörten neben Lupe, Lesebrille und Notebook zu ihrer Berufsausrüstung.

Gelegentlich lud man sie zu Vorträgen an Hochschulen des In- und Auslands ein, wo sie mit einer Handvoll Kollegen in Ruhe fachsimpeln konnte. Große, öffentliche Aufmerksamkeit hatte das nie erregt, da die Zeit der russischen Zarengeschichte abgeschlossen zu sein schien. Neue, aufregende Erkenntnisse waren nach der Klärung des Schwindels um eine gewisse Anna Anderson nicht mehr zu erwarten, – der falschen Zarentochter Anastasia, die behauptete, der Erschießung der Zarenfamilie durch die Bolschewiki im Jahre 1918 entkommen zu sein. So verlief das Leben der Frau Doktor Gisella Gaiger in ruhigen Bahnen, und es sah so aus, als ob sich daran nie etwas ändern würde.

Heute hatte sie sich einen freien Tag genommen und schlenderte durch die frühlingsbelebten Gassen ihrer Stadt. Zuerst stand die wöchentliche Rückengymnastik auf ihrem Tagesplan, bevor sie den geheimnisvollen Auftrag, den sie vor ein paar Wochen erhalten hatte, zum Abschluss bringen wollte. Danach winkte ein entspannender Besuch in Niedereggers Café auf dem Rathausmarkt.

Während sie sich den lästigen Trainingsgeräten der Rückenschule unterzog, fand sie genügend Zeit, um sich den Auftrag nochmals genau durch den Kopf gehen zu lassen.

Vor einiger Zeit meldete sich ein anonymer Gast auf der Internetseite ihres Instituts. Er interessierte sich für ein spezielles Detail aus dem Leben des Zaren Peter III. und hoffte, in ihr eine kompetente Sachbearbeiterin zu finden. Frau Doktor Gisella Gaiger reizte die Anfrage. An einigen Details erkannte sie sofort, dass der Unbekannte ein guter Kenner der Zarenfamilie sein musste.

Die Archivarin hatte sich mit dem Unbekannten, der vorgab, aus familiären Rücksichten anonym bleiben zu müssen, im Domcafé getroffen. Er zeigte ihr vergilbte Dokumente, von deren Existenz sie noch keine Kenntnis hatte. – Materialien, die bislang noch nie veröffentlicht wurden. Sofort erwachte ihr wissenschaftlicher Ehrgeiz.

Sie erhielt den Auftrag, und als Gegenleistung versprach er, ihrem Institut einen beachtlichen Geldbetrag zu stiften, der dazu verwendet werden sollte, die Beziehungen zwischen Russland und Lübeck zu erforschen.

Gisella gelang es, im schwedischen Staatsarchiv und im Schleswig-Holsteinischen Landesarchiv, in dem auch das Familienarchiv der Herzöge von Altenburg verwahrt wurde, ein paar interessante Details herauszufinden. Sie hatte einen schmalen Aktenordner zusammengestellt, den sie heute dem Unbekannten in einer Villa am Mühlenteich übergeben sollte.

Die Rückengymnastik tat ihr gut. Sie wusste, dass sie zu viel am Schreibtisch saß. Sie nahm sich vor, in Zukunft jeden Tag in der Mittagspause eine Runde durch die Wallanlagen zu drehen.

Die bewusste Villa lag in bester Lage, mit einem direkten Gartenzugang zum Mühlenteich. An der

Pforte der Straßenseite fand Gisella kein Namensschild, aber alles deutete darauf hin, dass hier wohlsituierte Leute wohnten. Sie wusste, dass die Gründerzeitvilla früher einmal zu den Kapitelhäusern der Domherren zählte. Doch die heutigen Besitzer kannte sie nicht.

Ein schmaler, mit wertvollem Zierkies aus Laaser Marmor gedeckter Weg führte sie zu dem prächtig ausladenden Eingangsportal. Auch hier nur ein Klingelknopf, kein Name. Sie betätigte ihn. Nach geraumer Zeit öffnete ihr der namenlose Auftraggeber. Mit ausgesuchter Höflichkeit bat er sie in den Empfangssalon. Sie schienen allein zu sein.

Eigentlich merkwürdig, angesichts dieser Villa hätte ich einen Kammerdiener erwartet, dachte sie. Die Räume waren elegant und teuer eingerichtet, aber mit sicherem weiblichen Instinkt spürte sie, dass das Haus kein wirkliches Heim war. Gerade die perfekte Ordnung und das Fehlen von persönlichen Bildern überzeugten sie, dass die Villa wohl nur als vorübergehende Stadtwohnung genutzt wurde. Ihr Gastgeber bat sie, in einem der neubarocken Sessel Platz zu nehmen, und setzte sich ihr gegenüber.

»Ich bin über Ihren Besuch hocherfreut. Es ist mir eine Ehre, eine so angesehene Kennerin der russischen Zarengeschichte in meinem bescheidenen Haus begrüßen zu dürfen.«

Der Mann zog einen Beistellwagen zu sich heran und stellte zwei im Licht der von Süden hereinscheinenden Mittagssonne funkelnde Kristallgläser auf den zierlichen Tisch, der beide Sessel trennte.

»Darf ich gleich mit der Tür ins Haus fallen? – Entschuldigen Sie, aber ich bin ja so gespannt auf die Ergebnisse Ihrer Arbeit. – Was haben Sie herausgefunden?«

Gisella legte den Aktenordner auf den Tisch und begann in umständlich wissenschaftlichem Ton dessen Inhalt wiederzugeben. Sie fand in ihrem Gegenüber einen aufmerksamen Zuhörer, der sie gelegentlich mit Zwischenfragen unterbrach, die von seiner profunden Kenntnis der Materie zeugten.

Draußen auf der sonnenbeschienenen Gartenterrasse stolzierte eine Elster auf der Suche nach Beute. Gisella mochte diese Vögel nicht, seitdem sie einmal beobachten musste, wie sich eine Elster auf eine hilflose Jungamsel stürzte und sie zerfleischte. Schließlich kam sie auf den Punkt.

»Nach alldem habe ich eine positive Nachricht für Sie. Mit hoher Wahrscheinlichkeit kann ich davon ausgehen, dass Sie …«

Ihr Gastgeber unterbrach sie nervös. »Ach bitte, sprechen Sie nicht weiter. Ich möchte die Details doch lieber nachher in Ruhe auf mich wirken lassen.«

Seine Gesichtszüge hellten sich sichtbar auf. Gisella spürte einen Anflug von Stolz in seinen Augen. Als wolle er von seiner etwas unkontrollierten Reaktion ablenken, fuhr er fort:

»Oh, bitte entschuldigen Sie. Ich habe Ihnen ja noch gar nichts angeboten. Ich war von Ihrem Vortrag so fasziniert, dass ich die einfachsten Höflichkeitsformen vergaß.«

Er nahm eine bereitstehende Flasche in die Hand und schenkte ein.

»Lübecker Rotspon, – vom Feinsten. – Wenn das nicht ein Grund zum Feiern ist. – Ich bin sehr zufrieden mit Ihrer Arbeit und werde Sie und Ihr Institut gebührend belohnen. – Bitte bedienen Sie sich.«

Gisella nahm das angebotene Glas und nippte ein wenig. Ganz versunken in die Darstellung ihrer Forschungsergebnisse merkte sie nicht, dass ihr Gegenüber zwar sein Glas in der Hand hielt, jedoch keinen Tropfen zu sich nahm. Er schien das Trinken ganz vergessen zu haben, so gebannt starrte er auf den Aktenordner der Archivarin.

Ganz in ihren Redefluss vertieft, leerte die Dozentin inzwischen das zweite Weinglas. Eine schnell einsetzende, bleierne Müdigkeit lähmte plötzlich ihre Gedanken. Das Letzte, was sich in ihrem Gehirn widerspiegelte, war der Anblick eines sie teuflisch anstarrenden Gegenübers.

Das Manuskript fiel ihr aus den Händen. Sie sank in dem Sessel zusammen.

Das war die letzte Körperregung im Leben der Frau Doktor Gisella Gaiger.

*

Am nächsten Tag fanden Spaziergänger eine bis auf die Schuhe vollständig bekleidete weibliche Leiche am Ufer des Mühlenteichs. Inspektor Kroll und sein Team waren sofort vor Ort.

Tod durch Ertrinken beim Baden schlossen sie aus. Die Frau wäre sonst anders bekleidet gewesen. Unfall ebenfalls. In Ufernähe gab es keine nennenswerten Untiefen. Auch Suizid hielten sie für unwahrscheinlich. Dazu suchte man sich normalerweise andere Orte aus, wusste Kroll aus einer Statistik. Blieb als erste Arbeitshypothese nur Tod durch Fremdeinwirkung. Äußerlich waren keine Wunden oder Spuren eines Kampfes zu erkennen. Nur eine Obduktion konnte Weiteres klären.

Eine erste Untersuchung der öffentlich zugänglichen Uferbefestigungen und rundum liegenden Grünanlagen brachte nichts zum Vorschein. Keine Handtasche, kein Abschiedsbrief, kein verdächtiges Kleidungsstück. Polizeitaucher suchten den Teich ab. Außer einem verrosteten Eimer und ein paar alten Bierdosen fanden sie nichts.

Bevor die Leiche ins Polizeilabor gebracht wurde, schaute Kroll sie sich genauer an. Die Frau machte einen gepflegten Eindruck, schien aus geordneten Verhältnissen zu kommen. Keine Dame der vornehmeren Kreise, dazu waren Kleidung und Schmuck nicht elegant genug.

Persönliche Merkmale, die auf die Identität der Toten schließen konnten, fand Kroll nicht. Kein eingenähtes Namensschild, kein gravierter Ehering.

Nichts Auffälliges. Als er vorsichtig die Hosentasche der Frau mit spitzen Fingern durchsuchte, fühlte er etwas Sandiges. Er zog ein paar Steinsplitter ans Tageslicht.

»Sieht aus wie Kies, – so, wie man ihn auf den Wegen der Friedhöfe oder in Schlossgärten verwendete. – Eigentlich stecken sich doch nur Kinder schöne kleine Steinchen in die Tasche. Nicht eine erwachsene Frau.«

Er packte ein paar Steinchen in eine kleine Plastiktüte und ließ sie in seiner Manteltasche verschwinden.

»Hm, zunächst müssen wir die Vermisstenanzeigen durcharbeiten und gegebenenfalls ein Foto in die Zeitung bringen«, meinte Kroll zu seinem Assistenten Hopfinger. »Das möge Frau Grell machen. Geben Sie ihr bitte den Auftrag. Die Kollegen vom Polizeirevier sollen sich in der Nachbarschaft durchklingeln. Vielleicht bekommen wir Zeugenaussagen. – Sie, Hopfinger, kümmern sich um den Obduktionsbericht und lassen diese Kieselsteine im Labor untersuchen. – Ich möchte mich hier noch ein wenig umschauen.«

Nachdem in dem kleinen Park am Mühlenteich wieder Ruhe eingekehrt war, setzte Kroll sich auf eine nahe gelegene Bank. Nur noch das rotweiße Plastikband der Polizeiabsperrung verriet jetzt, dass sich hier kürzlich eine Tragödie abgespielt hatte. Friedlich spazierten ein paar Müßiggänger an ihm vorbei. Sie achteten nicht auf den eingeknickt sitzenden Inspektor, der in seinem etwas abgerissenen Mantel und seinen Turnschuhen, deren Schnürsenkel offen waren, nicht gerade vorteilhaft aussah.

Und dann hielt er auch noch einen undefinierbaren Zigarettenstummel in der nach oben gedrehten offenen Hand. So, als würde er um ein Almosen betteln. Kroll bemerkte die misstrauischen Blicke der Passanten nicht, so sehr war er in seine Gedanken vertieft.

Um ein Mordopfer verschwinden zu lassen, ist das hier eigentlich nicht der geeignete Platz. Wenigstens hätte der Täter versuchen sollen, den leblosen Körper irgendwie zu beschweren, sodass er nicht so leicht wieder an die Oberfläche treiben würde. – Wenn es denn Mord war. Vielleicht geschah es im Affekt, – unüberlegt, schnell. Aber dann hätten wir Spuren eines Kampfes finden müssen, wie das eigentlich üblich ist bei heftigen Affekthandlungen.

Eine lärmende Schulklasse von der nahegelegenen Oberschule zum Dom zog an ihm vorbei und unterbrach seine Gedanken. Die Jugendlichen mussten zum Sportfest auf den Buniamshof. Ein Mädchen, es hätte Krolls Nichte sein können, sprach ihn an:

»Ihre Schnürsenkel sind offen!«

Mechanisch, immer noch ein wenig geistesabwesend, bückte er sich und knüpfte umständlich eine doppelte Schleife.

»Danke. Das wird halten, glaub ich!«, rief er. Aber die Kinder waren längst wieder entschwunden. Und dann das Fehlen der Schuhe und der Handtasche. Die Kollegen haben nichts dergleichen gefunden, also muss der Täter die Sachen mitgenommen haben. – Warum? Um seine Spuren zu verwischen? Dann hätte er die ganze Leiche fortschaffen müssen. – Vielleicht fehlte ihm dazu die Gelegenheit oder er wurde bei seiner Tat überrascht. Schließlich ist das hier nicht gerade ein einsamer Platz.

Er schloss die Augen und lehnte sich auf der Bank zurück, um die dürftige Wärme der zarten Frühlingssonne zu genießen. Wieder wanderten die Gedanken zurück an seinen Mallorcaurlaub. Aber nur für kurze Dauer, denn sofort baute sich der Anblick des toten Grafen vor seinem inneren Auge auf.

»Jetzt beschäftigen mich gleich zwei ungelöste Fälle. Wenn man sich in unserem Beruf doch mal in Ruhe auf eine Sache konzentrieren könnte!«, seufzte er.

Erst später kam er auf den Gedanken, dass beide Fälle miteinander zu tun haben könnten.

Ein letzter Blick auf den ruhigen See, dann machte er sich auf den Weg in Richtung Innenstadt, um auf dem Marktplatz einen Cappuccino mit etwas Nussmarzipan zu sich zu nehmen. Seit er sich das Rauchen abgewöhnt hatte, entwickelte er eine Sucht nach Süßem.

Kroll bog in die Musterbahn ab, die ihn hoch zur Mühlenstraße führen sollte. Doch gleich bei einer der ersten Villen, die noch einen direkten Zugang zum Mühlenteich hatten, war es ihm, als träfe ihn der Schlag. Auf dem schmalen Weg zwischen Eingangspforte und Haustür lagen weiße Kieselsteine, die genauso aussahen wie die in der Tasche der Toten. Rasch bückte er sich, sammelte ein paar davon auf und ließ sie in seine Tasche gleiten. Ein Passant beobachtete ihn dabei und brummte mürrisch irgendetwas von »Frechheit! Kieselsteine klauen! Jetzt auch schon die Erwachsenen! Kriminell! Man sollte die Polizei rufen!«

Der Inspektor hatte keine Lust auf umständliche Erklärungen und verdrückte sich vom Tatort so schnell er konnte.

KAPITEL 9: PRINZESSINNEN

Geschichtsunterricht bei Herrn Wieland. Langweilig, einfach nur entsetzlich langweilig. Leben im Mittelalter, Lübeck, die Hanse … Das hatte Micha schon dutzende Male in der Grundschule gehabt. Da fand sie es noch interessant, aber jetzt, als junge Frau, die sie sich fühlte, war das nichts mehr für sie. Sie hatte andere Interessen. Wie das zum Beispiel am Wochenende mit Ricki und ihrem neuen Freund lief. Die hatte schon einen festen, sie noch nicht. Unwillkürlich musste sie an Noël und Viviana denken. Wenn sie doch auch endlich mal so ein Glück hätte.

Das Vibrieren ihres Handys riss sie abrupt aus ihren Träumen. Eine SMS von Viviana. Als ob das Gedankenübertragung wäre.

›Hi Micha, was machen die Midi-Dateien? Kannst du sie mir als MMS zumailen, wenn sie fertig sind? Bin gespannt auf die Musik. Gruß von Noël. LG Viviana.‹

Richtig, hätte ich beinah vergessen. Werd nach der Schule gleich mal in der Musik- und Kunstschule vorbeischau'n.

Unter der Schulbank antwortete sie Viviana: ›Hi Vivi, geht klar. Hörst von mir. Wäre jetzt gern bei euch, haben aber Geschi. BB Micha.‹

Sie steckte ihr Handy wieder in die Hosentasche und lehnte sich mit ihrem Schulbuch so zurück, dass es für den Lehrer aussah, als studiere sie fleißig das Leben im Mittelalter. Müde blätterte sie in dem Lehrbuch herum. Da fiel ihr Blick auf eine Abbildung des Versailler Schlosses mit seinem prächtigen Barockgarten. Sofort wanderten ihre Gedanken nach Eutin. Sie musste an die Geschichte von Peter und Sophie, alias Katharina, denken, die ihr Onkel Micha neulich auf der Rückfahrt erzählt hatte, und schlüpfte, vor sich hinträumend, nach und nach in die Haut der Prinzessin. Der monotone Vortrag von Herrn Wieland hörte sich an wie das gleichmäßige Sprudeln der Gartenfontäne in dem barocken Schloss.

*

Ich liebe diese zierlichen Gärten mit ihren bunten Kieswegen, den kunstvoll geschnittenen Hecken und den Duft der Rosen, der überall in der Luft schwebt.

Die wunderbaren strahlendweißen Marmorfiguren. Als wären sie solche Schauspieler, wie ich sie vor der Kathedrale von Palma de Mallorca gesehen hatte, während meiner letzten Ferien. Die waren toll geschminkt und kostümiert und konnten auch ganz lange still stehen. Bis man ihnen eine Münze in den Korb legte. Dann bewegten sie sich plötzlich und schmunzelten dich freundlich an. – Ob ich der Marmorfigur da drüben auch mal eine Münze zuwerfe?

Aber als Schlossprinzessin darf ich so was nicht. Was würden meine Dienerinnen zu solchen Kindereien sagen?

Und das Plätschern dieses schönen Springbrunnens. – Beruhigend.

Verdammt, dieser freche Bursche!

Muss Er mich nass spritzen? Weiß Er nicht, wie man sich einer Prinzessin gegenüber zu verhalten hat?

Der Junge mit dem spitzen, überheblichen Gesicht und dem lächerlichen Beinkleid lacht mich aus. In der Hand hält er eine Marionette und eine reich verzierte Holzschachtel.

Weiß Sie nicht, dass ich hier der Herr bin? Ich darf alles. Mir gehört alles. Ich tu alles, was mir gefällt. – Was hat Sie eigentlich in meinem Garten zu schaffen?

Lieber Gott, ist das etwa dieser Karl Peter Ulrich von Holstein-Gottorf, den meine Mutter als meinen zukünftigen Gemahl auserkoren hat? – Besonders vorteilhaft ist er nicht gerade gekleidet. Und so einen Fratz soll ich später heiraten? – Da wird nur Verstellung und Intrige helfen. – Ich probier's mal mit Untertänigkeit.

»Ich bitte Ihre Hoheit um Entschuldigung. Es war nicht meine Absicht, Ihn zu inkommodieren. Meine Mutter, Ihre untertänigste Dienerin Prinzessin Johanna Elisabeth von Anhalt-Zerbst, befahl mir, im Garten auf Ihn zu warten.«

Der junge Herr schaut mich interessiert und

ein wenig verlegen an. Wahrscheinlich ist ihm die alberne Spritzerei mit dem Wasser peinlich.

»Oh, ich ahnte nicht, hier die bezaubernde Dame meines Herzens zu finden. Sie entschuldigen bitte meinen kleinen Fauxpas mit der Fontäne. – Es ist mir eine Ehre, Sie in meinem Lustgarten begrüßen zu dürfen. Sie macht in Ihrer Schönheit meinen erlesensten Blumen die allvollkommenste Konkurrenz.«

»Wie artig Er zu konversieren weiß. Ich hoffe demütigst, Ihm in meiner bescheidenen Art nicht zu missfallen.«

»Mitnichten. Sie gefällt mir.« Der Herzog von Holstein stellt seine Holzschachtel auf einen Steinsockel und öffnet sie. Stolz erklärt er:

»Meine Zinnsoldatensammlung. Sie ist nahezu einmalig auf der Welt. – Will Sie mir das Vergnügen machen, mit mir ein wenig zu spielen?«

Wenn ich mir's recht überlege, ist er nett, schön und wohlerzogen. Man erzählt über ihn Wundergeschichten. Auch soll er Geige spielen. Ich werde ihm zu Diensten sein. – Vielleicht ist er ja doch eine gute Partie für mich, auch wenn es für einen Jungen schon ungewöhnlich ist, mit Puppen und Zinnsoldaten zu spielen.

Wie beneide ich ihn! Ist er doch reich und gebildet. Ich bin nur ein einfaches Kind aus dem verarmten Landadel. – Er wird mich erdrücken, sollte ich seine Ehefrau werden. – Ich fürchte, ich muss mir da einiges einfallen lassen.

Mutter sagte, er würde später mal König von Schweden werden, – oder gar Zar von Russland. Als seine Gattin käme ich dann als Märchenprinzessin groß raus.

Vielleicht werde ich ja sogar selbst Zarin von Russland … – Aber dann wäre er mir im Wege …

*

»Michaela! – Was ist, träumst du? Wer war der Gründer Lübecks?«

Micha erwachte brutal aus ihren Träumen. Ihre Nachbarin Ricki knuffte sie in die Seite.

»Katharina die Große.«

Betretenes Schweigen im Klassenzimmer.

»Was für ein Unsinn! Du träumst ja. – Deine Leistungen in Geschichte werden immer schlechter, Michaela. Wenn das so weitergeht, reicht's nicht einmal für ein Mangelhaft!«

Was wissen Geschichtslehrer schon von den Träumen einer 13-Jährigen?

KAPITEL 10: ERSTE SPUREN

Im Büro der Regionalen Kriminalbehörde brodelte es. Ansonsten stiller Ort kühler kriminalistischer Reflexion, war es heute eine Teufelsküche. Alle redeten durcheinander, telefonierten gleichzeitig und schütteten sich gegenseitig den schlechten Kaffee aus den billigen Pappbechern auf die Hosen. Laborangestellte, Kuriere und Postboten drückten sich gegenseitig die Türklinken in die Hände.

Hopfinger gestikulierte mit hochrotem Kopf. Frau Grell floss der Schweiß von der Stirn und ruinierte ihr sorgfältiges Make-up. Mittendrin saß Inspektor Kroll mit seinem zerknitterten T-Shirt ›I have a dream‹ und versuchte vergeblich, kühlen Kopf zu bewahren.

Die Neuigkeiten überschlugen sich förmlich. Kroll führte akribisch Tagebuch.

Dienstag, 3.4., 17 Uhr

Dorndorfs Bericht aus Eutin erhalten.

Nikolaus Romanowsky lebt seit der Wende in Eutin. Alter: 49. Ledig, ohne Familienangehörige. Voriger Wohnort: Leipzig. Deutsche Papiere. Herkunft Polen. Soll fließend Russisch sprechen können. Bewarb sich um die Pacht der Fasaneninsel. Tat sich während der Restauration des Schlosses als Spezialist für die Ausgestaltung der herrschaftlichen Räume hervor. Wurde in den Stiftungsrat als Kenner der herzöglichen Geschichte einberufen. Genießt dort einen ausgezeichneten Ruf. Wird als Nachfolger von Graf Stolberg gehandelt.

Gräfin Barbara von Bülow, geborene von Berg. Kam 1996 durch Heirat auf das gräfliche Gut Uklei. Ihr Mann verstarb kurz nach der Hochzeit. Kinderlos. Alter: 35. Voriger Wohnort: Lübeck. Machte sich als Pferdezüchterin einen Namen. Wohlhabend. Umfangreiche Besitzungen rund um den Ukleisee. Unter anderem gehört ihr auch das Jagdschloss Uklei, das sie nach einem Brand aufwendig restaurieren ließ. Aktiv als Aufsichtsrätin bei den Eutiner Festwochen und Mäzenin des Schleswig-Holstein-Musikfestivals und anderer kultureller Ereignisse.

Luciano Diabelli arbeitet seit fünf Jahren als Schlossverwalter. Er bewarb sich auf Grund einer Stellenausschreibung des Stiftungsrats. Rumäne italienischer Herkunft. Legte ausgezeichnete Zeugnisse eines Schlossherrn aus den Karpaten vor. Arbeitet zur vollsten Zufriedenheit des Stiftungsrats. Alter wahrscheinlich über 50. Lebt völlig zurückgezogen in der Verwalterwohnung im Schloss. Pflegt zu niemandem Kontakt.

Mittwoch, 4.4., 11 Uhr

Die Laboruntersuchung der Kieselsteine aus der Tasche der Toten erbrachte den Beweis, dass sie von identischer Herkunft sind wie die vor dem Haus in der Musterbahn. Es handelt sich um eine sehr seltene Kiesverarbeitung des wertvollen Laaser Marmors aus Tirol. Eine Recherche bei den größten Baufirmen in Hamburg, Kiel und Lübeck ergab, dass sie in ganz Norddeutschland in den letzten Jahren nur für das besagte Haus ausgeliefert wurden.

Mittwoch, 4.4., 19 Uhr

Obduktionsbericht: Tod durch Vergiftung. Das Gift, das eigentlich nur bei den Indianern am Amazonas vorkommt, musste mittels Rotwein verabreicht worden sein. Lübecker Rotspon. Tatzeit gegen Mittag des 2. April. Der Befund der Lungen lässt vermuten, dass die Frau etwa zehn bis zwölf Stunden nach Eintritt des Todes in das Wasser geworfen wurde.

Donnerstag, 5.4., 10 Uhr

Eine Durchsuchung der fraglichen Villa förderte die Schuhe und die Handtasche der Toten zutage. Beides lag auf dem Gelände des Anwesens in einem Gebüsch nahe am Mühlenteich. Unmissverständliche Schleifspuren führten vom Ufer zum Wasser. Auf der Klinke der Eingangstür und im Salon befanden sich Fingerabdrücke der Toten. Bei einem Rotweinglas fand man Spuren von dem seltenen Gift sowie verwischte Fingerabdrücke. Das Glas muss nach der Tat nur oberflächlich gereinigt worden sein. Die Türschlösser wiesen weder Kratzer noch irgendwelche Anzeichen von Fremdeinwirkung auf. Einbruch kann ausgeschlossen werden.

Donnerstag, 5.4., 11 Uhr

Frau Grell konnte die Leiche sofort identifizieren. Zufälligerweise eine Nachbarin, Frau Doktor Gisella Gaiger, Archivarin im Lübecker Stadtarchiv, Spezialistin für die russische Zarengeschichte. Mitarbeiter sagten aus, dass sie in letzter Zeit verstärkt auf diesem Gebiet geforscht hatte. Es soll um den Zar Peter III. gegangen sein.

Donnerstag, 5.4., 14 Uhr

Die als Tatort verdächtige Villa gehört der Familie der Herzöge von Altenburg, Hauptwohnsitz auf Gut Altenburg bei Eutin. Die Lübecker Villa diente der Adelsfamilie als Stadtwohnung. Nach Aussagen der Nachbarn wurde sie selten genutzt. Der Hausmeister einer Nachbarvilla kümmert sich gegen ein geringes Entgelt um Haus und Garten. Er schwört, dass er das Haus jedes Mal sorgfältig abschloss, wenn er seine Arbeiten erledigt hatte. Den Hausschlüssel bewahrt er sicher auf und händigte ihn auch nie fremden Personen aus.

Der junge Herzog übernachtete hier gelegentlich, wenn er das Lübecker Nachtleben genießen wollte. Oft kam er in Damenbegleitung. Man munkelte, dass er in letzter Zeit eine schwarzhäutige junge Schönheit zu Gast hatte. Das Paar erregte Aufsehen in der Lübecker Schickeria-Szene, aber niemand vermochte zu sagen, wer die Beauty Queen war. Nur ihren Vornamen kannte man: Caoba.

Für eine Anwesenheit der beiden, oder anderer Familienmitglieder, in der Villa am vermutlichen Mordtag konnte die Polizei weder Zeugen noch konkrete Anhaltspunkte finden. Außerdem hatte niemand beobachtet, dass irgendjemand das Haus zur Tatzeit betreten oder verlassen hatte. Auch über die nächtlichen Ereignisse auf dem Mühlenteich gab es keine Zeugenaussagen.

*

Für den Inspektor schloss sich der Kreis. Beide Fälle, der Tod des Grafen Stolberg und der Mord an der Archivarin, gehörten zusammen. Doch worin bestand der innere Zusammenhang? Was käme als mögliches Motiv infrage? Er ordnete an, dass vorläufig niemand die Familie des Herzogs über die Vorgänge in der Parkvilla informieren durfte. Frau Grell sollte einen kurzfristigen Besuchstermin auf Gut Altenburg vereinbaren. In Sachen Stolberg.

Kroll hielt es in seinem Büro nicht länger aus. Kurz entschlossen rief er seine Nichte Micha an und fragte sie, ob sie Lust habe, mal wieder mit ihm auf Verbrecherjagd nach Eutin zu fahren.

»Super, na klar. Du weißt ja, auf mich und meine Freunde vom 1. FC Eutin kannst du dich verlassen. Gemeinsam werden wir dem Täter das Handwerk legen.«

Den letzten Satz hatte sie gestern Abend in einem

Fernsehkrimi gehört. Ihr gefiel die Formulierung und sie war stolz, sich ihrem Onkel als echter Profi zu zeigen.

»Und außerdem passt es ganz gut, weil ich Viviana die Midi-Dateien gleich persönlich überreichen kann.«

»Wer ist denn der 1. FC Eutin? – Und was sind Mittagsdateien? – Kochrezepte?«

»Onkel Michel! Du bist überhaupt nicht up to date! – Midi, nicht Mittag. Das bedeutet … – Ach was, das erklär ich dir auf der Fahrt. Auch das mit dem 1. FC Eutin. – Also bis gleich.«

Gut, dass ich eine Nichte im richtigen Alter habe, dachte Kroll. Die bringt mich technisch bestimmt auf Vordermann. – Von den Kids kann man heutzutage wirklich eine Menge lernen.

Und so war es auch. Auf der Fahrt, die Micha wieder einmal höchst langweilig fand, tauschten beide ihr Spezialwissen aus. Kroll war froh, einen aufmerksamen Zuhörer zu haben. Mit seinem Assistenten Hopfinger hätte er seine Gedanken über den Fall nicht so kritisch austauschen können.

»Aber Onkel Micha, das mit den Kieselsteinen finde ich ziemlich komisch. Wenn ich der Mörder wäre, würde ich doch nicht so eine eindeutige Visitenkarte hinterlassen.«

»Genau. Das hatte ich auch schon überlegt. Entweder war der Täter betrunken, emotional außer sich oder schlichtweg saublöd, – oder aber, es gehörte zu seinem Plan, dass wir die Steine finden sollten und …«

»Um die Tat in fremde Schuhe schieben zu können! – Etwas plump, aber genauso hätte ich das auch gemacht.«

»Und denk an das schlecht gespülte Weinglas. Als ob wir von der Kripo mit der Nase darauf gestoßen werden sollten. Und außerdem gibt es keine Anzeichen eines gewaltsamen Eindringens in das Haus. Der Täter muss ganz legal den normalen Hausschlüssel benutzt haben. Es sei denn, er hat sich auf irgendeine Weise einen Nachschlüssel besorgt. Wir mussten ja geradezu auf den Herzog oder seinen Sohn als Tatverdächtigen stoßen.«

»Aber warum? Wer hätte denn Interesse daran, ihn als Mörder lebenslänglich hinter Schloss und Riegel zu sehen?«

»Genau die Frage ist mir auch schon durch den Kopf gegangen. Im Moment sehe ich keinen sinnvollen Grund. – Was haben denn die beiden Fälle wirklich gemeinsam?«

»Beide Spuren führen nach Eutin.«

»Richtig, aber wohin genau? Stolberg lebte in der Innenstadt, der Herzog auf seinem Gut Altenburg. Wir wissen, dass sie als Jäger befreundet waren, mehr aber nicht.«

»Doch! Sagtest du nicht, der Stolberg wäre im Vorstand des Stiftungsrats Schloss Eutin? Das ist doch auch der Herzog.«

»Gut kombiniert, Micha. Du wirst noch mal eine

gute Kriminalassistentin. – Aber vorläufig bleiben der alte und der junge Herzog unsere Hauptverdächtigen.«

»Warum denn nicht auch die Herzogin?«, wagte das Mädchen einzuwenden.

»Du hast recht. Natürlich dürfen wir die auch nicht aus den Augen verlieren. Aber ich glaube, Frauen sind schlechte Mörder. Sie handeln intuitiv. Nicht so planvoll, wie es hier den Anschein macht.«

»Na hör mal! Was sollen denn diese billigen Klischeevorstellungen über uns Frauen? – Vielleicht hat sie ja einen Geliebten, der für sie die Drecksarbeit getan hat. In den Fernsehkrimis ist das immer so.«

Kroll lachte kurz auf. »Na, warten wir's mal ab. Die Realität ist immer anders als in Fernsehkrimis. Wir sollten die Herzogfamilie erst einmal kennenlernen, bevor wir weiterkriminalisieren.«

Ohne weiter über den Fall zu diskutieren, erreichten sie Eutin. In der Nähe des Schlossgartens bat Micha ihren Onkel: »Setz mich doch bitte hier ab. Meine Freundin wartet schon auf mich.«

»Also wie gehabt: Wir bleiben über Handy in Kontakt.«

KAPITEL 11: GUT ALTENBURG

Der Wohnsitz derer zu Altenburg war nicht einfach zu finden. Er versteckte sich geschickt im Hintergrund eines Gehöfts, das wie ein ganz normaler, allerdings auf den ersten Blick etwas heruntergekommener Gutshof aussah. Der Herzog liebte es nicht, im Rampenlicht des öffentlichen Interesses zu stehen. Obwohl er sich für das Schleswig-Holstein-Musikfestival engagierte, war sein Hof, im Gegensatz zu vielen anderen Herrenhäusern, kein Ort internationalen Musiklebens. Auch zeugte nichts von der Tatsache, dass der Herzog auf der Erbliste der dänischen Könige stand.

Beim Anblick einer halbverfallenen Scheune wollte Kroll schon umkehren, da entdeckte er hinter ein paar verwilderten Büschen das stattliche Haupthaus, ein spätbarocker, zweigeschossiger Dreiflügelbau aus Backstein. Auf dem etwas zurückliegenden Mittelteil thronte ein die Architektur beherrschender dreieckiger Risalit, der eine riesige Uhr beherbergte. Sie wirkte wie ein überdimensionales Vanitassymbol. Als wollte sie dem Besucher klarmachen, dass alles vergänglich ist, auch die barocke Pracht des hunderte Jahre alten Profanbaus. Eine weit ausladende Steintreppe stieg auf zum reichlich verzierten Hauptportal.

Kroll parkte seinen Wagen etwas abseits, weil er sich nicht traute, das vornehme Bild der rosengeschmückten Rondelleinfahrt mit seinem rostigen Mini Cooper zu verunstalten. Ein proper aussehendes Dienstmädchen führte ihn in den erlesen eingerichteten Salon. Hell flutete das Tageslicht durch die hohen Fenster und brach sich im mächtigen Kronleuchter und in den barocken Spiegelfassaden. Zahlreiche Jagdtrophäen, deren Ursprung Kroll nicht zu deuten vermochte, hingen an den Wänden. In einer Nische stand ein Vitrinenschrank, der eine Reihe von Gewehren barg, die der Inspektor allerdings benennen konnte. Unter anderem eine Flinte mit kurzem Lauf. Ideal, wie Kroll wusste, um aus geringer Entfernung einen Fangschuss abzugeben.

Neben einem Steinway-Flügel stehend, begrüßte ihn die Hausherrin, Frau Cäcilie geb. von Zingst. Eine charmante und resolute Dame, wie Kroll fand. Dezent und geschmackvoll gekleidet, bildete sie einen unübersehbaren Gegensatz zum Inspektor, der mit seinem zerknitterten, offen wehenden Mantel, seinem verwaschenen T-Shirt und den abgeschabten Bluejeans nicht so recht in die adelige Landschaft passte.

Aber Kroll spürte gleich, dass sich die Gastgeberin nicht durch sein Äußeres täuschen ließ. Kein geringschätziger Blick, keine abfällige Bemerkung. Im Gegenteil. Dank ihrer guten Menschenkenntnis ahnte sie, dass hinter der Maske ein einfühlsamer, intelligenter Kriminalbeamter steckte.

»Mein Mann lässt sich entschuldigen. Er musste

heute nach Kiel zur Sitzung des Kulturausschusses. Er lässt Ihnen ausrichten, dass er den plötzlichen Fortgang des Grafen von Stolberg zutiefst bedauert und Ihnen selbstverständlich jederzeit für Ihre Recherchen zur Verfügung steht. – Bitte nehmen Sie Platz.«

»Verbindlichen Dank. Genau in dieser Angelegenheit wollte ich ihn sprechen. – Nun, das eilt ja nicht. Ich werde es die Tage nochmals versuchen. Einstweilen genügt es mir, mit Ihnen und Ihrem Sohn vorliebzunehmen.«

Die Herzogin zog an einer verborgenen Klingelschnur. Sofort erschien das Dienstmädchen von vorhin. »Benachrichtigen Sie meinen Sohn. Er möge sich bitte in den Salon bemühen.«

»Nun, gnädige Frau, wie gut kannten Sie beziehungsweise Ihre Familie den Grafen von Stolberg?«

»Er war ein gern gesehener Gast in unserem Hause. Mein Mann schätzte ihn als Jäger. Mich beeindruckten sein aufrichtiger Charakter und sein soziales Engagement. Bei ihm spürte man sofort, dass er sich seiner Verpflichtungen als Adliger bewusst war, – wenn Sie verstehen, was ich meine.«

»Aber sicher doch.« Kroll zog eine Ansichtskarte hervor und zeigte sie der Dame. »Hier. Eine Postkarte aus Mallorca an Ihren Gatten. Der Graf muss sie kurz vor seinem Tod geschrieben haben. Er kam nicht mehr dazu, sie abzuschicken, obwohl schon eine Briefmarke klebte. – Mich interessiert in diesem Zusammenhang: Was könnte der Graf gemeint haben mit dem Satz ›Alles klar. Es kann losgehen‹? Etwas ungewöhnlich für einen Urlaubsgruß, finden Sie nicht auch?«

»Ja, sicher. Da haben Sie recht«, erwiderte sie. »Aber das ist ganz einfach. Weil der Graf so gut spanisch spricht, hatte er uns geholfen, in Port Andratx eine bescheidene Zweitwohnung und einen Liegeplatz für unser Segelboot zu beschaffen. Wir lieben diese Gegend und planen, dort in Zukunft öfter den Urlaub zu verbringen.«

Kroll musste unwillkürlich an seinen eigenen abgebrochenen Urlaub denken. Auch ihm gefiel diese Gegend, jedoch für ein Eigenheim und ein Segelboot reichte es bei ihm finanziell leider nicht. Noch dazu mit dieser noblen Adresse.

»Und was den lakonischen Stil betrifft: Das war üblich zwischen dem Grafen und uns. Wir brauchten nicht viel Worte, um uns zu verstehen.«

»Hatten Sie denn auch ein enges persönliches Verhältnis zueinander?«

»Im Grunde genommen nein. Wir duzten uns nicht. Wir respektierten uns gegenseitig, gerade auch, was den Erhalt des Eutiner Schlosses anging. Graf Stolberg war es, der uns seinerzeit auf das Modell mit der Landesstiftung aufmerksam machte und der viel zu seinem Gelingen beitrug. – Natürlich fiel es uns zunächst nicht leicht, uns von dem Schloss zu trennen. Aber so war es sicherlich für alle Seiten die beste Lösung. Und heute sind wir stolz, unseren Teil für den Erhalt der schönen Anlage beigesteuert zu haben.«

»Wissen Sie zufällig, ob der Graf Neider, Konkurrenten oder Widersacher hatte?«

»Ich verstehe Ihre Frage nicht ganz. Wollen Sie andeuten, dass sein Tod kein Unfall war?«

»Wir sind verpflichtet, allen Möglichkeiten nachzugehen. Dazu gehört auch die Frage, ob jemand Interesse an seinem Tod gehabt haben könnte.«

»Das kann ich mir bei bestem Willen nicht vorstellen. Er war ein absolut integrer Charakter, nie auf seinen privaten Vorteil bedacht.« Die Herzogin hielt einen Augenblick inne und spielte nachdenklich mit ihrer Halskette, einem wertvollen, alten Familienstück.

»Sie nehmen doch wohl nicht an, mein Mann und ich würden in dem Grafen jemanden sehen, der uns unser Familienerbe zerstückelt hat? Und wir hätten Rachegedanken? – Das ist absurd. Im Gegenteil, er hat uns mit seiner Idee bei der Konsolidierung unseres Besitzes entscheidend geholfen, und wir sind – ich meine, wir waren ihm dafür zutiefst dankbar.«

»Entschuldigen Sie bitte, in diese Richtung zielte meine Frage nicht. Ich hätte eher angenommen, in der Familie des Grafen gäbe es Erbstreitigkeiten.«

»Davon ist uns absolut nichts bekannt«, lautete die kühle Antwort. »Da müssten Sie anderweitig recherchieren. Die familiären Verhältnisse des Grafen sind uns nicht geläufig. Soviel ich weiß, existieren keine näheren Nachkommen.«

Jemand klopfte dezent an der hohen Holztür zum Salon. Ein elegant gekleideter und gut aussehender junger Mann trat ein. Peter Anton Herzog von Altenburg hatte eine auffällige Ähnlichkeit mit seiner Mutter. Jugendlicher Stolz und auch ein Schuss Überheblichkeit sprachen aus seinen Augen. Kroll fand ihn etwas dandyhaft.

Nachdem sie ein paar Höflichkeitsfloskeln ausgetauscht hatten, heftete der Inspektor seinen Blick auf das Gesicht seiner Gastgeberin und fragte sie direkt heraus:

»Ist es richtig, dass Sie eine Villa in Lübeck am Mühlenteich besitzen?«

Kroll beobachtete genau die Reaktion seiner beiden Gegenüber. Durch den Körper der Herzogin ging ein deutlicher Ruck, so verwundert war sie über den plötzlichen Themenwechsel. Ihren Sohn schien die Frage in keiner Weise irritiert zu haben. Schließlich kannte er den Inhalt des vorigen Gesprächs nicht, fiel Kroll ein.

Die Frau warf einen kurzen Blick auf ihren Sohn, den das alles nicht sonderlich zu interessieren schien. Dann schaute sie dem Inspektor fest in die Augen.

»Ja, das ist richtig. Wir haben dort eine Stadtwohnung. – Aber was hat die Frage mit dem Grafen Stolberg zu tun?«

Kroll flüchtete sich in eine Gegenfrage. Er wollte nicht zu früh die Katze aus dem Sack lassen.

»Nutzen Sie und Ihre Familie die Wohnung regelmäßig?«

Ehe die Mutter antworten konnte, schaltete sich der Sohn in das Gespräch ein.

»Nein. Hin und wieder übernachte ich dort, wenn ich Dinge in Lübeck zu erledigen habe. Meine Eltern waren dort seit Jahren nicht, wenn ich richtig informiert bin.«

»Wann waren Sie denn das letzte Mal dort?«

Der Gastgeberin schien der Geduldsfaden zu reißen. Sie hängte sich die Kette vom Hals und wog das schwere Stück langsam in der rechten Hand, als wäre sie eine scharfe Waffe.

»Entschuldigen Sie bitte, aber soll das ein Verhör werden? Ich möchte endlich wissen, was die Fragerei mit Ihrem Besuch zu tun hat. Es hieß, Sie wollten sich bei uns über den Grafen Stolberg erkundigen. Und jetzt stochern Sie in unseren privaten Angelegenheiten herum! – Ich bin ein wenig indigniert, wenn Sie wissen, was ich meine.«

Jetzt hielt es Kroll an der Zeit, rücksichtslos mit aller Härte den Grund seines Besuchs zu offenbaren. Er schaute dem jungen Mann fest in die Augen.

»In Ihrer Villa wurde gegen Mittag des 2. April ein Mord begangen.«

Schlagartig breitete sich eine eiskalte Atmosphäre im Salon aus. Die Herzogin ließ vor Schreck die Kette auf den Boden fallen. Ihr Sohn zuckte heftig zusammen und starrte den Inspektor ungläubig mit offenem Mund an.

Die beiden müssten schon sehr gute Schauspieler

sein, um so ehrlich erschrocken zu reagieren, schoss es Kroll durch den Kopf. Aber wer weiß …?

Die Herzogin fasste sich als Erste. »Wie bitte? – Sagen Sie das noch einmal!«

»Am 2. April wurde um die Mittagszeit in Ihrer Stadtwohnung eine Frau vergiftet und am Abend vom Garten aus in den Mühlenteich geworfen. – Sie werden hoffentlich Verständnis dafür haben, dass ich Sie fragen muss: Wo waren Sie, gnädige Frau, beziehungsweise Ihr Gatte?«

Kroll bückte sich und legte die Kette der Frau in die verkrampft geöffnete Hand zurück. Dann richtete er seinen Blick auf die Hände des jungen Mannes, die dieser unwillkürlich gefaltet hatte, als wolle er beten. Der Erbherzog rieb seine Daumen nervös an den Fingerknöcheln. Die Herzogin stand auf und klingelte erneut nach dem Dienstmädchen.

»Bringen Sie mir unser Familienbuch.« Dem Inspektor gegenüber erklärte sie in einem distanzierten, formalen Ton: »Entschuldigen Sie, dass ich Ihnen Ihre Frage nicht auf Anhieb beantworten kann. Wir haben viele Verpflichtungen, müssen Sie wissen. Aber wir führen genau Buch, so eine Art Tagebuch. Wenn Sie bitte einen Augenblick Geduld haben.«

»Und wo waren Sie, junger Mann, am fraglichen Tage zur fraglichen Tatzeit?«

»Am 2. April? – Hm, da muss ich nachdenken. – Mir fällt nichts Besonderes ein. Wahrscheinlich war ich hier zu Hause. Ich muss für mein Examen lernen. Mein Studium füllt mich momentan sehr aus, müssen Sie wissen.«

»Was studieren Sie denn, wenn ich fragen darf?«

»Spanisches Immobilienrecht, – wenn Sie erlauben. Ich möchte mich in dieser Richtung selbstständig machen.«

»Immobilien auf Mallorca?«

Der junge Mann schaute ihn verständnislos an. »Nein, Konkretes habe ich noch nicht geplant. – Wie kommen Sie darauf?«

»Ach, war nur so ein Gedanke«, lenkte Kroll ein. Die Mutter aber hatte sofort Lunte gerochen:

»Der Graf von Stolberg kam nämlich auf Mallorca ums Leben. – Und offenbar liegt es für die Polizei nahe, dass wir damit zu tun haben könnten.«

»Aber das ist doch schierer Unsinn!«, beeilte sich ihr Sohn anzufügen.

Das Dienstmädchen brachte das Familienbuch. Kroll nutzte die Gelegenheit, um es genauer zu betrachten. Nicht mehr die Jüngste, dachte er. Ein biederes Mauerblümchen. Obwohl, – in ihrer Art eigentlich ganz ansehnlich. Bestimmt eine treue Seele. – In ihren Augen schimmert eine gewisse Glut. Ich kann mir vorstellen, dass sie einen heimlichen Liebhaber hat. – Aber sicherlich nicht den jungen Herrn. Dann hätte es hier im Raum gefunkt. – Irgendwie macht sie einen etwas verlegenen Eindruck. Als ob sie meine Anwesenheit irritiert. Ich werde ihr nachher mal ein wenig auf den Zahn fühlen.

Die Zofe verschwand unauffällig, während die

Herzogin umständlich in dem Buch herumblätterte, bis sie fündig wurde.

»Hier steht es. Am 2. April waren mein Mann und ich zu Gast bei der Kieler Landesregierung. – Sie können sich dort höheren Orts gern informieren. Der Herr Landespräsident wird es Ihnen bestätigen.«

Der Inspektor musste gestehen: »Gut, Ihre Angaben werde ich überprüfen, aber ich möchte Ihnen schon jetzt versichern, dass ich sie nicht anzweifle. Das ist reine Routinearbeit, – wenn Sie verstehen, was ich meine.« Die Gastgeberin überhörte die Anspielung. Kroll machte eine kleine Pause, bevor er fortfuhr. »Wie viele Schlüssel gibt es zu der Lübecker Stadtvilla, und wer verfügt über sie?«

»Wenn ich recht informiert bin, hängt einer im Schlüsselkasten, dort im Gang. Wir benutzen ihn selten, nur, wenn wir mal nach Lübeck müssen, zum Beispiel anlässlich eines Konzerts des Schleswig-Holstein-Musikfestivals. Ein zweiter befindet sich in den Händen des Hausmeisters aus der Nachbarschaft, der dort für das Anwesen sorgt. Ein dritter hängt in dem Arbeitszimmer meines Mannes im Eutiner Schloss. Die Mitglieder des Stiftungsrats dürfen die Villa benutzen, wenn sie zu dienstlichen Zwecken in Lübeck sind. – Das wäre alles. Mehr Schlüssel existieren meines Wissens nicht.«

Kroll erhob sich, machte ein paar Notizen in seinem kleinen Merkheft. »Nun, das hat mir schon ein Stück weitergeholfen.« Er klappte sein Notizbuch zu und verabschiedete sich. »Vielen Dank für Ihre freundliche Geduld mit mir. Ich bin sicher, dass sich jegliche Verdachtsmomente in Luft auflösen werden. – Bitte richten Sie Ihrem Gatten meine Empfehlung aus. Ich glaube nicht, dass es noch notwendig sein wird, ihn zu inkommodieren.«

Auch dieses Fremdwort hinterließ bei der Herzogin keinen Eindruck. Sie hielt es für billige Ironie. So war es aber nicht gemeint. »Theresa wird Sie hinausbegleiten.« Sie klingelte erneut. Sofort war das Dienstmädchen präsent. Ziemlich brüsk befahl ihr die Herzogin: »Der Herr möchte gehen. Bitte begleiten Sie ihn hinaus.«

Kurz bevor Kroll durch die Salontür verschwand, drehte er sich um und kratzte sich mit dem Daumen über die Stirn. Das hatte er im Fernsehen bei Inspektor Columbo gelernt.

»Ach, beinah hätt ich's vergessen. – Sagt Ihnen der Name Caoba etwas?«

Die Frage schlug wie eine Bombe ein. Die Herzogin bekam ein knallrotes Gesicht und drehte sich wutentbrannt zu ihrem Sohn um, der jetzt beim Fenster zum Park stand und scheinbar interessiert die Bäume betrachtete. Er sackte bei der Frage erschrocken in sich zusammen.

»Peter Anton, haben wir dir nicht jeden weiteren Umgang mit dieser Person verboten? – Wieso wird dieser Name in unserem Hause erwähnt? Er ist tabu für dich, das weißt du. – Andernfalls werden wir dich auf der Stelle enterben!«

So wurde der Inspektor unfreiwillig Zeuge einer pikanten Familienauseinandersetzung. Theresa, das Dienstmädchen, neigte dezent ihr Haupt, um die Distanz einer Angestellten zu wahren. Kroll ließ nicht locker: »Entschuldigen Sie bitte, aber Sie haben meine Frage noch nicht beantwortet.«

Die Herzogin schluckte ein paar Mal heftig, bevor sie sich zu einer Erklärung herabließ.

»Die Adoptivtochter des Wildhüters drüben in der Alten Schäferei am Ostufer des Eutiner Sees heißt so. Eine Schwarze, ein stummes Waldmädchen, das nicht in unsere Kreise passt. Und außerdem minderjährig. – Mein Sohn hatte …«

»Bemüh dich nicht, Mutter, das kann ich dem Inspektor auch selbst erklären. – Also, das ist so. Wir sind …, ich meine, wir haben uns ineinander verliebt. Sie ist ein wundervolles Wesen, auch wenn sie nicht sprechen kann. Irgendein schweres Schicksal lastet auf ihr, und ich bin fest entschlossen, ihr zu helfen. – Ich liebe sie von ganzem Herzen. Aber wir müssen uns immer heimlich treffen. Meine Eltern wollen sie nicht akzeptieren. Gelegentlich war ich mit ihr auch in der Lübecker Villa. Wahrscheinlich kennen Sie den Namen von daher.«

Seine Mutter rang unüberhörbar nach Atem. Sie wollte ihren Sohn scharf zur Rechenschaft ziehen, sah aber ein, dass es jetzt der falsche Augenblick war. So schwieg sie verbissen.

»Caoba ist ebenso unschuldig wie ich. Unser Problem ist, dass meine Eltern mich mit der Gräfin von

Bülow liieren wollen. Das sei besser für die Familientradition, meinen sie. – Ich will aber meinen eigenen Weg gehen.« Mit einer energischen Drehung richtete er sich an seine Mutter: »Ich liebe sie, und dabei wird es bleiben, auch wenn Ihr das nicht wollt, Mutter!«

Er verschwand mit lautem Türknallen in den Garten. Er hatte gar nicht bemerkt, dass er seine Mutter plötzlich im althergebrachten Hofstil ihrzte.

Kroll war die Situation ausgesprochen peinlich. Mit wenigen leeren Höflichkeitsfloskeln entfernte er sich und überließ die Herzogin, die wie eine Marmorstatue in der Mitte des Salons stand, sich selbst.

Hm, den emotionalen Ausbruch des jungen Mannes kann ich durchaus verstehen. – Aber wie ernst meint er es mit seiner Liebe. War das nicht eine Spur zu laut? – Und überhaupt, ich werde alle Angaben überprüfen müssen. – Der junge Herzog bleibt nach wie vor mein Hauptverdächtiger. Fluchtgefahr besteht sicherlich nicht. Ich werde ihn aber dennoch unauffällig beobachten lassen.

Die Herzogin hörte ihm gar nicht mehr zu. Ihre Gedanken galten nur noch dem Sohn: Ich fürchte, ich werde die Gräfin von Bülow ein wenig unter Druck setzen müssen, am besten über ihren dubiosen Pferdehandel. Die soll mal ein bisschen ihre üppigen Reize ausspielen. Mal sehen, ob der Junge da nicht schnell sein biederes Landmädchen vergisst. – Ich könnte eine private Schlossführung arrangieren, am besten montags, wenn keine offiziellen Besuche möglich sind. Niemand im Haus, edles Ambiente, eine offene Bluse ... Da wird er nicht nein sagen können. Intime Schlossführung – finale Verführung.

Sie wandte sich gedankenversunken zum Gartenfenster und musterte ihren Sohn, der wie verloren auf einer entfernten Parkbank saß. So übersah sie – ein wenig unhöflich – Krolls Abgang. Als der im Rahmen des barocken Eingangportals stand, fasste er das Dienstmädchen leicht am Ellbogen und bat: »Bitte begleiten Sie mich zu meinem Auto. Ich möchte Ihnen gern ein paar Fragen stellen.«

Theresa folgte etwas widerwillig. Sie hatte zu viel Angst vor dem Polizisten, als dass sie ihm zu widersprechen wagte. So schritten sie gemeinsam langsam die imposante Steintreppe hinunter. Aus den Augenwinkeln bemerkte Kroll, dass die Herzogin sie heimlich hinter den schweren Gardinen beobachtete.

»Wie lange arbeiten Sie für die Familie des Herzogs?«

»Es sind jetzt fast vier Jahre.« Sie bemühte sich sichtlich, ein positives Bild ihrer Herrschaft zu zeichnen. »Und ich fühle mich hier sehr wohl. Ich kann mich nicht beklagen. Man behandelt mich gut, und die Besoldung ist angemessen.«

»Wohnen Sie auch hier auf dem Gut?«

»Ja, ich habe ein kleines Zimmer an der Seite des Herrenhauses mit einem eigenen Eingang zur Verfügung. – Warum fragen Sie?«

Kroll erwiderte mit einer Gegenfrage. »Haben Sie auch einen Schlüssel zu der Villa in Lübeck?«

Theresa blieb abrupt stehen. »Finden Sie nicht, dass Sie mit Ihren Verdächtigungen zu weit gehen? – Natürlich habe ich keinen Schlüssel. Und das Privatleben des jungen Herrn interessiert mich auch nicht, falls Sie verstehen, was ich meine.«

Eine gute Zofe spricht wie ihre Herrin, dachte Kroll, wollte den Punkt jedoch nicht weiter vertiefen. Also lenkte er ein: »Nein, so war das nicht gemeint. Wir müssen eben allen Möglichkeiten nachgehen. Und ich bin mir sicher, dass Sie mit der Sache nicht im Entferntesten etwas zu tun haben. – Aber eine Frage hätte ich noch. Wer ist denn, – besser gesagt, wer war denn in letzter Zeit häufiger bei den Herrschaften zu Besuch?«

Theresa war sichtlich verärgert. »Ich glaube nicht, dass ich Ihnen das sagen darf. Das gehört zu meiner Verschwiegenheitspflicht Fremden gegenüber.«

Sie wollte sich umdrehen und zurück ins Haus laufen, aber Kroll hielt sie vorsichtig am Ärmel fest. »Bitte vertrauen Sie mir. Ich will Sie ja auch gar nicht aushorchen. Ich möchte die Familie des Herzogs mit meinen Fragen nicht unnötig belasten, weil, – nun ja, weil ich davon überzeugt bin, dass sie einer gemeinen Intrige zum Opfer gefallen sind. Für mich sind sie unschuldig. Bitte helfen Sie mir, den wahren Täter zu finden.«

Die Zofe brauchte eine gewisse Zeit, um das alles zu verarbeiten. Dann lenkte sie ein: »Nun gut.

Die Herrschaften leben hier sehr zurückgezogen. Familienangehörige finden sich nur sehr selten ein. Fremde ebenso wenig. Ab und zu tagt hier eine auserwählte Runde des Stiftungsrats, um die anstehenden Probleme rund um das Eutiner Schloss zu besprechen.«

»Wer gehört denn konkret dazu?«

»Natürlich der Graf Stolberg, Gott sei seiner Seele gnädig. – Dann Herr Romanowsky, der Pächter der Fasaneninsel, der als Fachmann von allen geschätzt wird …«

Kroll entging es nicht, dass die Frau bei der Nennung des Namens den Blick verlegen senkte. »Auch von Ihnen?«

Theresa errötete leicht. Etwas unbeholfen antwortete sie: »Ich habe in dieser Runde nichts zu sagen. Ich bin doch nur die Kammerzofe. – Wieso fragen Sie?«

Der Inspektor wollte die Gute nicht ein zweites Mal verwirren, also überhörte er die Frage. »Und wer war noch da?«

»Meistens kamen noch Frau Schuster, die Sekretärin des Stiftungsrats, Herr Diabelli, der Schlossverwalter, und Herr Kriebgans, der Revierförster.«

»Und jeder Einzelne von denen hätte Zugang zum Schlüsselkasten gehabt?«

»Im Prinzip ja. Denn wer zur Toilette musste, kam daran vorbei.«

»Ich danke Ihnen für Ihr Vertrauen. Bitte seien Sie sicher, dass ich Sie nicht in die Angelegenheit hineinziehen werde. – Auch kein Wort Ihrer Herrschaft gegenüber in Bezug auf Ihr Verhältnis zu Herrn Romanowsky.«

Ohne weiter auf das verlegen überraschte Gesicht Theresas zu achten, stieg der Inspektor in sein Auto und startete die Zündung. Der krasse Motorlärm übertönte die hilflose Antwort der Zofe. Im Rückspiegel sah er, wie sie betreten auf der Stelle trat und nervös an ihrer Dienstschürze zupfte.

Kroll änderte seinen ursprünglichen Plan, Micha abzuholen und mit ihr zum Gut Uklei zu fahren. Jetzt wollte er erst einmal der Alten Schäferei einen Besuch abstatten.

KAPITEL 12: DIE ALTE SCHÄFEREI

Der junge Frühling zauberte im Laufe des Tages ein herrliches Wetter in die Holsteinische Schweiz. So entschloss sich Kroll, das Schiebedach seines Mini Coopers zu öffnen und sich die frische Landluft um die Ohren wehen zu lassen. Hinter Kasseedorf breitete sich eine romantische Waldlandschaft aus. Obwohl es für die Bäume noch nicht an der Zeit war, voll auszuschlagen, hüllte die noch schwächliche Sonne den Boden und die Luft in einen zartgrünen Schleier. Vom Auto aus war der Himmel nicht zu sehen, so sehr bohrte sich die Landstraße wie ein Tunnel in das dichte Geäst der Alleebäume.

Rechter Hand schimmerte die trügerisch ruhige schwarze Oberfläche des Kolksees durch. Ein leichter Nebeldunst stieg über ihm auf, als wäre er der leibhaftige Kessel einer Hexenküche. Viele geheimnisvolle Sagen rankten sich um den fast kreisrunden Trichter. Es war, als würden sich die schrillen Waldgeister in seinen brodelnden Wassern ein heißes Bad gönnen.

Gegenüber der Fahrbahn konnte Kroll die Ausläufer der gespenstigen Wolfsschlucht erkennen. Hier kam ihm der Wald vor, als hätte ihn nie ein Mensch betreten. Umgestürzte Baumstämme erdrückten das dichte Unterholz, in dem es von Tieren und Gespenstern nur so wimmelte. Merkwürdige Geräusche drangen aus dem Pflanzenlabyrinth, als probte die raue Welt der Nordlichter einen Aufstand gegen die zivilisierte Welt der Mini Cooper fahrenden Touristen.

Kroll wagte es nicht, hier einen Halt einzulegen, um sich die Füße zu vertreten. Und um sich vor den krassen Naturlauten zu schützen, schob er eine Led-Zeppelin-CD ein und drehte die Lautstärke voll auf. Nun war das Chaos dank des offenen Schiebedachs perfekt. Endlich konnten die Trolle, Elfen, Dryaden, Meliaden und Schrate den wildesten Tanz ihres unvergänglichen Lebens feiern.

Angeblich soll auch der Komponist Carl Maria von Weber bei dem letzten Besuch in seiner Heimatstadt Eutin diese Wolfsschlucht besucht haben. Seine berühmte Szene im Freischütz hatte er allerdings schon lange vorher komponiert. Sicherlich hätte ihn Krolls Beschallung der Wolfsschlucht mit Led Zeppelin zu einer Neuauflage inspiriert.

Am Ausgang dieser Hölle lag die Alte Schäferei. Als wolle sie die Idylle des Eutiner Sees mit der bizarren Zauberwelt der ostholsteinischen Wälder versöhnen. Das alte Fachwerkhaus schmiegte sich an das Ostufer des schilfbewachsenen flachen Großen Eutiner Sees. Mit seinen zwei niedrigen, aber breiten Dachgauben machte es von Weitem den Eindruck, als sei ein dicker, gemütlicher Schrat aus dem Wald herausgetreten und unterhielte sich wohlwollend mit den Wassernixen. Früher diente die Schäferei als Zentrum einer herzoglichen Schafszucht, doch dem Betrieb war auf den kargen Sandböden der Umgebung nur wenig Erfolg beschieden. So konvertierte sie zur Försterei, zur Pflege der wilden Tiere.

Kroll parkte am Straßenrand und stiefelte den Sandweg hinauf zur Eingangstür des reetgedeckten Gebäudes. ›Familie Kriebgans‹ stand auf der aus Ton gebrannten Namenstafel, verziert mit zwei erwachsenen Gänsen und einem Gänseküken.

Das wird Caoba sein, vermutete der Inspektor.

Er klingelte. Nach einer geraumen Zeit öffnete eine schlicht gekleidete Frau die Tür. Ihre in Würde ergrauten Haaren hatte sie zu einem dicken Knoten zusammengebunden, der auf ihrem Hinterkopf wie die Krone einer Waldfee thronte. Sie erweckte den Eindruck einer sauberen, ordentlichen Hausfrau.

»Sie wünschen?«

»Entschuldigen Sie die Störung. – Kroll. Inspektor Kroll von der Regionalen Kriminalbehörde in Lübeck.« Er fingerte in seinem Mantel nach einem Dienstausweis herum, fand aber keinen. Das machte nichts, die gute Frau glaubte ihm auch so. Etwas verwirrt fragte sie: »Ist etwas passiert?« Sie rief nach hinten: »Wolfgang, komm doch bitte mal. Da ist jemand von der Polizei.«

Wolfgang beeilte sich. Er passte perfekt in das Haus, in die Waldgegend, war aber das genaue Gegenteil seiner Frau. Sein wirrer, langer Rauschebart hätte seinen Bauchnabel verdecken können, wenn da nicht die olivgrüne, in den Knien verbeulte, schmuddelige Latzhose gewesen wäre. Aus seinem bartumflossenen Gesicht stach eine dampfende Pfeife hervor. Buschige, dichte Augenbrauen überragten die misstrauisch dreinblickenden Augen. Er machte auf den ersten Blick einen mürrischen, verschlossenen Eindruck.

Kantiger Typ, dachte Kroll. Aber wenigstens Raucher. – Ganz anderer Menschenschlag, als diese Adeligen vorhin.

»Ich komme zu Ihnen in Zusammenhang mit dem Tod des Grafen von Stolberg. – Sie kannten ihn?«

»Ja, sicher«, erwiderte der Mann mit einer unwirschen Geste. »Treten Sie ein. Das kann man nicht vor der Tür besprechen.« Die Wohnung machte einen rustikalen und penibel gepflegten Eindruck. Ein paar Geweihe hingen an der Wand. Auch zwei Gewehre sowie eine Flinte Kaliber 16 und eine etwas größere, Kaliber 12, beide mit kurzem Lauf.

Frau Kriebgans stellte ein paar Gläser auf den Tisch und brachte eine Flasche Selbstgebrannten. »Den machen wir selbst, so wie unseren Honig, – und wir verkaufen ihn auch.« Sie schenkte die Gläser randvoll ein. »Sie dürfen doch, auch wenn Sie im Dienst sind?«

Kroll hatte nichts dagegen. Der Schnaps munterte ihn auf. Er holte eine seiner etwas zerdrückten Zigaretten aus der Hosentasche. »Es stört Sie nicht?«

»Aber natürlich nicht. Rauchen beruhigt. – Man gönnt sich ja sonst nichts im Leben, – und das ist hart genug«, seufzte der Hausherr. Er reichte dem Inspektor sein faustdickes, schwerfälliges Feuerzeug. Nach einigen Fehlzündungen schoss eine kräftige Flamme empor. Kroll genoss seine erste Zigarette des Monats in vollen Zügen. Nach einer Genießerpause setzte er das Gespräch fort.

»Also, wie gesagt, es geht um den Herrn Stolberg.«

»Ja, natürlich kannten wir ihn«, unterbrach ihn Herr Kriebgans. »Er war gern gesehener Gast in unserer bescheidenen Hütte. Wir hatten viel mit ihm zu tun, schließlich war er Jäger. Ich bin hier der Revierförster. Da hat man manche Berührungspunkte. – Wir bedauern seinen plötzlichen Tod sehr. Er war doch noch so rüstig. Ein vortrefflicher Wanderer. Deswegen konnten wir überhaupt nicht verstehen, dass er sich auf Mallorca zu Tode stürzte.« Er sprach das Doppel-L nicht wie j aus, sondern sagte Malorka.

»Wissen Sie, ich habe ehrlich gesagt auch Zweifel an einer natürlichen Todesursache. – Deswegen bin ich ja auch hier. – Können Sie sich denn vorstellen, dass er irgendwelche Feinde hatte, – Neider, Konkurrenten? Vielleicht wollte sich jemand rächen?«

Frau Kriebgans schüttelte vehement den Kopf. Kroll hatte schon fast Angst, ihr Dutt würde herunterfallen. »Nein, absolut nicht. – Im Gegenteil. Er wurde hier von allen geachtet. Und das zu Recht, wo er sich so für den Erhalt des Schlosses eingesetzt hat. Ich weiß, dass der Herzog ihm damals sehr dankbar war, dass das Problem gelöst wurde. Sie müssen wissen, dass ihm das Schloss finanziell ziemlich schwer im Magen lag. Und durch die Lösung mit der Stiftung wurde ein Weg beschritten, der ihm half, sein Gesicht als Oberhaupt eines alten Adelsgeschlechts zu wahren.«

Die resolute Frau Kriebgans nahm wie zur Bestätigung einen kräftigen Schluck Selbstgebrannten.

Die gute Frau, dachte Kroll, bestätigt eigentlich meine Vermutung, dass ich zumindest den alten Herzog aus der Liste der Täter ausschließen kann. Er kam mit seinen Gedanken nicht weiter, denn der Herr des Hauses schlug mit der Faust auf die Tischplatte.

»Mensch, da fällt mir die Geschichte mit den Wilderern ein. Vor etwa zwei Jahren hatte der Graf beim Jagen im Hohen Holz zwei Männer überrascht, die wildern wollten. Das gab zunächst mächtige Aufregung, aber später kamen sie mit einem blauen Auge davon. Der Herzog verzichtete auf eine Anzeige, weil das zwei ganz arme Kerle waren, keine Vorbestraften.«

Na ja, Wilderer, die dazu noch arme Kerle sind, ging es Kroll durch den Kopf, kann ich als Täter wohl ausschließen. Ich glaube kaum, dass die das Geld und die Möglichkeit gehabt hätten, einen Auftragskiller nach Mallorca zu schicken.

»Ja, sein soziales Engagement«, fuhr Frau Kriebgans fort. »Er hatte seinerzeit auch das mit unserer Adoptivtochter in die Wege geleitet.«

Kroll blickte sie aufmerksam an. Ihr Mann bemerkte das und erklärte:

»Sie müssen wissen, dass wir vor über zehn Jahren …«

»Das ist schon 15 Jahre her«, unterbrach ihn seine Frau.

»… Also vor etwa 15 Jahren ein dunkelhäutiges Mädchen aufgenommen hatten, deren Eltern bei dem fürchterlichen Brand in dem Lübecker Asylbewerberheim in der Hafenstraße ums Leben gekommen waren. Sie werden sich an die Sache erinnern.«

»Ja natürlich, unsere Behörde musste auch in diesem Fall recherchieren. Wenn ich mich recht erinnere, wurde die Brandursache nie eindeutig geklärt.«

»Wir sind felsenfest der Überzeugung, dass es sich um einen rechtsradikalen, ausländerfeindlichen Anschlag gehandelt hat, – auch wenn die Justiz die Tatverdächtigen freisprach. – Aber das spielt jetzt keine Rolle. Wir waren gerade von Lübeck hierher gezogen und schämten uns fürchterlich, dass es dort seit der Hitlerdiktatur wieder brennende Häuser gab. Damals waren's die Juden, jetzt traf es die Ausländer.« Er spielte nachdenklich mit seinem Schnapsglas. »Der liebe Gott würde sich im Grabe umdrehen, wenn er wüsste, was es für schlechte Menschen unter seinen Geschöpfen gibt!«, fügte er in einem etwas sarkastischen Unterton hinzu.

»Lass das Politisieren!«, unterbrach ihn seine Frau. »Den Herrn Inspektor wird das nicht interessieren.«

»Doch, doch, erzählen Sie ruhig weiter.« Er fixierte sie aus den Augenwinkeln heraus. »Es handelt sich doch um Ihre Tochter Caoba, nicht wahr? – Sie ist wohl zurzeit nicht anwesend?«

Völlig verdattert nahm Herr Kriebgans seine Pfeife aus dem Mund. »Woher kennen Sie ihren Namen?« Er blickte sein Gegenüber misstrauisch an. »Sie sind doch nicht nur wegen des Grafen hier! – Nein, sie treibt sich wie immer um diese Zeit in den Wäldern rum. – Aber was soll Ihre Fragerei?«

Ruhig erklärte der Inspektor die Zusammenhänge. Auch die vermutete Beziehung mit dem jungen Herzog von Altenburg ließ er nicht aus.

»Donnerwetter!«, entfuhr es Herrn Kriebgans. Wieder musste die Tischkante unter der Wucht seiner Faust leiden. »Das hätte ich nicht gedacht. – Ich meine, sie ist doch noch so jung. Dass sie schon was mit Männern hat, ist uns echt entgangen. – Ich dachte, sie treibt sich den ganzen Tag in den Wäldern rum. Sie ist von klein an ein echtes Waldmädchen, müssen Sie wissen. Ihr liebstes Hobby sind ihre Pferde und das Reiten. Das beherrscht sie perfekt. Obwohl …« Er stockte, kratzte sich am Bart und fuhr etwas verlegen fort: »Was wollte ich sagen? – Richtig. Sie liebt unsere Natur und weiß mehr davon, als wir selbst. – Aber mit dem jungen Herzog … – Unmöglich. Der ist doch gar nicht unsere Kragenweite. – Ich meine, er ist ja ganz nett, aber als Liebhaber unserer Caoba, diesem Wildfang, kann ich ihn mir nicht vorstellen.«

Seine Frau hatte sich inzwischen gefasst und ergänzte:

»Und dann ist noch das mit ... – ich meine, sie ist – wie soll ich sagen? – Sie ist – behindert.«

Der Inspektor horchte auf.

»Ja«, fuhr ihr Mann fort. »Sie kann nicht sprechen. Sie ist stumm. – Der Psychologe erklärte uns, dass das mit dem schrecklichen Erlebnis in der Brandnacht zu tun haben muss. – Sie müssen wissen, Caoba konnte damals zwar aus dem Flammenmeer gerettet werden, aber ihr Vater, ein schwarzer Kubaner, kam ums Leben. Man identifizierte später seine Leiche. Von ihrer Mutter fehlt jede Spur. Die Polizei ging davon aus, dass sie bis zur Unkenntlichkeit verbrannt ist.«

Den beiden Kriebgans standen die Tränen in den Augen. Zur Beruhigung schütteten sie einen großen Schluck Schnaps hinunter. Kroll versuchte, die angespannte Atmosphäre zu glätten.

»Und wenn ich recht verstanden habe, nahmen Sie sich des Kindes an. Wie alt war es denn seinerzeit?«

Die Frau griff die Unterbrechung dankbar auf. »Da alle Unterlagen mit verbrannt wurden und wir niemanden hatten, den wir befragen konnten, nehmen wir an, dass die Kleine so ungefähr ein Jahr alt war. – Wir nannten sie Caoba. Das ist das spanische Wort für mahagonibraun. Ihre Hautfarbe war so – wie soll ich sagen – so zartdunkel, nicht schwarz. Wir glauben, dass ihre Mutter eine Weiße war.«

Ihr Mann fuhr fort. »Wir sind mit dem kleinen Wurm, um dessen Vormundschaft wir uns mit Hilfe des Grafen von Stolberg bemüht hatten, dann hierher nach Eutin gezogen, wo wir uns beiden und der kleinen Caoba ein neues Heim schaffen konnten. – Wir bereuen unseren Entschluss nicht. Im Gegenteil. Wir fühlen uns hier wohl. – Und wir hoffen, dass die Angelegenheit mit dem jungen Herzog zu Caobas Gunsten ausgeht. – Wir würden ihr das bisschen Glück von ganzem Herzen wünschen.«

»Sie müssen sich keine Sorgen machen, nur weil ich hier in der Funktion eines Kriminalbeamten meine Routineuntersuchungen machen muss. – Ich kann Ihnen versichern, dass ich Ihre Tochter in keiner Weise verdächtige. Mir geht es einzig darum aufzuklären, warum der Graf Stolberg tödlich verunglückt ist.«

»Vielen Dank für Ihr Vertrauen. – Sie müssen wissen, wir sind einfache Leute. Wir kennen uns in Ihrer Arbeit nicht aus. – Wir wären nur froh, wenn Caoba – und natürlich wir beide auch – nicht in diesen Strudel hineingezogen würden.«

»Ich versuche mein Bestes. Aber ich bin verpflichtet, meinen Spuren nachzugehen. – Wenn Ihnen irgendetwas in Zusammenhang mit den Ereignissen noch einfallen sollte, oder wenn Sie diesbezüglich etwas erfahren sollten, rufen Sie bitte mich oder meinen Kollegen Dorndorf bei der Eutiner Polizeidienststelle an.«

Kroll notierte die Telefonnummern auf einem

Zettel, leerte sein Schnapsglas und verabschiedete sich. Frau Kriebgans steckte ihm vor der Tür heimlich ein Glas Honig in die Tasche.

»Wegzehrung. Muss mein Mann nicht merken. Können Sie ja mal Ihren Kollegen zur Probe anbieten.«

»Oh, vielen Dank. Und danke auch für den guten Tropfen. Ich werde beides weiterempfehlen.« Dann machte er sich auf den Weg, um seine Nichte abzuholen.

KAPITEL 13: AM UKLEISEE

Viviana und Micha saßen auf einer Parkbank gleich am Eingang des Eutiner Schlossgartens. Von Weitem grüßte das alte Schloss mit seiner rotbraunen Backsteinfassade durch die Parkbäume hindurch. Für Micha ein inzwischen vertrauter Anblick.

»Vielen Dank für die Midi-Files. Ich freu mich schon auf die Musik, auch wenn das Einstudieren noch ein hartes Stück Arbeit wird. Und außerdem ist sie ja noch unvollendet. Ich werde sie zu Ende führen. Du wirst schon seh'n.«

»Sag mal, bist du schon immer … – Ich meine, fehlt dir das Augenlicht von Geburt an?«

»Du kannst das Wort ›blind‹ ruhig aussprechen. Es ist keine Beleidigung. Beleidigend finde ich nur, wenn die Leute mich deswegen mit ihrem scheinheiligen Mitleid umsülzen, mich als Zirkusnummer abstempeln. – Nein, blind bin ich nicht von Anfang an. Meinen Vater habe ich nie kennengelernt, er verschwand gleich nach meiner Geburt und verstarb kurz darauf. Meiner Mutter ging es ziemlich dreckig. Sie war alles andere als reich. Aber sie ermöglichte mir schon als Kleinkind eine gute musikalische Erziehung. Und sie opferte ihr ganzes Leben, nur um mich als Musikerin voranzubringen. Als ich zehn war, verstarb auch sie plötzlich. Bei ihrer Beisetzung weinte ich sehr. – Ich kann mich noch heute an jedes Detail erinnern. Irgendein Unbekannter, wahrscheinlich ein Arbeitskollege meiner Mutter, tröstete mich und wischte mir mit seinem Taschentuch die Tränen ab. Für den kurzen Augenblick half es, aber nach drei Tagen legte sich ein grauer Schleier über meine Augen, der von Jahr zu Jahr stärker wurde, bis ich bald nichts mehr sehen konnte. Die Ärzte erklärten, es sei ein Trachom, eine bakterielle Entzündung. – In meinem Falle unheilbar. Teure Spezialisten konnte ich als Waisenkind nicht aufsuchen. So blieb mir einfach nichts anderes übrig, als mich mit meinem Schicksal abzufinden und das Beste daraus zu machen.

In meinem Zimmer, unter dem Bett, steht ein alter, zerbeulter Lederkoffer. Darin bewahre ich die wenigen Andenken an meine Mutter auf, die mir geblieben sind: Dokumente, Fotos, einen Teddy, ihren Ehering. Und auch das Taschentuch, mit dem ich damals meine letzten Abschiedstränen trocknete.

Ich begann, die Blindenschrift zu erlernen. – Und heute ist meine Blindheit zwar ein körperliches Handicap, aber geistig und musikalisch schadet sie mir nicht – glaube ich wenigstens.«

»Da bin ich mir auch sicher. Ich weiß, du wirst es schaffen.«

»Danke, dass du so lieb an mich glaubst. Das tut gut. – Übrigens habe ich bald meinen ersten großen Auftritt!«

»Oh, super. Erzähl!«

»Oben am Ukleisee, nicht weit von hier, steht ein Jagdschlösschen. Die Besitzerin, eine gewisse Frau von Bülow, hat es renovieren lassen und will ein feierliches Eröffnungskonzert geben, bei dem sie mich als Pianistin eingeladen hat.«

»Wow! – Ich beneide dich, dass du so perfekt bist.«

»Ach was, von wegen perfekt. Ich glaube, das Wichtigste als Musiker ist nicht die Perfektion, sondern vielmehr der Ausdruck. – Vielleicht ist das meine Stärke: Ich muss weder die Noten, noch die Tasten, noch die Zuhörer sehen. Das lenkt nur ab. Ich bin viel direkter an der Musik, als viele meiner sehenden Kollegen. In meinem Kopf ist nichts als Klang. Der reine Klang. Ich gestalte ihn einzig von meinem inneren Auge aus. Das äußere Drumherum würde mich nur ablenken. – Ich weiß nicht, ob du das verstehen kannst. – Aber der Klang ist mein Leben. Er ist meine Seele. Und ich kann ihn mit meinen Händen so differenzieren, wie eine menschliche Seele eben unendlich viele Schattierungen hat.«

»Du sprichst ja wie die Erwachsenen. Seele … – Was ist das schon?«

Viviana lachte kurz auf und legte ihren Arm um Michas Schulter.

»Ich bin ja auch eine Erwachsene! Ich weiß schon, wo meine Seele liegt. Deshalb fühle ich mich auch in der Lage, Carl Marias Musik zu vollenden. – Weißt du was? Komm doch bitte auch zu meinem Konzert. Ich würde mich freuen. Und nimm deinen Onkel mit. Noël, Antonio und ein paar von den anderen werden auch da sein.«

Genau in diesem Moment hupte es von der nahen Straße her.

»Das wird Onkel Michel sein! Wie gerufen, als ob er dich gehört hat. – Du hast wohl magische Kräfte! Heute soll es wieder auf Verbrecherjagd gehen.«

Micha sprang auf, aber die Ältere hielt sie mit einer raschen Handbewegung zurück.

»Warte, ich muss dir noch etwas sagen. Ich möchte nicht, dass es dein Onkel mitbekommt.« Micha setzte sich etwas irritiert auf die Bank zurück. »Es ist …«, druckste Viviana verlegen, »du sollst wissen, dass wir vom 1. FC Eutin inzwischen auch nicht untätig waren. Du weißt, dass uns der Tod des Grafen Stolberg sehr nahe gegangen ist. Auch wir haben ein großes Interesse an der Aufklärung des Falles. Deswegen haben wir uns unter Antonios Führung an die Arbeit gemacht und uns hier in der Umgebung sorgfältig umgeschaut. – Und wir haben eine Menge entdeckt.«

»Find ich super! – Aber erzähl das doch gleich alles meinem Onkel. Das wird ihn bestimmt weiterbringen.«

»Nein, genau das möchte ich nicht. Genauer gesagt: Der 1. FC Eutin hat beschlossen, die Polizei nicht in unsere Angelegenheiten einzuweihen. – Ich will und kann dir hier nicht unsere Gründe nennen. Aber bitte glaube mir, es ist für alle besser, wenn wir und die Polizei getrennte Wege gehen.«

Viviana machte eine kurze Pause und legte ihren Arm um die Schultern ihrer neuen Freundin. »Und außerdem haben wir so unsere eigenen Methoden. Es wird nicht zum Nachteil deines Onkels sein, wenn ich selbst dir gegenüber nichts Näheres verrate. – Bitte vertraue mir. – Und vor allem: Vertraue meiner Musik. – Schließlich bist du kein Kind mehr.« Sie gab Micha einen flüchtigen Kuss auf die Wange.

Die Jüngere fühlte sich so geschmeichelt, dass sie gar nicht Nein sagen konnte. »Na gut, aber nur, wenn du für mich noch mal so gut Klavier spielst wie neulich. Das war zum Träumen schön. Da habe ich den Alltag um mich herum vergessen und Dinge gesehen, die man sich gar nicht vorstellen kann.«

»Ach weißt du, das mit dem Traum und der Wirklichkeit ist für einen Musiker etwas ganz anderes als für die meisten anderen Menschen. Wenn ich in meiner Musik lebe, gibt es keine Unterschiede mehr. Ich glaube, das liegt daran, dass die Musik nichts Greifbares hat. Sie ist nichts als Klang. Begreifbar, aber nicht greifbar. Da gibt es keine handfesten Fakten, wie sie dein Onkel braucht, um einen Täter zu überführen. – Ich fühle, dass ich die Kraft habe, objektive Wahrheiten jenseits der ebenso objektiven Tatsachen aufzuzeigen. Nur mit meinem Klavierspiel. – Du wirst sehen, dass auch das deinen Kriminalinspektor weiterbringen wird.«

Die beiden standen auf, jeder in seine eigenen Gedanken versunken, und gingen zu Krolls Auto, der schon ungeduldig die Beifahrertür geöffnet hatte. Sie begrüßten sich.

»Komm, steig ein, Micha. Wir müssen noch einen kleinen Umweg machen. Ich möchte noch kurz bei der Frau Bülow auf Gut Uklei vorbeifahren.«

»Kann denn Viviana mitkommen?«, bettelte Micha. Viviana schien das gar nicht recht zu sein.

Aber die Jüngere knuffte sie in die Seite. »Ist schon recht! – Du musst wissen, Onkel Michel, sie ist eine Pianistin und soll für diese Bülow ein Konzert geben. – Und sie hat auch uns beide eingeladen.«

Sie wandte sich an die Ältere: »Da kannst du bei der Gelegenheit doch die Details klären, und vielleicht lässt dich die Bülow den Flügel mal ausprobieren.«

»Meinetwegen«, knurrte Kroll. »Ich werdet aber erlauben, dass ich meine Untersuchungen nach meinem eigenen Gutdünken durchführe.«

»Aber Onkel Michel, du weißt doch, dass du dich auf uns verlassen kannst. Schließlich wollen Viviana und die anderen vom 1. FC Eutin ja auch, dass der Mörder vom Stolberg gefasst wird. Wir helfen dir. Echt! – Wir haben da so unsere eigenen Methoden ...« Micha boxte Viviana in die Seite, die leicht vor sich hin schmunzelte. Jetzt sind wir eine verschworene Bande, schoss es beiden durch den Kopf.

»Na ja, Mörder. Das müssen wir erst noch sehen. – Steigt ein.«

Und schon ging's los. Micha war mächtig stolz auf ihren Onkel, der ein so sportliches Auto mit offenem Verdeck hatte. Lediglich sein Musikgeschmack sollte sich mal verjüngen, dachte sie.

*

Das Gut lag malerisch zwischen hügeligen Pferdekoppeln und glitzernden Seen. Ein staubiger Wirtschaftsweg führte zum imposanten Herrenhaus. Ein paar rassige Pferde wichen scheu zur Seite, als der dröhnende Mini-Cooper-Motor an ihnen vorbeijagte. In der Ferne schimmerten die Wogen des Malenter Kellersees durch. Heute war frischer Wind für die Segler angesagt.

Mit einer angeberischen Staubwolke bremste Kroll auf dem Rondell vor dem Gutshaus. Ein besorgter Lakai kam ihnen entgegen:

»Privatgelände! Touristen sind hier unerwünscht.«

Kroll kramte einen Zettel aus dem Handschuhfach, der von Weitem so aussah wie ein Dienstausweis. Es war seine ADAC-Mitgliedskarte.

»Kriminalpolizei Lübeck. Kroll mein Name.« Er deutete auf seine Beifahrer. »Meine Assistenten.«

Der Lakai war sichtlich eingeschüchtert.

»Ich möchte Frau von Bülow sprechen. Ich bin angemeldet.«

»Die gnädige Frau ist im Salon. Bitte folgen Sie mir.«

Das Gutshaus war mindestens genauso vornehm eingerichtet wie das Domizil derer von Altenburg.

Kroll fing langsam an, sich im adeligen Ambiente wohlzufühlen. Die Dame des Hauses machte einen gepflegten Eindruck. Ihre Kleidung und ihr Make-up passten perfekt zu dem freundlichrosa Ton der Gardinen und der Polsterbespannung. Ihre elegante Schönheit verriet erlesenen Geschmack und gebildetes Weltbürgertum. Allerdings meinte Kroll, in ihren rastlosen Augen etwas herauszulesen, das nicht so ganz in das edle Ambiente passte.

Als habe sie eine andere, eine dunkle Vergangenheit, dachte sich der Inspektor. Er wusste, dass ihn seine Menschenkenntnis bisher nur selten getäuscht hatte.

»Ich bin wegen zweierlei hier. Zunächst ist es meine Pflicht, Ihnen ein paar Fragen in Zusammenhang mit dem Tod des Grafen von Stolberg zu stellen.«

Die Dame bat ihre Gäste, rund um einen kleinen Beistelltisch Platz zu nehmen. Getränke bot sie ihnen nicht an. Wahrscheinlich hoffte sie so, den lästigen Besuch möglichst schnell wieder loszuwerden.

Nicht gerade ladylike, dachte Kroll.

»Wie kann ich Ihnen behilflich sein?«, fragte die Dame.

»Bei den Sachen des verunglückten Grafen fand man eine Postkarte, die an Sie gerichtet war.« Kroll zog sie aus der Tasche und überreichte sie der Adressatin. »Hier ist sie. Graf Stolberg hatte sie noch nicht abgeschickt. Wir mussten sie Ihnen aus ermittlungstechnischen Gründen leider bis heute vorenthalten. – Wenn Sie sie bitte lesen würden.«

Frau von Bülow überflog die Postkarte kurz. »Ja, ja, der gute Stolberg. Schön, dass er an mich gedacht hat.«

»Kannten Sie sich gut, ich meine, der Graf Stolberg und Sie?«

»Nun ja, wir waren recht gut befreundet. Er ist nicht gerade in meinem Alter, wenn Sie vielleicht auf irgendeine Liaison anspielen sollten. – Die Liebe zur Kunst brachte uns zusammen. Wir beide sind, ich meine, – soll ich sagen: wir waren? – egal, jedenfalls haben wir so manches für die Förderung des Schleswig-Holsteiner Musiklebens beigesteuert. – Dank des Erbes meines verstorbenen Mannes kann ich es mir erlauben, finanziell in kultureller Hinsicht recht großzügig zu sein.«

»Auf der Postkarte ist von einem Projekt die Rede. Würden Sie mir dazu bitte Details nennen?«

»Nun, das alles war noch in der Anfangsplanung. Wir suchten gemeinsam auf Mallorca nach einer passenden Immobilie, nach einer Option, kinderreichen Touristen einen preiswerten Reiturlaub zu ermöglichen. Ich hätte damit die Möglichkeiten meines Reiterhofs international ausbauen können. Und damit wir auf staatliche Subventionen bauen konnten, sollte das Ganze einen sozialen Touch bekommen. Edukative Begegnung von behinderten und normalen Kindern, generationenübergreifendes Entdecken. Und so weiter. Sie wissen ja, das macht sich immer gut, wenn man öffentliche Mittel verbauen will. Ich kenne mich in der Politik gut aus, ich hab da so meine Beziehungen.«

Kroll spürte eine gewisse Abneigung gegen das angeberische Verhalten seiner Gastgeberin. Eine wirkliche Lady von Adel würde nicht so großspurig auftrumpfen, dachte er und unterbrach seine Gesprächspartnerin etwas unwirsch: »Das klingt ja alles ganz vielversprechend. Aber, – gab es nicht auch gewisse Spannungen zwischen Ihnen und dem Grafen, ich meine in Hinsicht auf die Gestaltung der zukünftigen Festwochen?«

Frau von Bülow stutzte. Diese Frage hatte sie nicht erwartet. Worauf wollte der Kriminalbeamte hinaus? »Ich sehe, Sie haben sich gut informiert. Herr Stolberg und ich waren nicht immer einer Meinung, als es um ein neues Konzept für die Festwochen ging. War ja auch in allen Zeitungen zu lesen, dass es Probleme gab, die zu teilweise heftigen Streitigkeiten führten, besonders im Rathaus. Ein Stadtvertreter beschimpfte seine Kollegen gar auf einer Haushaltssitzung: Sie haben alle Leichen im Keller.«

Sie hielt einen Moment ein und konnte sich eine ironische Anmerkung nicht verkneifen: »Und jetzt sind Sie hergekommen, um nach einer Leiche in meinem Keller zu suchen?«

Kroll fand das nicht besonders witzig und wollte sich nicht auf dieses Gesprächsniveau begeben. Also wiegelte er geschickt ab: »Aber nein. Ich gehe davon aus, dass so eine kultivierte Frau wie Sie keine Leiche im Keller versteckt.«

Die Gräfin fühlte sich sichtbar geschmeichelt. Dadurch entging ihr, dass Krolls Formulierung die Möglichkeit nicht ausschloss, sie könnte doch mit Leichen zu tun haben.

In versöhnlichem Ton fuhr sie fort: »Ich und Stolberg waren immerhin engagierte Mäzene, da blieben Meinungsverschiedenheiten nicht aus, besonders in künstlerischer Hinsicht. Ich bin eine Frau der Tat, eine Geschäftsfrau. Ich habe es gelernt, mit meinem Geld umzugehen. Ich wollte eine Oper, die auch Gewinn brachte. Stolberg war eher der Idealist, dem es um hohe Kunst ging, egal, was sie kostete und egal, ob sie dem Publikum gefiel oder nicht. – Aber das ist noch lange kein Grund, einem anderen Menschen den Tod zu wünschen.«

Sie überlegte kurz, weil ihr einfiel, dass sie etwas Wichtiges vergessen hatte. »Ich bedaure den tödlichen Unfall sehr. Stolberg hinterlässt im Eutiner Musikleben eine Lücke, die nur schwer zu schließen ist.«

Und so zog sich der Smalltalk hin, ohne dass der Inspektor auch nur die Spur von Verwertbarem entdeckte. Irgendwann kam der junge Herzog von Altenburg ins Gespräch.

»Ja, mit Peter Anton von Altenburg stehe ich in bestem Verhältnis«, erläuterte die Dame stolz. Nach einer für Kroll etwas zu theatralisch gekonnten Kunstpause, die sie für eine aufwendige Handbewegung brauchte, fügte sie hinzu:

»Ich bin ihm versprochen. Unsere Familien gutheißen eine Verbindung.«

Merkwürdiges Wort, dachte Kroll. Ihm ging das Schicksal Caobas durch den Kopf. Nach einer Weile fragte er wie nebenbei:

»Kennen Sie ein dunkelhäutiges Mädchen namens Caoba?«

Frau von Bülow konterte für ihn überraschend heftig. Sie antwortete für seinen Geschmack ein wenig zu rasch und in einem plötzlich kalten und gepressten Ton.

»Nein, nie gehört. – Dunkelhäutig …? Keine Ahnung, interessiert mich nicht. – Ich habe gehört, dass es drüben auf der anderen Seite des Sees eine Schwarze geben soll. Aber in der Gegend war ich noch nie. Und außerdem, Schwarze gehören nicht zu meinem Bekanntenkreis. – Tut mir leid. Warum fragen Sie?«

»Ach vergessen Sie's. Eine reine Routinefrage.« Ihn stieß die etwas ordinäre Ausdrucksweise ab. Er wurde das Gefühl nicht los, dass sie etwas zu verbergen hatte.

Für eine Gräfin reagiert sie etwas zu wenig distanziert, meinte Kroll. Laut fuhr er fort: »Lassen Sie mich jetzt bitte zum zweiten Grund meines Besuchs kommen. – Diese junge Dame ist die Pianistin, die die Ehre hat, bei Ihrer Einweihungsfeier des neuen Jagdschlösschens aufzuspielen.«

Schlagartig änderte sich die Attitüde der Gastgeberin.

»Oh, es freut mich, dich kennenzulernen. – Ich darf dich doch duzen?«

»Selbstverständlich«, konterte Viviana, obwohl es ihr im Grunde genommen nicht so ganz recht war. »Es ist mir eine Ehre, den neuen Konzertraum einweihen zu dürfen, – auch wenn ich nur ein blindes Mädchen bin.«

»Aber nicht doch, – nicht diese unnötige Bescheidenheit. Graf Stolberg hat dich mir wärmstens empfohlen. Er meinte, du wärest eine ausgezeichnete Künstlerin. – Die Blindheit spielt in der Musik doch keine Rolle.«

Viviana fühlte Zutrauen zu der Dame. Endlich jemand, der sie als Musikerin, nicht als behinderte Zirkusartistin ansah.

»Wäre es denn möglich, einmal den neuen Flügel auszuprobieren?«

»Tut mir leid, der ist noch nicht vor Ort. Ich habe ihn in Hamburg bestellt, er kommt erst nächste Woche. – Aber wenn du willst, kannst du dir schon einmal den Raum anschauen.«

Sie spürte, dass sie das etwas unglücklich ausgedrückt hatte, also verbesserte sie sich: »Ich meine, der Herr Inspektor kann dich in den Raum führen, damit du seine Atmosphäre einfangen kannst. – Hilft dir das?«

»Aber natürlich. Ich würde mich riesig freuen.«

Frau von Bülow läutete nach dem Lakai und ließ

sich den Schlüssel zum Jagdschlösschen aushändigen. Danach verabschiedete man sich.

Kroll konnte ein gewisses Unbehagen nicht unterdrücken. Irgendwas stimmt hier nicht. Entweder die Dame ist keine echte Adelige, – oder ich bin kein echter Kriminalkommissar.

*

Das im zierlichen Stil des Rokoko erbaute Jagdschlösschen thronte hoch über dem Westufer des Ukleisees. Der dreiflügelige Pavillon mit seinen einladenden Sprossenfenstern und dem breitgezogenen Doppeldach schmiegte sich elegant in die parkähnliche Landschaft. Von hier oben hatte man einen herrlichen Ausblick auf den See, der verträumt, aber auch geheimnisvoll ein ansehnliches, von dichten Wäldern umsäumtes Oval füllte.

Das Innere war zu einem modernen Konzertsaal ausgebaut, den die Architekten geschickt an den Stil der Außenfassade angepasst hatten. Das zartgrüne Waldlicht flutete hell in den Raum und verstärkte die Atmosphäre einer ernst-heiteren Gelassenheit. Viviana spürte das sofort, auch wenn es ihr nicht vergönnt war, die Schönheit des Raums zu sehen. Sie stimmte eine kleine Melodie an, um die Akustik zu testen.

»Perfekt! Ein Traum von einem Konzertsaal. Wenn der neue Flügel auch so super ist, dann wird es das schönste Konzert meines Lebens.« Sie umarmte

Micha, die sie bislang wie ein treuer Blindenhund am Handgelenk geführt hatte. »Und ich werde mir alle Mühe geben, euch nicht zu enttäuschen. Das bin ich Carl Maria schuldig, und auch dem Andenken des netten Herrn Stolberg, der mich zu Lebzeiten so gefördert hatte.«

»Ich verstehe zwar nicht viel von Musik«, warf Kroll ein, »aber ich bin sicher, dass das Konzert für uns alle ein einmaliges, unvergängliches Erlebnis sein wird. – Kommt, lasst uns einen kleinen Spaziergang rund um den See machen. Die Luft ist heute so mild, so frühlingshaft. Das sollten wir uns nicht entgehen lassen.«

Schweigend schlenderten die drei auf dem schmalen Uferweg, der rings um den See führte. Jeder war in seine Gedanken vertieft. Kroll ging der Besuch bei der Frau von Bülow nicht aus dem Kopf. Wie sollte er diese Frau einordnen? Warum hatte der verunglückte Stolberg ausgerechnet ihr eine Karte geschrieben? Was für eine Rolle spielte sie in dem Wirrwarr seines neuen Falles?

Viviana komponierte während des Spaziergangs in Gedanken weiter an der Musik Carl Marias. Vieles bedurfte nur noch der Realisierung auf dem Keyboard. Manche Ideen hatte sie verworfen, andere entfalteten sich in ihrem Kopf und blühten auf. Aber immer noch fehlte der zentrale innere Zusammenhang. Sie würde noch viel Inspiration brauchen, um die musikalischen Probleme zu lösen.

Micha freute sich auf das Konzert. Sie war stolz

darauf, eine so erwachsene Freundin zu haben. Sie ahnte, dass sie noch eine Menge von ihr lernen konnte. Zum Beispiel das mit der Seele. Oder das mit Noël. Sie spürte, dass sie auch bald erwachsen sein würde. Plötzlich blieb sie stehen.

»Hört ihr das auch?« Ein ganz leises, merkwürdiges Geräusch entstieg dem See, dessen Wasseroberfläche spiegelglatt war. »Das klingt fast wie Glocken.«

Jetzt hörten es auch die anderen, die aus ihren Gedanken gerissen waren. Micha hob einen kleinen Stein auf und warf ihn in das Wasser. Es platschte leise, und ringförmige Wellen breiteten sich langsam über den See aus. Für einen Moment schien das Glockenläuten aufzuhören, als sei der unterirdische Glöckner durch den Steinwurf bei seiner Tätigkeit unterbrochen worden. Aber nachdem sich das Wasser wieder beruhigt hatte, setzte das Geräusch erneut ein.

»Als ob die Wassernixen uns von da unten ein Ständchen geben wollten«, meinte Viviana.

Der Inspektor hütete sich, den beiden zu verraten, dass er den Grund für das Naturerlebnis kannte. Er hatte es bei der Vorbereitung auf seine Fahrt nach Eutin im Internet gelesen. Demnach kam der Klang von den Rotbauchunken, die am Ukleisee noch heute zu finden waren. Sie quaken nicht, sie geben glockenähnliche Töne von sich. Aber diese Erklärung fand er zu prosaisch. Deswegen beeilte er sich, den beiden Jugendlichen eine alte Sage über den Ukleisee zu erzählen, die er ebenfalls im Internet gefunden hatte.

Vor Urzeiten gab es den See noch nicht. An seiner Stelle bildeten die Bergrücken eine tiefe Senke mit einer fruchtbaren Wiese und einer kleinen Kapelle mittendrin.

Oben, wo jetzt das Jagdschlösschen steht, befand sich die Burg eines wilden Ritters. Der hatte sich in ein schönes Bauernmädchen verliebt, das jeden Tag die Pferde seines Vaters auf die Weide führen musste.

Der Ritter umwarb das Mädchen so lange, bis es ihn eines Tages erhörte und er ihm vor dem Altar der Kapelle die Treue schwor.

Doch die Zeit ging ins Land, und der Ritter besann sich eines Besseren und wollte eine reiche Gräfin heiraten.

Die Hochzeit fand in der kleinen Wiesenkapelle statt.

Doch nachdem der Prediger seine Rede gehalten hatte und das Kirchenglöckchen schlug, erschien das Bauernmädchen und erhob den Zeigefinger gegen den untreuen Ritter.

Im gleichen Augenblick brach ein derartig schreckliches Gewitter herunter, dass sich die Senke in Windeseile mit Wasser füllte.

Nur die Braut, der Prediger und ein kleines unschuldiges Mädchen konnten sich retten.

Seither gibt es den Ukleisee. Und gelegentlich

hört man die mahnende Glocke der kleinen Wiesenkapelle.

Micha fand die Geschichte blöd. Dass sich Erwachsene so einen Kinderkram ausdenken!, dachte sie empört. Viviana aber war wie elektrisiert. Sofort setzte sie in ihrem Kopf die Geschichte in Musik um.

Der lange gesuchte Faden für ihre Komposition schien gefunden zu sein.

KAPITEL 14: DER WILDERER

Schmielke kippte den Rest aus seinem Bierglas mit einer entschlossenen Geste hinunter. »Und morgen Abend ist es soweit! Ich hab mir alles gründlich überlegt. Es kann einfach nicht schiefgeh'n.«

Sein Gegenüber wischte sich verärgert mit seinem schmutzigen Ärmel den Bierschaum vom Mund. »Gib nicht so an! Du hast wohl vergessen, dass wir beide nur deswegen nicht im Knast sitzen, weil der selige Graf beim Richter ein gutes Wort für uns eingelegt hatte.« Er setzte seinen Humpen an und trank ihn in einem Zug aus. Dann rülpste er zur Bekräftigung seiner Worte. »Jetzt stell dir mal vor, der Olle wäre ein paar Jahre eher in die ewigen Jagdgründe eingegangen. Dann säßen wir nicht hier beim Bier, sondern wegen Wilderei bei Wasser und trocken Brot.«

Diese Schreckenswörter verbreiteten sofort eine miese Stimmung. In unangenehme Gedanken vertieft, brüteten die beiden eine Zeit lang vor sich hin. Jeder starrte in sein leeres Bierglas. Ob der Wirt noch mal zwei neue ankreiden würde?

Draußen war es längst dunkel geworden. Über Eutin legte sich der typische norddeutsche Dauernieselregen. Im Alten Brauhaus am Marktplatz hatten sich nur wenige Gäste eingefunden. Bei so einem Mistwetter blieben die Menschen lieber zu Hause und schauten sich langweilige Fernsehkrimis an. Am Nachbartisch saß ein einsamer Gast mit dem Rücken zu den beiden Vagabunden. Es machte den Anschein, als sei er mit sich, der Welt und seinem Bierglas zufrieden. Die beiden Burschen ahnten nicht, dass er sie mit gespitzten Ohren belauschte.

Auf ihr flehentliches Zeichen hin ließ sich der Wirt Gott sei Dank ein weiteres Mal erweichen, den beiden eine frische Lage zu spendieren.

»Geht auf Rechnung des Herzogs«, versicherte Schmielke großspurig. »Der schuldet mir noch eine Kleinigkeit. Schließlich war ich es, der ihm den Tipp mit dem Fünfender gegeben hat. – Zahlt sich doch aus, wenn man im Wald Bescheid weiß!« Er lachte laut auf, schlug seinem Kumpanen auf die Schulter und beugte sich vertraulich an sein Ohr. »Der Herzog hat mir zum Dank seinen alten Jagdrock und einen ausgemusterten Lodenhut vermacht. Damit aus dir noch ein guter Jäger wird, hat er gesagt.« Wieder lachte er hell auf. »In der Tat, ich werde ihn nicht enttäuschen. – Aber auf meine Art, verstehst du?« Er zwinkerte seinem Genossen listig zu. »Pass gut auf, was jetzt kommt. Da kannst du was für's Leben lernen!«

Schmielke nahm einen tiefen Zug aus seinem Bierglas und stellte es knallend auf den Holztisch, sodass der Wirt aufmerksam wurde. Randale wollte er hier nicht haben. Aber es war alles ganz harmlos. »Morgen Abend will der Herr Herzog auf Jagd gehen!«, rief der Vagabund quer durch den Raum rüber zum Wirt. »Und ich hab ihm den Tipp gegeben! – Wegen dem starken Damschaufler! – Oben beim Kolksee, beim herzoglichen Hochsitz. – Da ist große Jagd angesagt! – Aber haltet euch da raus! Der Durchlaucht will allein sein! Ist eben ein echter Jäger. Allein Aug in Aug mit dem Wild.« Er machte eine bedeutungsvolle Pause und schaute wichtigtuerisch in die Runde. »Auf das Wohl unseres Landesherrn!« Ein beifälliges Murmeln ging durch den Raum, obwohl der Titel etwas zu hoch gegriffen war. Jetzt fühlte sich Schmielke sicher, dass seine Botschaft angekommen war.

Selbstzufrieden genehmigte er sich einen weiteren kräftigen Schluck und näherte sich erneut dem Ohr seines Nachbarn. »Ha, jetzt denken alle, der Herr würde morgen Abend durch die Wälder streifen! Da wird es gar nicht auffallen, wenn ich mich an seiner Stelle ein wenig um den Wildbestand kümmere. Weil, in seinen Klamotten, und außerdem hab ich so ungefähr seine Statur. Und dann die Dunkelheit. Falls wirklich jemand vorbeikommen sollte, der wird mich todsicher für den Durchlaucht halten.« Er grinste seinen Partner an, der sich angewidert wegen der unangenehmen Bierfahne abwendete. »Aber wehe, du willst mich verraten! – Du weißt, dass ich ein guter Schütze bin …« Der andere zuckte zusammen. »Schon gut, aber eine Lende kannst du mir schon abgeben!«

Der Mann am Nachbartisch gab dem Wirt einen deutlichen Wink. »Alles klar«, erwiderte dieser. »Schreib ich auf Ihr Konto, gnäd'ger Herr.«

*

Schwere, bizarr geformte Wolken hingen am Himmel Ostholsteins, als hätten sich sämtliche Luftgeister der Umgebung zu einem unheilvollen Teufelstanz versammelt. Die breitschultrige Elfenkönigin Titania ließ ihren blauschwarzen Reifrock gespenstisch über die Fichtenwipfel rauschen, die sich unter seiner Last bedrohlich zur Seite neigten. Der biegsame Luftgeist Ariel mit seinem dunkelroten Wolkenmantel zischte lüstern hinter ihr her und schüttete sein Unheil über die bedrängte Natur. Die Waldtiere verkrochen sich verängstigt in ihre Verstecke. In der Luft vibrierte eine schaurig leise Natursinfonie.

Das fahle Licht des Halbmonds schaffte es nur selten, zum verwilderten Waldboden vorzudringen und die Silhouette einer merkwürdigen Gestalt zu beleuchten. Der gebeugt durch das Dickicht schleichende Mann versuchte, sich behutsam im Schatten der turbulent wallenden Regenschleier zu halten, die sich über den Kolksee legten. Er war in einen langen, olivgrünen Lodenmantel gehüllt. Ein abgetragener Filzhut mit breiter Krempe verbarg sein Gesicht. Das Gewehr hing griffbereit über der Schulter. Langsam tastete er sich voran, immer wieder nach hinten schauend, um sich zu vergewissern, dass ihm niemand folgte.

Er schien sich hier gut auszukennen. Die letzte Eiszeit hatte das Gebiet rund um den Kolksee mit seinen steilen Schluchten und unwegsamen Mooren geprägt. Ein schmaler Fußpfad führte entlang des braunschwarzen Sees, auf dessen Oberfläche sich merkwürdigerweise nie größere Wellen ausbildeten. Wer hier nicht genau Tritt hielt, konnte leicht im tiefen Morast versinken.

Endlich öffnete sich der Pfad zu einer trichterförmigen Lichtung, an deren Rand sich fast unsichtbar das Gerüst eines Hochsitzes wie ein Skelett an eine mächtige Buche lehnte. Das war das Ziel des nächtlichen Wanderers. Hier oben wollte er lauern, um den Damschaufler mit einem treffsicheren Schuss zu erlegen.

Doch er kam nicht soweit. An der engsten Stelle des Pfades, dort, wo ihn die hohen Farne von beiden Seiten umfingen, trat er auf einen metallischen Gegenstand. Ehe er sich dessen bewusst wurde, spürte er in seinem linken Unterschenkel einen rasenden Schmerz, der ihm fast das Bewusstsein raubte. In panischem Schrecken brüllte er laut auf und stürzte zu Boden. Das Gewehr fiel zur Seite in den Morast. Voller Todesangst wühlte sich der Mann durch den Adlerfarn und tastete mit letzter Kraft nach seinem Fuß. In der Finsternis spürte er, wie sich sein Blut mit dem Schlamm vermischte.

»Verdammt, ein Schwanenhals! Welcher Idiot legt hier Fangeisen?« Der Schmerz durchfuhr seinen ganzen Körper und lähmte seine weiteren Gedanken. Er schrie wie ein Tier. »Hilfe! Hilfe!« Dabei hätte er wissen müssen, dass niemand in der Nähe sein würde, hatte er doch in der Kneipe mit seinem großspurigen Gerede selbst dafür gesorgt. Und außerdem: Wer wagt sich bei diesem Wetter schon freiwillig an den Kolksee!

Bald war er mit seinen Kräften am Ende, krümmte sich vor Schmerz und sackte ohnmächtig zusammen. Wie ein Bündel Altkleidung lag er in seinem verschmutzten langen Mantel und dem verbeulten Hut, der sein Gesicht verdeckte, zwischen den Farnen, die sich schnell wieder aufgerichtet hatten. Die Luftgeister verhüllten den Schauplatz mit ihren dunkel drohenden Wolken.

Doch der Verwundete war nicht allein. Nach einer geraumen Zeit löste sich die Gestalt eines zweiten Mannes aus dem Schutz der dichten Büsche zu Füßen des Hochsitzes. In den Händen hielt sie eine abgesägte Flinte. Vorsichtig huschte sie zu dem Ohnmächtigen, der in der Dunkelheit nur schwach zu erkennen war.

»Endlich hab ich dich!«, murmelte der Mann finster vor sich hin und trat sein Opfer brutal mit dem Stiefel in den Bauch. Dann richtete er seine Flinte auf dessen Brust und drückte erbarmungslos ab. Schlagartig verstummte die Natursinfonie der Waldtiere. Als ahnten sie, dass sich hier eine Tragödie abspielte.

Dann legte er dem anderen die Tatwaffe in die Arme und führte dessen rechte Hand zum Abzug. Zufrieden richtete er sich auf. Das Gewehr des Wilderers warf er im hohen Bogen in den Kolksee. In dem moorigen Schlammwasser würde es niemand finden.

Jetzt sah alles nach einem Jagdunfall aus.

*

Am frühen Morgen des nächsten Tages fand ein Spaziergänger die Leiche. Sein Hund hatte sie erschnüffelt. Ohne etwas anzurühren, verständigte er über sein Handy die Polizeistation in Eutin. Dorndorf und sein Team waren schnell zur Stelle. Die erste grobe Untersuchung des Toten und der Fundstelle ließ für den Kriminalbeamten keinen Zweifel aufkommen, dass es sich um einen tragischen Jagdunfall gehandelt haben musste. Alle Spuren sprachen dafür. Der Mann musste versehentlich in ein Fangeisen getreten sein und hatte beim Sturz einen Schuss aus seiner Flinte gelöst, mit tödlichem Ausgang.

Dorndorf erkannte Schmielke sofort, schließlich hatte er mit dem Wilderer schon einmal beruflich zu tun. »Typisch! Abgesägte Flinte, Kaliber 12. – Und dann das Fangeisen: Ein als Abtrittseisen präpariertes Abzugeisen mit extra breiter Trittfläche, von der Sorte, die heute wegen der Unfallgefahr streng verboten ist, aber von den Wilderern gern für ihre dunklen Zwecke benutzt werden. So brauchen sie nicht mit einem auffälligen Gewehr herumlaufen. Eine abgesägte Flinte lässt sich leicht unter dem Mantel verbergen. Und da man damit nicht auf größere Entfernungen tödlich treffen kann, legt man einen dieser sogenannten Schwanenhälse und wartet, bis sich ein Tier verfangen hat.«

Ein Tötungsdelikt schloss Dorndorf aus. Wer hätte schon Interesse daran, einen alten Vagabunden zu ermorden? Aber eines irritierte ihn: War Schmielke in seine eigene Falle geraten? Und dann noch an einer so markanten Stelle, – dort, wo sich der Pfad zum Hochsitz verengt? Dafür war der Wilderer eigentlich zu plietsch. Was, wenn da noch ein anderer sein Unwesen trieb und diese Teufelsfallen legte?

Der Kriminalbeamte beschloss, der Frage mit einer kleinen List nachzugehen. Er ordnete an, dass über den Unfall kein Sterbenswörtchen an die Presse gehen sollte. Alle, einschließlich des Spaziergängers, der die Leiche gefunden hatte, mussten vorläufig absolutes Stillschweigen bewahren. Dorndorf wollte die Umgebung um den Kolksee unauffällig beobachten. Er spürte, dass sich der Fallenleger ein weiteres Mal betätigen würde. Er ließ das Fangeisen an gleicher Stelle wieder hinlegen, allerdings im gesicherten Zustand, damit nicht wieder ein Unschuldiger verunglückte. Er teilte seine Leute ein, vom Hochsitz aus bei Anbruch der Dunkelheit Wache zu schieben. Die ganze Nacht lang durch, um möglichst wenig Aufsehen und Unruhe zu erzeugen.

Die erste Nachtwache wollte er selbst übernehmen.

*

Rechtzeitig vor Einbruch der Dunkelheit machte es sich Dorndorf auf dem Hochsitz bequem. Er war wie eine kleine Hütte auf überdimensionalen Stelzen gebaut. An den Frontseiten zum Wald hin hatte man schmale Öffnungen eingelassen. So konnte ein

Jäger das Gelände überwachen, ohne selbst gesehen zu werden.

Der Kriminalkommissar hatte sein Oktavheft mitgenommen, um in Ruhe an seiner Komposition weiterarbeiten zu können. Doch bald legte sich der Nachtschleier über den dunklen Wald, sodass er nicht mehr weiterschreiben konnte. Er klappte das Heft zu und begann, begleitet von dem monotonen Zirpen der kleinen Waldtiere, im Kopf weiterzukomponieren. Das machte ihn schnell müde, und fast wäre er tief eingeschlafen, als er ein verdächtiges Knacken im Unterholz wahrnahm. Plötzlich herrschte über dem Kolksee eine gespenstische Ruhe. Als ob sich die Waldbewohner vor einem fremden Eindringling versteckt hätten.

Dorndorf neigte sich vorsichtig nach vorne und spähte durch den Sehschlitz. Doch nichts bewegte sich. War es nur eine Täuschung? – Aber da drüben, ganz hart am Ufer des Sees konnte er die Umrisse einer Gestalt erkennen, die sich zwischen den hohen Farnen niedergekauert hatte. Sie hob den Kopf und schaute aufmerksam nach allen Seiten. Dann machte sie leise einen entschlossenen, katzenartigen Sprung hinter eine dicke Buche, die direkt vor der Lichtung stand, an deren entgegengesetztem Ende sich der Hochsitz befand.

Kurz riss die Wolkendecke auf und beleuchtete reflexartig ihr Gesicht. Eine Schwarze!, stellte Dorndorf erstaunt fest. Das kann doch nur die Kleine vom Waldhüter sein, oben in der Alten Schäferei.

Dass die sich hier rumtreibt, wäre ja nichts Ungewöhnliches. Wenn es nicht Nacht wäre und wenn sie sich nicht so geheimnisvoll bewegen würde. – Die schien doch etwas vorzuhaben. Und es sah so aus, als würde sie mit jemandem rechnen, der sie überraschen könnte.

Das Mädchen vergewisserte sich nochmals nach allen Seiten, dass ihm niemand gefolgt war. Dann schlich es zielsicher auf die Stelle zu, wo das Fangeisen lag. Es kniete sich hin und hantierte mit der Falle herum. Ganz vorsichtig kletterte Dorndorf den Hochsitz hinunter, nahm seine Dienstwaffe in die Hand und schlich sich wie ein Indianer hinter die kauernde Gestalt.

»Polizei!« Die Schwarze war vor Schreck wie gelähmt, und ehe sie aufspringen konnte, hatte der Kriminalbeamte sie am Arm gepackt und ihn ihr mit sanfter Gewalt auf den Rücken gedreht. Der Anblick der Pistole tat ein Übriges, um jeden Widerstand im Keime zu ersticken.

Sie funkelte ihn mit ihren weit aufgerissenen, tiefschwarzen Augen wild an. Dorndorf herrschte sie an: »Wer bist du und was suchst du hier?« Er erhielt keine Antwort. Das Mädchen zitterte am ganzen Körper. »Rede, verdammt, sonst geht's dir dreckig!« Statt einer Antwort war nur ein leises, heiseres Röcheln zu hören. »Wenn du verstockt bist, muss ich dich mit auf die Wache nehmen!« Der Polizist steckte die Waffe weg und fischte sich ein Paar Handschellen aus der Hosentasche, ohne den Griff um den Arm der Schwarzen zu lockern. Mit einer gekonnten Handbewegung war sie gefesselt. Dann hob er ihr Kinn mit einer brutalen Bewegung, um ihr genauer ins Gesicht schauen zu können.

»Bist du nicht die Kleine, die in der Alten Schäferei wohnt?« Endlich ging eine erkennbare Reaktion von dem Mädchen aus, das bejahend mit dem Kopf nickte. »Das ist nicht weit. Wir werden uns jetzt beide da hinbegeben. Aber wehe, du versuchst zu türmen!«

Er stieß seine Gefangene auf dem schmalen Wanderpfad vor sich her, bis sie schnell die Bundesstraße erreichten, wo er sein Auto unauffällig geparkt hatte. In wenigen Minuten waren sie vor der Tür der Alten Schäferei.

*

Das Ehepaar Kriebgans fiel aus allen Wolken, als es dem ungleichen Paar die Tür öffnete. »Caoba! Um Gottes willen, was ist passiert?«, rief die Frau Kriebgans und nahm ihre Tochter tröstend in den Arm.

Dorndorf wollte gleich einschreiten, um jeden Körperkontakt aus ermittlungstechnischen Gründen zu unterbinden. Er sah aber schnell ein, dass so viel Härte hier fehl am Platze war. »Ist das Ihre Tochter?«, fragte er den etwas hilflos im Türrahmen stehenden Vater.

»Ja, das ist sie«, antwortete der. »Und – erlauben

Sie mir die Frage: Wer sind Sie, und was hat das alles zu bedeuten?«

»Ich bin Kommissar Dorndorf von der Eutiner Zweigstelle der Lübecker Kripo. Ich muss Ihnen mitteilen, dass ich Ihre Tochter auf frischer Tat an einem Ort erwischt habe, den wir aus bestimmten Gründen seit gestern observieren. Leider hat die junge Frau mir gegenüber bislang jede Auskunft verweigert, sodass ich sie auf unser Polizeirevier nehmen muss. Vorher wollte ich sie allerdings mit ihren Eltern konfrontieren.«

Frau Kriebgans brach in Tränen aus und verbarg ihre Tochter ganz unter ihrer massiven Gestalt, als wolle sie sie niemals dem Fremden preisgeben. Ihr Mann erklärte: »Kommen Sie bitte herein und setzen Sie sich. So etwas kann man nicht zwischen Tür und Angel besprechen. – Sie müssen wissen, dass unsere Tochter stumm ist. Sie kann überhaupt nicht sprechen.«

Dorndorf spürte eine leichte Scham in sich aufsteigen. »Das, … das war mir nicht bekannt. Bitte entschuldigen Sie. Es war bestimmt nicht meine Absicht, die Gefühle Ihrer Tochter zu verletzen. – Aber ich musste ja schließlich meine Pflicht tun. – Eigentlich sollte es nicht an die große Glocke gehängt werden, aber nun glaube ich, es ist besser, dass auch Sie über die Vorgänge informiert sind.«

Der Kommissar erklärte dem Revierförster kurz den Sachverhalt. Dieser reagierte völlig entgeistert, als er hörte, dass jemand in seinem Revier verbotene

Fangeisen gelegt hatte und dadurch ein Mensch ums Leben gekommen war.

Caoba und ihre Mutter hatten sich inzwischen etwas beruhigt und setzten sich ebenfalls an den Tisch, über dem eine gemütliche trichterförmige Korbgeflechtlampe hing. Endlich bekam Dorndorf eine Gelegenheit, sein Opfer in Ruhe betrachten zu können.

Das dunkelhäutige Mädchen entpuppte sich als eine außergewöhnliche, exotische Schönheit. Eigentlich war sie kein Mädchen mehr, sondern eine junge Frau, die durchaus die Blicke der Männer auf sich zu lenken vermochte, fand Dorndorf. Insgeheim bedauerte er, dass er 30 Jahre zu alt war. Ihre cremebraune Hautfarbe veranlasste ihn zu dem Schluss, dass sie einen weißen Elternteil gehabt haben musste.

Das Auffälligste an ihr waren die Augen. Nicht besonders groß, eher schmal, aber von ungeheuer lebendiger Strahlkraft. Aus dem klaren Augenweiß stachen die mahagonibraunen Iris mit den nachtschwarzen Pupillen wie zwei auf einem weißen Seidentuch ausgebreitete Opale hervor. Rastlos und scheu rollten sie hin und her, als wäre es ihnen unmöglich, einen Ruhepunkt zu finden.

Die weit hoch geschwungenen oberen Augenbögen, fast doppelt so breit wie die Augenspalte, und von dünnen, aber tiefschwarzen Augenbrauen abgerundet, thronten wie das Gewölbe einer gotischen Kathedrale über den Augen und verliehen dem Gesicht Würde.

Eine zierliche, fast etwas zu schmale Nase stützte das Gewölbe wie eine filigrane Marmorsäule. Den Mund hielt die junge Frau ständig einen kleinen Spalt geöffnet. Die sinnlich nach außen gewölbten, vollen Lippen zuckten unaufhörlich.

Eine wild zerzauste, ebenholzschwarze, lange Naturlockenmähne umrahmte das ovale Gesicht. Ständig fielen ihr Strähnen in die Augen, sodass Caoba ihre Lockenpracht mit fahrigen Bewegungen bändigen musste.

Wie Whitney Houston in jungen Jahren, fand der Kommissar, der die Sängerin ihrer starken Stimme wegen bewunderte, obwohl er Popmusik eigentlich nicht schätzte. So sieht keine Verbrecherin aus. Dass sie nervös ist, kann ich leicht nachvollziehen. Und in ihren Augen liegt etwas Unberechenbares, – fast wie bei einer Berlioz-Sinfonie, ging es dem Hobbykomponisten durch den Kopf. Ich kann mir vorstellen, dass sie in bestimmten Situationen äußerst emotional und unbeherrscht handeln kann. – Aber das wäre noch lange kein Grund, sie einer Gewalttat zu verdächtigen.

»Am besten wird sein«, unterbrach der Hausherr Dorndorfs Betrachtungen, »Sie vernehmen meine Tochter selbst.« Auf dessen fragenden Blick hin fügte er hinzu: »Wir verständigen uns mit Hilfe der Gebärdensprache. Ich kann Ihnen als Dolmetscher behilflich sein, – allerdings setzt das voraus, dass Sie ihr die Handschellen abnehmen.«

Der Beamte sah ein, dass in der gegebenen Situation eine Fesselung der jungen Frau völlig fehl am Platze war, und löste die Fessel. »Gut. Fangen wir an. – Was suchten Sie um diese ungewöhnliche Uhrzeit dort unten am Kolksee?«

Mit Hilfe der Eltern lief die Übersetzung reibungslos. »Ich treibe mich gern in den Wäldern herum. Ich liebe den Kolksee, weil er so naturwüchsig ist. – Vor ein paar Tagen entdeckte ich, dass dort irgendjemand Fangeisen gelegt hatte. Ich wusste, dass das kein echter Jäger machen würde, allenfalls ein Wilderer. Also behielt ich die Gegend im Auge, vor allem während der Dunkelheit.

Gestern Abend war ich dann nach den schlaflosen Nächten so kaputt, dass ich es nicht mehr außer Haus schaffte. Ich legte mich hin, um für die heutige Nacht wieder fit zu sein. Jetzt, wo ich gehört habe, dass da jemand ums Leben gekommen ist, mache ich mir Vorwürfe, dass ich nicht besser aufgepasst hatte. – Ich hätte ja die Abtritteisen entschärfen können, aber ich fürchtete, dass dadurch der Übeltäter gewarnt worden wäre. Vorhin wollte ich wieder nachsehen und war sehr erstaunt, dass jemand anders die Falle entschärft hatte. Ich beschloss, das Eisen fortzunehmen und meinem Vater die ganze Geschichte zu erzählen. – Aber da waren Sie ja schneller. Zuerst dachte ich, Sie wären der Fallensteller. Aber als ich spürte, dass Sie mir waschechte Handschellen anlegten, war mir klar, dass Sie von der Polizei sind.« Etwas vorwurfsvoll schloss sie mit den Worten: »Leider hatte ich ja keine Gelegenheit, mit Ihnen zu kommunizieren.«

»Sie kennen sich mit Fangeisen aus, darf ich aus Ihren Erläuterungen schließen?«

»Ja, Vater hat ein paar alte, verrostete Schwanenhälse hinten im Schuppen liegen. Ich habe sie öfter in der Hand gehabt. Aber ich wusste auch, dass es heutzutage verboten ist, sie im Wald auszulegen. Mein Vater hat mir die Gründe dafür erklärt und mir verboten, sie jemals anzurühren.«

»So so, hier lagern also Fangeisen im Hause?« Dorndorf wandte sich an den Förster. »Würden Sie sie mir bitte mal zeigen?«

»Selbstverständlich, kommen Sie mit. Eigentlich hatte ich ihre Existenz schon ganz vergessen. Ich werd sie demnächst mal zur Alteisensammlung geben.« Er führte den Beamten zum Schuppen, in dem drei Pferde standen. Dort stapelten sich in einer finsteren Ecke hinter den Stallungen einige Eisenteile.

Der Hausherr sah auf Anhieb, dass da jemand Fremdes herumgewühlt hatte. »Tatsächlich, es fehlen einige!« Er schaute dem Polizisten besorgt in die Augen. »Hoffentlich treibt da nicht jemand noch mehr Unfug. Die Dinger sind gefährlicher, als die Leute glauben.«

Als sie wieder in die Wohnstube zurückgekehrt waren, deutete Dorndorf auf die Flinte, die an der Wand hing. »Der Wilderer hatte auch so eine Flinte, Kaliber 12, allerdings mit abgesägtem Lauf. Vielleicht kennen Sie ihn. Schmielke hieß er. Kein Unbekannter in unseren Akten.«

»Ja, ich erinnere mich dunkel an eine Geschichte vor ein paar Jahren. Da hatte der Herzog, – oder war's der Graf Stolberg? – noch Mitleid mit dem Vagabunden gezeigt. Aber dass der eine Flinte besaß, ist mir neu. Eigentlich weiß ich ganz gut, wer in der Gegend über derartige Waffen verfügt. –Kaliber 12 sagten Sie? Meines Wissens existieren hier im Revierdistrikt nur zwei Waffen dieses Kalibers. Die, die Sie dort drüben an der Wand sehen – die hat keinen abgesägten Lauf! – und die Flinte des Herzogs von Altenburg senior. Der hat sie aber meines Wissens nie benutzt.«

Sowie dieser Name fiel, klingelte es in Dorndorfs Kopf. Bislang war er wie selbstverständlich von Wilderei und von einem Jagdunfall ausgegangen. Doch plötzlich erwachte sein kriminalistischer Instinkt. Der Herzog … – Hm, da haben wir doch noch den ungelösten Fall des Grafen Stolberg, in dem er ebenfalls eine Rolle zu spielen scheint. Und die Tote in seiner Lübecker Villa, ging es ihm durch den Kopf. Es ist denkbar, dass es eine Verbindung zu den Ereignissen am Kolksee gibt. Vielleicht steckt ja mehr dahinter als ein Unfall. – Eher unwahrscheinlich, aber auf jeden Fall muss ich morgen früh sofort den Kollegen Kroll in Lübeck informieren. Mal seh'n, was der dazu sagt.

*

Kurz nach dem Anruf seines Kollegen aus Eutin erreichte Kroll am nächsten Morgen noch eine zweite Nachricht. Der Herzog rief an, um ihm mitzuteilen, dass seine Flinte, Kaliber 12, aus dem Gewehrschrank verschwunden sei. Er hätte es erst heute Morgen bemerkt und wollte ihn vorsichtshalber informieren, hatte es doch immerhin in letzter Zeit zwei Todesfälle und eine Reihe von merkwürdigen Begebenheiten in Zusammenhang mit seinem Namen gegeben. Kroll ließ sich alles detailliert erklären. Dann fragte er den Herzog, ob er einen Mann namens Schmielke kenne.

»Natürlich kenne ich ihn. Vor mehreren Jahren stand er im Verdacht der Wilderei. Nachdem man ihn gnädig behandelt hatte, schien er ein brauchbarer Mensch geworden zu sein. Er half manchmal bei uns auf dem Hofe aus. Neulich vermachte ich dem armen Kerl ein paar ausgemusterte Kleidungsstücke von mir.«

Der Inspektor stutzte und erinnerte sich an das, was er kurz zuvor von Dorndorf erfahren hatte: »Waren da auch ein olivgrüner Lodenmantel und ein Filzhut dabei?«

»Allerdings. Die Sachen waren schon etwas abgetragen. Damit wollte ich nicht mehr auf die Jagd gehen. – Aber woher kennen Sie sie?«

Der Lübecker erklärte ihm kurz die Zusammenhänge und verabredete einen Eiltermin noch am selben Nachmittag auf Gut Altenburg. Er wolle den Gewehrschrank selbst in Augenschein nehmen. Rasch machte er sich auf den Weg nach Eutin, lieh sich aus der Asservatenkammer das Fangeisen, die abgesägte Flinte und die Kleidung des toten Wilderers aus und fuhr zusammen mit seinem Kollegen Dorndorf zum Gutshof.

Dort erwartete der Herzog sie bereits. Er zeigte ihnen den Waffenschrank und bestätigte, dass sowohl die Waffe als auch die Kleidungsstücke ihm gehörten. Der Schrank zeigte keinerlei Spuren von Gewaltanwendung auf. Der Schlüssel hing im gleichen Kasten, der auch die Wohnungsschlüssel zu der Lübecker Villa beherbergte.

Ein anschließender, kurzer Abstecher in die Alte Schäferei überzeugte sie davon, dass die Falle aus dem Alteisenlager des Revierförsters stammte.

Caoba traf Kroll wiederum nicht an. Sie trieb sich wieder im Wald herum, erklärte ihr Vater. »Eben ein echtes Waldmädchen, meine Kleine.« – Und wieder bekam er ein Glas Honig. »Als Wegzehrung«, sagte Frau Kriebgans mit einem freundlichen Augenzwinkern.

Auf der Rückfahrt nach Lübeck – der Mini Cooper ächzte unter der schweren Last der lauten Led-Zeppelin-Musik – begann Kroll, in Ruhe seine Gedanken zu sammeln.

Dass Schmielke in seine eigene Falle getappt war, halte ich für unwahrscheinlich. Da teile ich Dorndorfs Auffassung. Also muss es Mord gewesen sein. – Doch wer hätte Interesse daran, den armen Kerl ins Jenseits zu befördern? – Der Revierförster könnte sich für den Wildfrevel gerächt haben. Aber zu einer derartigen Übeltat halte ich ihn beim besten Willen nicht fähig. Eine Flinte abzusägen, dazu ist er nicht der richtige Typ. – Und seine Tochter, das Waldmädchen? – Ich kenne sie nicht, aber nach Dorndorfs Beschreibungen kann man sie wohl auch ausschließen. Allenfalls denkbar, dass es aus irgendeinem Grunde zu unbeabsichtigten Handgreiflichkeiten zwischen den beiden gekommen war. Die Ergebnisse der Kollegen von der Eutiner Spurensicherung waren in dieser Beziehung ziemlich vage. Schließlich hatte ein heftiger Regenguss alle Fußabdrücke und eventuelle Kampfmerkmale vernichtet.

Was ist aber von dem merkwürdigen Zusammentreffen zu halten, dass im wörtlichen Sinne die Schlüssel zu beiden Fällen in des Herzogs Schlüsselschrank hängen? Und es konnten keine Spuren eines gewaltsamen Zugangs gefunden werden. – Ist der Täter im Gutshaus Altenburg zu suchen? Hat der etwas leichtlebige Jungherzog seine Finger im Spiel? Oder gibt es vielleicht jemanden, der sich dort Zugang verschafft hatte, um den Verdacht auf den Herzog oder auf seinen Sohn zu lenken?

Noch einen Toten kann ich mir nicht leisten. Ich darf die Angelegenheit nicht dem Lauf der Zeit überlassen. Ich fürchte, ich muss mich noch intensiver mit dem Privatleben der hohen Adeligen auseinandersetzen, auch wenn mir das ziemlich zuwider ist.

Anders komme ich mit den Mitteln, die mir zur Verfügung stehen, nicht voran. Er musste still vor sich hin lächeln. Mein Gott, was meinte Micha neulich: ›Onkel Michel, du weißt doch, dass du dich auf uns verlassen kannst. Schließlich wollen Vivi und die anderen vom 1. FC Eutin ja auch, dass der Mörder vom Stolberg gefasst wird. Wir helfen dir. Echt! – Wir haben da so unsere eigenen Methoden‹ – eigenen Methoden … – Na, schön wär's ja. – Diese Kids. Meinen, sie können alles besser als die Erwachsenen!

KAPITEL 15: DAS KONZERT

Ein für die Gegend seltener, plötzlicher Kaltlufteinbruch hatte an diesem Sommerabend dafür gesorgt, dass sich über dem Ukleisee eine dichte Nebeldecke ausbreitete. Sie war keineswegs gleichmäßig. Die kondensierte Luftfeuchtigkeit bildete ein unendliches, ständig variierendes Wechselspiel von milchigen Luftschlössern, fahlen Gespensterfiguren und schneebedeckten Vulkankratern. Es roch nach Vergänglichkeit und nach verblassten Erinnerungen. Wer anderes als das sagenumwobene norddeutsche Ostholstein konnte ein derartiges Szenario erschaffen! Ein fremder Wanderer hätte es in dieser Mittsommernacht schwer gehabt, seinen Weg rechtschaffen zu finden. Nur wer ortskundig, glaubensfest und beherzt war, hatte eine Chance, sich in dem suppigen Nebeldickicht zurechtzufinden.

Je dichter die Feuchtigkeitsmassen waren, desto besser leiteten sie den Schall. Das Knurren der Rotbauchunken klang heute wie das Geläut zu einer Totenmesse im Lübecker Dom. Die kleinen kriechenden und fliegenden Waldbewohner vereinigten sich in ihrem Angst einflößenden Gespött zu einer Natursinfonie, wie sie der gebürtige Eutiner Carl Maria von Weber nicht hätte gruseliger komponieren können. Es klang, als würden sich die Waldschrate, die Wassernixen und die Luftgeister zu einer bacchischen Hochzeit treffen.

Hoch über dem See baute sich das Jagdschloss Uklei auf dem Hügelwall wie eine Insel über dem Nebelmeer auf. Von hier oben hatte man einen Blick auf die Landschaft, als wäre man in ein berühmtes Gemälde von Caspar David Friedrich eingestiegen. Nichts war von dem See dort unten zu erkennen. Gab es ihn überhaupt? Oder war dort nichts weiter als eine kesselförmig in die Hügelkette eingelassene Wiese, so, wie es die alte Sage wollte? – War das Reale eine Täuschung, war das Traumhafte die Wirklichkeit? Was war Geist, was war Materie? Wer würde es wagen, Grenzen zwischen beiden zu ziehen?

Im Konzertsaal des Jagdschlosses funkelten die neuen, von der Sparkasse gestifteten Kronleuchter. Ihr Neonlicht drang wie Dolche brutal durch die schmalen Sprossenfenster nach draußen und verlor sich, stumpf geworden, reflektierend in den Nebelwänden. Hätte man doch lieber auf traditionelle Kerzenständer zurückgegriffen. Deren Licht hätte sich mit dem Leuchten, das von den Nebelschwaben nach hier oben drang, versöhnt.

Die meisten Konzertbesucher des heutigen Abends störte das nicht. Im Gegenteil. Das schamlose Neonlicht beleuchtete vorteilhaft die auserwählte Abendgarderobe. Und geschickte Schminke täuschte Glück und Jugendlichkeit vor. Der teure Modeschmuck glitzerte, und in den leeren Augen vieler Anwesenden bildeten sich Lichtreflexe, so, als würden sie von geistiger Lebendigkeit und kulturellem Geschmack zeugen. Auch dies eine neblige Täuschung.

In den ersten Reihen saßen die Ehrenbürger und Mäzene der Region. Allen voran glänzten die Familie des Herzogs von Altenburg, der Bürgermeister, der Pfarrer und der Schulrektor. Die Hausherrin, Gräfin Barbara von Bülow, hatte die Ehre, neben dem Jungherzog zu sitzen. Sie trug ein langes, wallend weißes Kleid, das fast wie ein Hochzeitskleid aussah. In den hinteren Reihen munkelte man bereits von einer etwaigen Vermählung der beiden. Das würde Eutin in neuem Glanz erstrahlen lassen: Der vornehme Jungherzog liiert mit der begüterten Gräfin.

Im krassen Gegensatz dazu wurden sie flankiert von ein paar nicht sonderlich elegant gekleideten Jugendlichen, die sich verlegen in den kostbaren Konzertsesseln wanden. Antonio, Noël und einige vom 1. FC Eutin. Auch Micha war dabei. Viviana hatte darauf bestanden, dass ihre engsten Freunde einen Sonderplatz bekamen. Und die Gräfin als Gastgeberin hatte sich großmütig gezeigt. Schließlich gehöre der Jugend die Zukunft.

Im Mittelfeld der Stuhlreihen nahmen die Mitglieder des Stiftungsrats Platz. Herr Romanowsky, mit einer Anstecknadel bewaffnet, die wie die Ehrennadel der Fremdenlegion aussah, plauderte gestenreich mit Frau Schuster, der Sekretärin der rechtsfähigen Stiftung des öffentlichen Rechts. Ab und zu blinzelte er verstohlen zu Theresa, der Zofe des Herzogs, die am Rande mit einem Beistellstuhl vorliebnehmen musste. Mit etwas geröteten Pausbacken verfolgte sie eifersüchtig das harmlose Zwiegespräch der beiden. Schließlich war Frau Schuster ledig und nicht unattraktiv.

Herr Diabelli, der Schlossverwalter, betrat den Raum erst, als man das Saallicht bereits abgedunkelt hatte. Er murmelte als Entschuldigung etwas von wichtigen Terminen, die zu lange gedauert hätten. Herr Kriebgans, der Revierförster, zog sich bescheiden mit seiner Ehefrau in eine der letzten Reihen zurück. Ihre Stieftochter Caoba hatten sie nicht überreden können, zum Konzert mitzukommen. Die wollte lieber die geheimnisvolle Nebelnacht im Wald verbringen.

An der Seite hockten auf eigens beigestellten Klapphockern Inspektor Kroll und sein Kollege Dorndorf, die man aus Gewissensgründen ebenfalls herbeibemüht hatte. Schließlich wollte der Herzog zeigen, dass Eutin auch ein Quell der kulturellen Erbauung sein konnte, nicht nur ein Tummelplatz von Verbrechern. Kroll hatte sich eigens zu dem feierlichen Anlass in seinen Tanzschulabschlussballanzug gezwängt, der inzwischen etwas beengend wirkte, aber noch recht ordentlich aussah, weil er ihn seitdem nur noch beim Abiball getragen hatte. Allerdings passten seine Turnschuhe nicht dazu, was von einigen Besuchern naserümpfend zur Kenntnis genommen wurde. Und dann auch noch offene Schnürsenkel! Kroll hatte sich nicht getraut, ein Paar Lackschuhe von seinem Assistenten Hopfinger auszuleihen.

Dorndorf hingegen war proper gekleidet. Er hielt das für den feierlichen Anlass angemessen, auch wenn er der zu erwartenden romantischen Musik skeptisch gegenüberstand. Sein Blick schweifte in die Runde. Romanowsky, den Pächter der Fasaneninsel, erkannte er aufgrund eines Fotos, das einer seiner Agenten heimlich geschossen hatte. Er machte Kroll auf ihn aufmerksam.

Der Inspektor, der seitlich vor Herrn Romanowsky saß, hatte Gelegenheit, den ihm bislang unbekannten Mann unauffällig zu mustern, indem er so tat, als würde er die Architektur des Saales bewundern. Von schlanker, stolz-aufrechter Statur ähnelte er eher dem adeligen Jungherzog als einem Bauern, der er ja im Grunde wegen seiner Bewirtschaftung der Insel und der Ausübung seiner Fischereirechte war. Zu diesem Beruf passten auch nicht seine gepflegten Hände, fand Kroll. Körperliche Arbeit schien ihnen fremd zu sein.

Eine längliche, konkav gewölbte Nase dominierte das recht schmale, fast wangenknochenlose Gesicht mit der überraschend blassen, bartlosen Haut. Durch den Nasenbogen wirkte das Antlitz spitzbübisch, ein Eindruck, der durch die stets leicht nach oben gezogenen Mundwinkel mit den angedeuteten Grübchen und dem ausgeprägten ›cleft chin‹, dem besonders durch Kirk Douglas bekannten Kinngrübchen, verstärkt wurde.

Die kleinen flinken Augen strahlten Sarkasmus, ja Gewissenskälte aus. Die hoch liegenden, für ihre

Kürze recht breiten Augenbrauen stützten eine gewölbte, kantige Denkerstirn. Dem Gesamteindruck des Aussehens nach schien es, als ob sich Herr Romanowsky über alle Welt erhaben dünkte, – obwohl er doch nur ein Pächter war.

Kroll irritierte das.

Alle Anwesenden waren sich dessen bewusst, Zeugen eines einzigartigen Konzerts zu werden. Man begrüßte sich vornehm dezent, man genoss das Ambiente des neuen Konzertsaals, man konnte seine Kleider und seinen Schmuck zeigen, man sonnte sich im eiskalten Licht der Neonsparleuchten.

Nur für eine Person im Raum traf das alles nicht zu. Viviana, die junge Pianistin, eigentlicher Mittelpunkt des heutigen Konzerts. Sie trug ein schlichtes, schwarzes Kleid ohne jegliche Verzierung, ohne Schleifen, ohne Rüschen. Kein tiefer, erotischer Ausschnitt, kein eitler Schmuck, kein modisches Hilfsmittel. Eine schwarze Spange hielt die ansonsten rebellische Haarpracht zu einem strengen Pferdeschwanz zusammen. Nicht einmal eine frei und kess über die Stirn gelegte Locke gestand sie ihrem Publikum zu.

Das Saallicht wurde langsam und kunstvoll gedimmt. Die lebhafte Konversation der Konzertbesucher ebbte zögernd ab. Noël hatte die Ehre, die Blinde im Lichtspot eines Verfolger-Scheinwerfers zum neuen Steinway B-Flügel zu geleiten. Verhaltener Applaus erfüllte den Saal. Respekt, immerhin ist sie ja nur eine Blinde, sinnierten viele Zuhörer.

Vivianas Augen huschten vor Nervosität hin und her. Sie fanden keinen Halt. Wie sollten sie auch? Und was sollten sie auch sehen? Zu viel Eitelkeiten, Stolz, Angeberei, unbeholfen zur Schau gestellte Kunstbeflissenheit, schamlose Neugier auf eine Blinde, die nicht einmal ihre Tasten erkennen konnte.

Nun ja, man war ja schließlich höflich, aufgeschlossen gegenüber Behinderten, und man erwartete eine erlesene Varietédarbietung. Eine Blinde, gerade mal volljährig, wagte sich an das nationale Heiligtum der Stadt, an Carl Maria von Weber heran. Und dazu noch mit einer Weltpremiere, mit einer bislang für verschollenen gehaltenen Klaviersuite.

Die junge Musikerin setzte sich wie nebensächlich auf den Klavierhocker. Keine theatralische Geste, kein wichtigtuerisches Herumfummeln an der Höheneinstellung. Ihre Hände lagen ruhig in ihrem Schoß, so als würde sie still beten. Der Spot leuchtete ihr grell ins Gesicht. Nach einer Minute der inneren Einkehr gab Viviana Noël ein unauffälliges Zeichen. Er kramte eine Kerze aus der Tasche, stellte sie auf den Flügel, zündete sie an und gab dem Beleuchter einen kurzen Wink, den Spot so weit wie möglich herunterzufahren. Dann setzte er sich in die erste Reihe neben Micha.

Das ungewöhnte Kerzenlicht veranlasste das Publikum stillzuschweigen. Man reckte neugierig die Hälse. Aber die Pianistin bewegte sich nicht. Sie horchte genau auf ihr Publikum und betätigte ihre

Hände erst, als sie sicher war, dass sich alle Aufmerksamkeit auf sie gerichtet hatte.

Es schien einen Augenblick, als hätte die Musik ein heimliches Präludium. Musik ohne Klang. Musik der Erwartung.

Dann hob Viviana ihre Hände. Sie hatte den neuen Flügel bewusst noch nie vorher ausprobiert. Sie wollte sich dem Eindruck der ersten Berührung erst mit dem ersten Ton hingeben. Als erfahrene Pianistin brauchte sie keine Orientierungsphase auf der Klaviatur. Zielsicher steuerte sie die Tasten an.

KAPITEL 16: WOLFSSCHLUCHTSUITE
1. SATZ: DAS ALTE SCHLOSS

Wie aus dem Nichts tauchte im unisono ein schlichtes, aufsteigendes Viernotenmotiv in C-Dur auf. Erst zaghaft, als schäme es sich, das Licht der Welt zu erblicken, dann aber rollte es im trotzigen forte davon. Viviana erschreckte sich leicht. Die Elfenbeinplatten der Tasten fühlten sich eiskalt, fast abweisend an, als würden sie sich wehren, berührt zu werden. Im nächsten Moment jedoch durchströmte sie eine beruhigende Wärme. Das Instrument war ausgezeichnet intoniert, und der glasklare, obertonreiche Klang gefiel ihr sofort. Das war aber fast schon alles, was Viviana in der Folgezeit bewusst durch den Kopf ging. Schnell vergaß sie ihre Umgebung und lebte sich ohne weiter nachzudenken in ihre Klanggestaltung ein.

Das Viernotenmotiv, das sekundenlang den Saal füllte, erforderte eine Antwort. Sie bestand in einem piano abwärtsgeführten halbverminderten Septakkord, der wie eine seufzende Bitte um Vergebung klang.

Damit war der musikalische Dialog eröffnet. Viviana gestaltete ihn jedoch nicht wie ein Streitgespräch zweier unterschiedlicher Charaktere, so wie sie das von ›Samuel Goldenberg und Schmuyle‹ aus Mussorgskijs ›Bilder einer Ausstellung‹ kannte. Die Sensiblen unter den Zuhörern ahnten, dass die Pianistin viel mehr die berühmten zwei Seelen in einer Brust besingen wollte. – Doch wer war der Protagonist? – Das wusste allein nur die Künstlerin. Und natürlich der geheimnisvolle Carl Maria, von dem sie den Rohentwurf der Klaviersuite erhalten hatte.

Der wunderbar lyrisch-dramatische Anfang der Musik gewann rasch an epischer Breite. Vor Vivianas Augen – und die eben zitierten Sensiblen folgten ihr willig – verwandelten sich die einzelnen Töne zu Farbtupfern, als würden sie ein pointillistisches Gemälde von Georges Seurat zum Leben erwecken. Die sorgsame Dosierung der Lautstärkegrade brachte Konturen ins Spiel. Die sensible Agogik erzeugte unendlich abgestufte Helligkeitswerte. Motive formten sich zu Umrissen, Melodien gestalteten sich zu Charakteren. Harmonische Spannungen trieben die Gefühle und die Handlungen der Charaktere voran.

Das gedimmte Licht des Spots versteckte sich schamvoll angesichts dieser neuen Welt. Die Kerze flackerte vibrierend im Rhythmus der Klänge. Ihre Flamme tanzte geschmeidig zur Musik. Viviana erlebte heute zum zweiten Mal, dass ihre eigene Musik sie sehend machte. Erst ganz verschwommen, so wie draußen der Nebel im Tal. Dann aber schweifte ihr frisch geborener Blick in die Weite.

Raum und Zeit gehorchten jetzt nur noch der Logik ihrer Musik. Die Klänge füllten den Konzertsaal, bis sie so stark wurden, dass sie die Wände des Jagdschlosses sprengten, mit der Natursinfonie der Nebelwelt draußen verschmolzen und neue Wirklichkeiten schufen, Wirklichkeiten, die weit über das Verstehensvermögen der meisten Zuhörer hinausging.

Eine deftige phrygische Kadenz ließ vor Vivianas Augen das mächtige Eutiner Schloss entstehen. Trutzig thronte der braunrote Backsteinpalast über den grünen Flächen des Englischen Gartens. Der feuchtkalte Sommermorgen sorgte dafür, dass die Blumen ihre Blüten verschlossen hielten und die Gräser lustlos zur Seite hingen. Heute war Montag, der Tag, an denen keine öffentlichen Schlossführungen stattfanden. Das nahezu menschenleere Gebäude schien in einen Dornröschenschlaf verfallen zu sein. Auf dem Schlossvorhof, auf dem sonst lebhaftes Treiben herrschte, stolzierten kopfnickend ein paar graue Tauben.

Über den Innenhof drangen leise Fetzen von melancholischen Orgelklängen. Viviana variierte über das Thema der Arie ›Leise, leise, fromme Weise, schwing dich auf zum Sternenkreise!‹ aus dem Freischütz, das sie für die Orgel arrangiert hatte. Dunkle Klänge voller Schwermut und banger Erwartung verloren sich in den hohen, kalten Schlossräumen.

Während sie in sich versunken oben auf der engen Orgelempore der Schlosskapelle saß, lümmelten Noël und Antonio, ihre beiden besten Freunde, unten auf einer der Kirchenbänke und ließen sich von der melancholischen Stimmung der Musik anstecken. Noël träumte von einer einsamen Nacht mit Viviana, seinem Kumpel Anto-

nio ging die kleine Micha nicht mehr aus dem Kopf, Krolls Nichte, ›die aus Lübeck‹, wie sie von den anderen im 1. FC Eutin genannt wurde. Er mochte sie, auch wenn – oder besser: weil – sie in seinen Augen noch sehr jung war.

Die Jugendlichen liebten diesen Ort. Sie hatten bemerkt, dass der Schlossverwalter ihn offenbar – aus welchen Gründen auch immer – mied. So hatten sie ihre Ruhe. – Glaubten sie.

In ihre Gefühlswelt versunken, bemerkte keiner aus der Gruppe das Paar, das die mit Fenstern zur Kirche abgeschottete Loge, den sogenannten Fürstenstuhl, die sich gegenüber der Orgelempore über dem Altarraum erhob, leisen Schrittes betrat. Es verharrte minutenlang hinter einem dieser Fenster und lauschte aufmerksam den Orgelklängen. Verstohlen ergriff Gräfin Barbara von Bülow die Hand des Jungherzogs Peter Anton, der die Berührung nicht als unangenehm empfand.

»Wunderbar!«, flüsterte sie ihm zu. Sie meinte die Musik. Er aber missverstand das.

»Ja, schon meine Urahnen haben hier Hochzeit abgehalten, Taufen gefeiert und auch die letzte Weihung empfangen. Ich liebe diesen Raum. Nicht nur wegen seiner wunderschönen Architektur und der bemerkenswerten Orgel. Er ist für mich das Symbol unserer Dynastie.« Er machte eine kleine Pause, schien intensiv nachzudenken, dann fuhr er fort: »Vielleicht ist es doch besser, dem Ruf meiner Eltern zu folgen.«

Die Gräfin konnte mit dem merkwürdigen Satz nichts anfangen, aber sie fühlte, dass es nicht der richtige Moment war, ihn daraufhin anzusprechen. Sie zog ihn an der Hand hinaus auf den Flur. »Komm, zeig mir auch die anderen Räume, den Rittersaal, die Küche, das Turmzimmer, die Schlafgemächer. Ich will alles sehen, alles von dir wissen …«

Als erfahrene Witwe wusste sie, wie man die wichtigen Dinge des Lebens anpacken musste. Im Geheimen dachte sie: Ich will alles von dir!

Und so zogen sie turtelnd von Saal zu Saal. Im Schlafgemach erfüllte der Jungherzog ihr den größten Wunsch. Sie wusste raffiniert alle Register der Liebeskunst zu ziehen, sodass Peter Anton schnell seine Jugendliebe Caoba vergaß. Die Gräfin fand er überraschend attraktiv und sinnlich, viel aufregender als das scheue, stumme Waldmädchen. Und überhaupt. Schließlich musste man ja seine Blutsherkunft respektieren.

Mutter hat doch recht, ging es ihm durch den Sinn. Er beschloss, Caoba offen und ehrlich seinen Sinneswandel bei passender Gelegenheit zu erläutern. Die Gräfin ahnte nichts von seiner Gewissensentscheidung, zupfte ihre ramponierte Kleidung zurecht und beseitigte diskret die Spuren der heißen Liebesumarmung auf dem historischen Himmelbett mit dem kostbar ausgeschmückten Baldachin, der schon als Filmkulisse für Liza Minelli in der Verfilmung des Musicals ›Cabaret‹ gedient hatte.

Heute wurde er Zeuge einer ebenfalls drehreifen Verführungsszene.

Viviana und ihre beiden Freunde hatten ihr kleines Konzert in der Schlosskapelle inzwischen beendet und beschlossen, das Schloss auf eigene Faust zu erkunden. Sie rannten durch die Säle und Kemenaten, scherzten mit den ehrwürdigen Ahnen auf den riesigen Ölgemälden und fühlten sich wie drei Schlossgeister, die Halloween feierten, – auch wenn das noch gar nicht an der Zeit war.

Fast wären sie dem Liebespaar in die Arme gelaufen. Aber dessen glutvolles Stöhnen drang bis in die Flure des oberen Stockwerks. So wurden sie rechtzeitig gewarnt und mussten den Schlussakt der Prozedur hinter einem Ofen, der für seine Stockelsdorfer Fayencen berühmt war, verschämt abwarten, bis sich das Paar liebestrunken davonmachte. Es eilte, sich lautstark und ungehemmt gegenseitig mit eindeutigen Aufmunterungen neckend, zum Innenhof, wo der Jungherzog seinen teuren Alfa Romeo geparkt hatte.

Wenig später waren die drei mutterseelenallein in dem weitläufigen Schlossgebäude. Viviana wusste von dem Herzog, der ihr vertrauensvoll die Hauptschlüssel geliehen hatte, damit sie an diesem nichtöffentlichen Montag ungestört ihr Orgelspiel üben konnte, dass heute niemand anwesend war. Auch der Schlossverwalter nicht, den der Herzog mit irgendwelchen Erledigungen in Lübeck beauftragt hatte. Nur Dogger, dessen Faktotum, döste trübselig und stumpf in der Pförtnerloge, in Schach gehalten von seinem eigenen Wachhund. Er wusste von der Anwesenheit der jungen Organistin. Viviana hatte jedoch einfach einen schweren Notenständer auf das Fußpedal der Orgel gelegt, sodass ein unangenehmer Clusterklang die bemitleidenswerte Schlosskapelle demütigte. Dogger hielt das für Musik und wiegte sich in der Gewissheit, dass die freche Göre Orgel spielte. Solange er den Klang hörte, konnte sie ja kein Unheil anrichten.

Mit diesem billigen Trick verschafften sich die Jugendlichen Luft, um ungehindert durch die Räume streifen zu können. Die Jungen fühlten sich wie leibhaftige Schlossherren.

Doch Viviana ermahnte sie bald: »Wir sind hier nicht zum Spaß oder damit ihr eine kostenlose Schlossbesichtigung bekommt. Schließlich wollen wir dazu beitragen, dass der Mord am Grafen Stolberg aufgeklärt wird.« Mit Blick auf Antonio ergänzte sie: »Wir haben Micha versprochen, ihrem Onkel auf unsere Art und Weise zu helfen. Du willst doch Micha bestimmt nicht enttäuschen, oder?« Antonio bekam rote Ohren, als fühlte er sich ertappt.

Er hatte Tage vorher intensiv die Grundrisse der einzelnen Stockwerke studiert, die er in den alten Büchern des Eutiner Stadtarchivs fand. »Gut«, schlug er vor. »In der Nische des Rundturms gibt es eine Geheimtreppe, die wir uns zunutzen machen könnten.« Etwas wichtigtuerisch demonstrierte er sein frisch erworbenes Fachwissen. »Eine sogenannte ›escalier dérobé‹. Damit konnte der Herzog, ohne dass es die Diener oder die Besucher merkten, jederzeit von seinen Privaträumen im Erdgeschoss in die der Herzogin im Obergeschoss gelangen. – Schließlich brauchten auch Herzöge ihre Intimsphäre.«

»Vielleicht besuchte er ja da oben nur seine Mätresse, um Dinge zu treiben, wie wir das vorhin vom Jungherzog und der Gräfin erlebt haben. Das war auch nicht von schlechten Eltern!«, witzelte Noël.

Viviana waren diese Anspielungen peinlich. »Schluss mit dem Gerede. Worauf warten wir noch? Ab nach oben in Stolbergs Arbeitszimmer. Mit meinen Hauptschlüsseln wird das kein Problem sein. Nur ruhig und vorsichtig *müssen wir uns verhalten. Wer weiß, ob der Diener des Verwalters nicht mal Lust auf einen Kontrollgang hat.«*

Die geheime Wendeltreppe führte bis ins zweite Obergeschoss, direkt unter den Dachboden. Von dort gelangte man über ein paar Abstellräume in den Bereich über dem Torturm, in dessen Erdgeschoss Dogger, der tölpische Diener, dumm vor sich hin dämmerte und nichts von den ›Einbrechern‹ hoch oben über seinem Kopfe ahnte.

Als sie vor der Tür von Stolbergs Arbeitsraum standen, entdeckten sie das Polizeisiegel.

»Mist!«, fluchte Noël, »das können wir jetzt nicht einfach aufbrechen. Dann hätte man uns gleich in Verdacht, weil alle wissen, dass nur wir heute hier im Schloss sind. – Ich meine, außer dem Paar vorhin. Aber die hätten da bessere Karten als wir.«

Dem praktisch denkenden Antonio fiel eine Lösung ein: »Wenn man's richtig bedenkt, bringt es wenig, in das Zimmer einzudringen. Die Polizei wird sich dort ohnehin schon ausgiebig umgesehen haben. Ich denke, da würden wir wohl kaum was Neues entdecken. – Ich hätte eine andere Idee. Aus den Unterlagen weiß ich, dass ein Stockwerk höher, direkt in den Dachschrägen, noch ein paar Räume sind, die früher mal als Archiv gedient haben. Und ich weiß auch, dass dort hinter der kleinen Tür eine Treppe nach oben führt. Vielleicht sehen wir uns dort mal um.«

»Gute Idee!«, lobte Viviana. »Mir hat der Stolberg mal anlässlich der Vorbereitung zur Carl Maria von Weber-Feier erzählt, dass auf dem Dachboden noch Schätze unentdeckter Noten liegen sollen. Und er sprach auch von alten Dokumenten, deren Aufdeckung, wie er andeutete, das gesamte

Leben in Eutin verändern könnte. Er muss also schon mal dort gewesen sein. Vielleicht ist er dabei auf Sachen gestoßen, die aus irgendeinem Grunde so wichtig waren, dass er seine Neugier mit dem Leben bezahlen musste.«

Noël wollte abwinken: »Also Mut machst du uns damit nicht unbedingt. Sollen wir deswegen letzten Endes auch dran glauben?«

Viviana ärgerte sich über die Kleinmütigkeit ihres Freundes. »Wenn du Angst hast, geh lieber gleich wieder nach Hause. Mich interessiert das. Wer nicht wagt, der nicht gewinnt!«

»Ist ja okay. Ich hab nur gemeint ... Klar bin ich dabei. – Ich kann euch doch nicht im Stich lassen. Also, ab die Post!«

Antonio öffnete die Tür zur Treppe auf den Dachboden vorsichtig mit einem seiner Dietriche, die er als praktisch veranlagter junger Mann stets an einem unförmigen Schlüsselbund zusammengesteckt in der Hosentasche trug. Er hatte von Micha erfahren, dass das zusammen mit einem Paar Plastikhandschuhen, einer Pinzette und ein paar Frühstücksbeuteln zur Grundausstattung eines Detektivs gehörte. Ihr Onkel machte das so, also beschloss Antonio, es Micha zuliebe nachzuahmen. So war er denn auch mit all den Dingen bewaffnet.

Die Stufen waren ziemlich verstaubt, an den Wänden hingen dicke Spinnweben. Augenscheinlich war hier längere Zeit niemand hochgegangen. Oben sah es chaotisch aus. Überall stapelte sich vergammelter Unrat. In manchen Ecken türmten sich alte, teilweise zerbrochene Dachpfannen. Hin und wieder flatterten aufgescheuchte Vögel durch die Dachritzen. Sie hinterließen einen bestialischen Gestank und verkoteten ungeniert die zerfallenen, seidenbespannten Lehnstühle, die man hierhin ausrangiert hatte.

Aus einer dunklen Ecke blickten die matten Augen eines alten, eingerissenen Ölporträts auf die Besucher. Es wirkte wie ein mit der ewigen Verdammnis bestraftes Schlossgespenst. Sollte es der Bewacher eines geheimnisvollen Schatzes sein?

Eine von Taubendreck völlig verunstaltete, uralte Kommode fristete neben einem schmutzigen Kaminschacht ein trauriges Dasein. Als wolle sie dort das Ende der Welt erleben, ohne jemals wieder zum Leben erweckt zu werden. Das war aber ein Irrtum. Mutig griff Viviana den Knauf einer der Schubladen und zog kräftig. Eine betäubende Staubwolke breitete sich über den drei Ruhestörern aus. Eine aufgescheuchte fette Spinne verschwand eilends in den Tiefen der Truhe.

Viviana erkannte den Stapel Noten. »Hier, schaut mal, das müssen die Sachen sein, von denen Stolberg gesprochen hatte.«

Und Antonio, der Meisterdetektiv, bemerkte sofort, dass sich an ihnen recht frische Benutzerspuren im Staub abzeichneten. »Ja, die hat jemand vor nicht langer Zeit in der Hand gehabt. Sie sind weniger verstaubt als all die alten Bücher daneben.«

»Hier, eine Erstausgabe von Webers Klarinettenkonzert, 1811«, kam die junge Musikerin ins Schwärmen. »Und das da ist ja schon fast eine Sensation: Die Originalhandschrift von dem Anstellungsvertrag seines Vaters am Hofe des Herzogs! – Und das da:

Eine handschriftliche Abschrift von seiner Jugendoper ›Das stumme Waldmädchen‹. Aus dem Jahre 1800.«

Sie legte ihren Arm spontan um Noëls Hals und küsste ihn auf die Wange. »Hier könnte ich die ganze Nacht verbringen!« Der junge Mann verstand sie sofort, legte seine Hand um ihre Hüfte und wollte seinen Körper an den ihrigen schmiegen.

Doch der praktische Antonio mahnte: »Jetzt fangt nicht auch noch ihr beiden mit ›Sex and the city‹ an! Wir müssen weitersuchen. Mit Noten, und mögen sie noch so wertvoll sein, kommen wir im Fall Stolberg nicht weiter. – Ich mach mal die nächste Schublade auf!«

Er schloss die obere Lade und rüttelte an der nächsten. Sie gab nur widerwillig nach. Hier lagerten stapelweise alte, vergilbte Akten. Auf einem dieser Haufen ruhte ein handschriftliches Manuskript, das ähnlich frische Gebrauchsspuren aufwies wie die Noten.

»Aha!«, entfuhr es ihm. Die beiden anderen beugten sich neugierig über seine Schulter. »Das ist schon wesentlich interessanter.« Er kramte seine Plastikhandschuhe hervor und zog sie sich etwas wichtigtuerisch über. Schließlich war er ja der Meisterdetektiv. Dann holte er das Manuskript vorsichtig ans dämmerige Tageslicht: »Die letzten Tage des Zar Peter III., protokolliert von seinem ergebenen Adjutanten Gudowitsch von Oranienbaum.«

»Peter? – Ist das nicht der Prinz aus Eutin, der sich hier im Schlossgarten in die spätere Katharina die Große verliebt hatte?«, fiel Viviana ein. »Micha hatte mir neulich so eine Geschichte erzählt. Sie wusste das von ihrem Onkel. Hohe Politik, meinte sie, Liebesge-

schichte mit tragischem Ausgang. Wenn ich mich recht entsinne, soll sie ihren Gatten kurzerhand gefangengesetzt und dafür gesorgt haben, dass er ermordet wurde.«

»Stimmt«, unterbrach sie Antonio. »Mir erzählte sie das auch.« Er errötete leicht, weil er plötzlich merkte, dass er damit den anderen gegenüber indirekt verraten hatte, dass er sich heimlich mit der Nichte des Inspektors traf. Nun ist's raus, dachte er. Aber jetzt gibt's Wichtigeres. Und er ergänzte: »Außerdem wusste sie noch, dass dieser Peter bei seiner Festnahme mit einer Mätresse zusammen war, die angeblich schwanger von ihm war.«

»Ach, was interessieren uns die Liebesabenteuer längst verblichener Herrschaften!«, warf Noël ungeduldig ein. »Aber wichtig wird die Schrift doch gewesen sein, denn sonst hätte sie nicht jemand vor Kurzem in die Hand genommen. Das könnte uns auf die Spur zu Stolbergs Mörder führen. – Wir sollten sie mitnehmen und dem Inspektor vorlegen. Vielleicht kann der ja damit etwas anfangen. Bestimmt sind auch Fingerabdrücke dran.«

Antonio widersprach: »Nein, ich glaube, es ist besser, wir lassen alles an Ort und Stelle und informieren ihn. Mit seinen Leuten von der Spurensicherung kann er bestimmt mehr herausfinden als wir.« Dann ergriff er das nächste Heft von dem Stapel: ›Die zeitgenössische Aufzeichnung eines georgischen Erzpriesters über die Thronbesteigung der Kaiserin Katharina II. – in deutscher Übersetzung‹.

Auch hier waren Spuren jüngerer Benutzung zu erkennen.

»Der Titel klingt so, als könnten wir mehr über dieses komische Liebespaar erfahren«, meinte Viviana. Sie schüt-

telte vorwurfsvoll den Kopf, als sie in der Schrift blätterte: »Einen Menschen verhaften und hinrichten, dessen Geliebte ein Kind erwartete! – Zustände müssen das am russischen Hof gewesen sein.«

Die Eindringlinge hörten, wie unten ein Auto vorfuhr. Der Hund schlug an. »Verdammt! Das könnte wieder der Jungherzog sein«, fluchte Antonio. »Wir sollten besser den Rückzug antreten. – Aber über die Wendeltreppe im Torhaus geht das nicht, da würde man uns bemerken.« Er legte die Broschüre zurück, schloss die Kommode, packte rasch seine Sachen zusammen und überlegte. »Wenn mich nicht alles täuscht, müsste es auch durch das Dachgestühl einen Weg rüber zur Südostecke geben, wo sich die Kapelle befindet. – Ich bin mir nicht sicher, aber wir sollten es ausprobieren. Ist unsere einzige Chance, zur Orgel zurückzukehren und so zu tun, als hätten wir die ganze Zeit Viviana beim Orgelspiel zugehört.«

Die drei machten sich vorsichtig unter Antonios Führung auf den Weg. Der Junge bewies einen guten Orientierungssinn. Ein schmaler Steg führte zum Rundturm, den man durch die Dachgauben gut erkennen konnte. Dann entdeckten sie eine provisorische Brettertür, die den Durchgang zu einem niedrigen, langen Korridor freigab. Ein Blick nach außen auf den ruhig vor sich hinträumenden Park überzeugte sie schnell, dass sie direkt über der Schlosskapelle angekommen sein mussten.

Doch der Gang schien sich als Sackgasse zu entpuppen.

»Verflixt! Ende der Fahnenstange«, fluchte Noël. »Hier

kommen wir nicht weiter. Wir müssen wieder zurück.« Sie suchten jede Ecke, jede Wand nach einer Tür ab.

»Moment mal«, rief Viviana, die zufällig gegen eine unscheinbare Trennwand zwischen zwei Schornsteinschächten geklopft hatte. »Hier ist eine Lücke!« Antonio eilte herbei und fummelte ein wenig an den Holzbrettern der Wand herum. Plötzlich öffnete sich der Spalt und enthüllte einen windschiefen Treppenschacht nach unten. Er muss irgendwann einmal während einer der vielen Umbauphasen des Schlosses zwischen den beiden Schornsteinmauern angelegt worden sein. Antonio kannte ihn nicht. Er war in keiner der ihm bekannten Bauskizzen eingetragen.

Was blieb ihnen anderes übrig, als diesen Weg nach unten zu verfolgen. Irgendwo musste er ja enden. Und siehe da, der Treppenschacht erwies sich als ausgeklügelter Geheimgang zwischen den Stockwerken. In jeder Etage entdeckten die drei eine sorgfältig verborgene Verbindungstür.

»Wieder so eine ›escalier dérobé‹«, merkte Antonio an. »Aber offenbar ist sie lange nicht mehr benutzt worden. Überall Staub und Mörtel. Keine Fußspuren, keine Hinterlassenschaften irgendwelcher Besucher. Nicht einmal Vogeldreck!«

Hier war der hässliche Orgelton, den die drei Schatzsucher schon die ganze Zeit über verschwommen wahrnahmen, ganz deutlich zu hören. Das Alibi ihrer Anwesenheit in der Schlosskapelle.

»Wir sind auf dem richtigen Weg«, flüsterte Viviana aufgeregt. »Ich höre am Klang, dass wir uns der Orgel nähern.«

Die Treppe führte zwar noch weiter nach unten, aber bei einem bestimmten Treppenabsatz blieb Antonio stehen. »So, ich habe die Stufen mitgezählt. Wenn meine Berechnungen stimmen, müssten wir jetzt in Höhe der Orgelempore sein. Der Rest des Geheimgangs führt dann sicherlich in den Keller. – Wir haben jetzt keine Zeit, das näher zu untersuchen. Ein andermal. Jetzt sollten wir so schnell wie möglich einen Zugang zur Kapelle finden.« Jetzt klang der schrille Ton der Orgelpfeifen sehr laut.

Und wieder war es Viviana, die die richtige Tür entdeckte. Vielleicht trieb sie ihr Instinkt als Musikerin, zurück zum ›Stall‹ zu finden. Vorsichtig und langsam öffnete sie die schmale Pforte einen Spalt weit. Man konnte ja nie wissen, wer und was sich dahinter verbergen würde.

Sie stieß einen verhaltenen Überraschungsschrei aus: »Wow! – Das ist ja die Innenseite des Orgelprospekts. Der winzige Raum, der dazu dient, die Orgelmechanik zu warten. Natürlich kann man ihn auch von der Empore aus betreten.«

Und richtig. Sie kamen an der Innenseite des Orgelkastens heraus, von wo ein schmaler Durchlass zur Empore führte. Sofort setzte sich Viviana an die Orgel, befreite die Basspedale vom Kerzenständer und setzte ihr Konzert fort, als sei nichts gewesen. Die beiden Jungen lehnten sich, unschuldige Lässigkeit mimend, über die Emporenbrüstung.

Kaum hatte die Musikerin ihre verträumte Variation über das Weber-Thema wieder aufgegriffen, öffnete sich unten die breite Tür zur Schlosskapelle. Der Herzog trat ein. Er, nicht sein Sohn war es, der vorhin mit dem Auto *vorgefahren war. Er wollte die Jugendlichen ermahnen, die gewährte Übungszeit nicht unangemessen zu überschreiten, und er wollte seine Schlüssel zurückfordern.*

Doch als er die melancholische, betörende Musik hörte, zögerte er. Leise, als wäre er mitten in ein fürstliches Konzert hineingeplatzt, setzte er sich auf eine der Kirchenbänke und lauschte aufmerksam der Musik. Derartig sensible Klänge hatte er lange nicht mehr gehört. Er lehnte sich entspannt zurück und genoss das immer leiser werdende Orgelspiel bis zum letzten Ton.

*

Der Schlussakkord, eine kantige, düsterer wirkende leere Quinte über dem tiefen H klang lange aus. Im Notentext war ein Zeichen eingetragen mit der Bemerkung ›Pedal halten so lange wie möglich‹. Die Pianistin nahm die Anweisung ernst und ließ sogar ihre Hand auf den Tasten liegen, obwohl das für den Klang nicht mehr wichtig war. Die Hämmer waren ohnehin längst in die Fänger zurückgefallen, sodass die Saiten aufgrund der Pedalstellung weiterhin frei schwingen konnten.

Völlig bewegungslos verharrte Viviana, stark nach vorne zusammengekrümmt auf der Kante des Klavierhockers sitzend. Sie sann mit geschlossenen Augenlidern dem Klang nach und nahm nichts von ihrer Umgebung wahr. Hatte sie vergessen, dass sie der Mittelpunkt des heutigen Konzerts im Jagdschloss Uklei war?

Plötzlich schepperten dünne, hilflose Beifallklatscher. Die Jugendlichen vom 1. FC Eutin wollten der, wie sie meinten, gebührenden Anerkennung für ihre Heldin lautstark Ausdruck verleihen. Doch leider wussten sie es nicht, – nein, hatten sie es noch nicht gelernt, dass man zwischen den Sätzen eines Musikwerkes nicht klatscht. Kroll hätte sich dem Klatschen beinahe angeschlossen, als er es im Saal zischeln hörte: »Ruhe! Nicht klatschen! – Unerhört, die Jugend von heute! Kein Benehmen!«

Es waren diese Zischeleien, nicht die peinlichen Klatscher, die Viviana brutal aus ihrer Welt rissen. Erschrocken zog sie die Hand vom Flügel zurück. Der letzte Hauch der Quinte war noch nicht erstorben. Als ob eine Riesenfaust das Eutiner Schloss zu Schutt und Asche zerschlagen hätte, verschwand es vor ihren Augen. Bitter fühlte sie die schwarze Blindheit wie in einem Sturzflug zurückkehren.

KAPITEL 17:
2. SATZ: DAS STUMME WALDMÄDCHEN

Die Unterbrechung hatte Viviana irritiert. Etwas unkonzentriert stimmte sie den zweiten Satz der Suite an. Die Eingangsakkorde misslangen ihr. Zu hektisch, zu unrhythmisch. Sie fühlte, dass sich Schweiß an ihren Fingerkuppen bildete. Das behinderte sie in der Tongestaltung, die sie eigentlich weich fließend ausführen wollte.

Eine weiträumige Kadenz ging über in ein verstecktes Zitat des aufsteigenden Viertonmotivs mit dem anschließenden abwärts geführten Septakkord aus dem Anfang des ersten Satzes. Diesmal jedoch im Gewand der samtigen Tonart As-Dur. Ganz langsam gelang es Viviana, sich wieder in ihre Musik zu versenken. Sie spürte, dass sich die Unruhe im Saal gelegt hatte, und nach und nach begann sie, das Publikum in den Bann ihrer mystischen Welt zu ziehen.

Es war der Klang der norddeutschen Buchenwälder. Das Sonnenlicht, das sich nur mühsam einen diffusen Weg durch das dichte Gewölbe der hohen Bäume bahnte, flimmerte violett auf dem von Altlaub bedeckten Waldboden und hinterließ eine beseelte Naturmusik.

Der weiche Synkopenrhythmus, der behutsam zur Hauptmelodie überleitete, verwandelte sich vor Vivianas Augen in das majestätische Wiegen der mächtigen Baumkronen. Die starken, aber biegsamen Äste der Buchen breiteten sich über dem Unterholz aus, als wollten die Bäume schützend ihre Arme über die dort verborgene Lebenswelt legen.

Caoba fühlte sich als Teil dieser Welt. Eigentlich mochte sie die in violetten Nebel getauchten, weitläufigen Buchenwälder lieber als die schroffen, von undurchdringlichem Schwarzholz bewachsenen, engen Waldschluchten rings um die Wolfsschlucht. Die Buchen strahlten Frieden aus, einen Frieden, nach dem sie sich immer wieder aufs Neue sehnte.

Zu viele Stürme hatte sie in ihrem jungen Leben schon durchstehen müssen. Die dramatischen Ereignisse, die sie als Kleinkind noch völlig unbewusst erlebte, hatten sich wie grobe Holzsplitter schmerzhaft in ihr Gedächtnis eingegraben. Sie wusste bis heute nicht, was damals wirklich passiert war. Ihre Stiefeltern schwiegen und ihre Gesichter verdüsterten sich, immer wenn sie sie darauf ansprach. Ihre Herkunft blieb für sie ein Geheimnis, das sie zunehmend belastete.

Sicher, sie waren sehr nett zu ihr, gaben ihr ein Zuhause, halfen und ermutigten sie, wo immer sie konnten. Aber irgendetwas lag zwischen ihnen. Ihre dunkle Hautfarbe konnte es nicht sein. Caoba wusste, dass das Ehepaar in dieser Beziehung völlig vorurteilslos dachte und ihr Anderssein absolut achtete.

Das war es: Sie genoss alle Achtung, jede erdenkliche Hilfe, ja auch aufrichtige Zuneigung. Aber was ihr fehlte, war Liebe. Ihr fehlte jemand, der sie brauchte, der nach ihr verlangte, der ohne sie nicht atmen konnte. Die Stiefeltern konnten genauso gut auch ohne sie auskommen, dessen war sie sich sicher.

In Peter Anton, das fühlte sie, hatte sie endlich so einen Menschen gefunden. Sie sehnte sich mit jedem Atemzug nach ihm. Am liebsten würde sie ihn Tag und Nacht um sich herum haben, seinen Duft, seine Haut, seine Zärtlichkeit.

Sie wusste, dass die herzogliche Familie mit dieser Liaison nicht einverstanden war. Das kränkte sie. Als wäre sie eine Frau zweiter Klasse. Eben eine Schwarze, die nicht in die Ahnengalerie derer von Altenburg hineinpasste. Und obendrein auch noch eine Stumme!

Dass sich Peter Anton dennoch für sie einsetzte, sie gegen den Willen seiner Eltern achtete, verstärkte ihre Liebe zu ihm noch mehr. Er war für sie wie ein edler Ritter in einer verlogenen Welt äußerer Eitelkeiten. So stolz konnte er sein, so unbändig, so aufrichtig, so liebevoll. Er war es, der in ihr das Vertrauen in das Leben aufrecht hielt. Nicht ihre Stiefeltern.

Das stumme Waldmädchen eilte zielsicher zur ›Bräutigamseiche‹. Umgeben von Buchenwäldern erhob sich auf einer Lichtung eine mächtige, einzelne Eiche. In dem Bewusstsein, einzigartig zu sein, überragte sie mit ihrer ausladenden Baumkrone die umgebenden Bäume. Einige ihrer Äste waren dicker als die Stämme der schlanken Buchen.

Und ihre Einzigartigkeit bestand nicht nur in ihrer Pracht. Seit vielen Generationen dienten ihre kopfgroßen Astlöcher als Briefkasten für Liebespaare. Man musste auf eine klapprige Holzleiter steigen, um an die Öffnungen heranzukommen. Inzwischen war sie so populär geworden, dass sogar der örtliche Postbote verpflichtet wurde, die waghalsige Leiter hinaufzuklettern und Briefe mit der Adresse

›Bräutigamseiche, Eutin‹ ordnungsgemäß zu hinterlegen. So manche glückliche Ehe fand hier ihren Ausgangspunkt.

Auch Caoba und der Jungherzog hatten sich diesen Ort als Kommunikationszentrum auserwählt. Auf Gut Altenburg war es den Dienern untersagt, Post oder Nachrichten von dem Waldmädchen zu empfangen. Und umgekehrt war es Peter Anton unangenehm, Post in die Alte Schäferei zu schicken. Also verabredeten die beiden Liebenden, sich mit Hilfe dieser traditionellen Methode zu verständigen. Handys und E-Mails konnten schließlich überwacht werden. Und außerdem – es war so schön romantisch, wie Caoba meinte.

Bei der Eiche angekommen, vergewisserte sie sich, dass niemand in der Nähe war. Dann erklomm sie wendig, aber klopfenden Herzens die Leiter und langte vorsichtig in ein Astloch. Ein paar nicht an sie adressierte Briefe kamen zum Vorschein. Sie blätterte sich durch den Stapel Briefe. Es war für sie selbstverständlich, sie unangetastet wieder zurückzulegen. So wie auch sie erwartete, dass man ihre Privatsphäre respektierte.

Endlich. Das lang ersehnte Schreiben von Peter Anton. Hastig steckte sie es in den Ausschnitt ihrer Bluse, um es so nahe wie möglich an ihrem Herzen zu haben. Dann trat sie vorsichtig den Rückzug an und setzte sich auf eine der rohen Holzbänke, die man rund um die Bräutigamseiche errichtet hatte.

Leichter Nieselregen benetzte den Wald. Er tauchte die Lichtung um die Eiche in einen melancholischen Schimmer. Caoba achtete nicht auf die Nässe, die inzwischen die Bank überzogen hatte.

Sie ahnte nicht, dass sie heimlich beobachtet wurde. In ihrer Vorfreude auf die Liebespost hatte sie nicht bemerkt, dass kurz vor ihr ein Mann ebenfalls den Ort aufgesucht und sich bei ihrem Nähern rasch hinter einem dichten Gestrüpp versteckt hatte.

Romanowsky, der Pächter der Fasaneninsel. Auch er nutzte das Liebesnest, um mit Theresa, der Zofe der Herzogin, heimliche Botschaften auszutauschen. Offenbar musste er dabei sehr konspirativ vorgehen. Seine Augen leuchteten zunächst ärgerlich, als er merkte, dass er nicht allein war. Als er dann aber die Stieftochter des Waldhüters erkannte, verzerrten sich seine Gesichtszüge zu einem neugierigen Grinsen. Genauestens musterte er die junge Frau.

Caoba riss ungeduldig den Briefumschlag auf, zog einen nach edlem Duft riechenden Briefbogen mit dem Wappen derer von Altenburg hervor. Das irritierte sie. Offizielles Briefpapier, – das kannte sie nicht von ihrem Geliebten.

Kaum hatte sie die ersten Zeilen gelesen, stockte ihr der Atem. Die Hand, mit der sie den Zettel hielt, verkrampfte, und ein fiebriges Schütteln ging durch den ganzen Körper. Plötzlich öffneten sich ihre Augen weit, um dem anschwellenden Strom von bittersalzigen Tränen Platz zu machen. Sie vermischten sich mit den immer dichter fallenden Regentropfen.

Peter Anton hatte mit ihr Schluss gemacht. Brutal und unpersönlich. Einfach so. Wegen einer besseren Partie. Adelig, reich, gebildet, weiß, und alles andere als stumm.

Würgend stieß sie einen schweren Seufzer aus, sackte in sich zusammen und krümmte sich schmerzverzerrt auf der schmutzigen Holzbank. Der Zettel flatterte verloren auf den Waldboden.

»Er hätte es mir persönlich sagen müssen, – mit mir sprechen, mich anhören sollen«, flüsterte sie bitter vor sich hin. »Aber so … – Wie die Wölfe! Heimtückisch, verschlagen und falsch. Eure Opfer zerfleischt ihr ohne Mitleid.«

Nachdem Caoba die Tränen ausgegangen waren, richtete sie sich langsam, aber selbstbewusst auf. Ihr Gesicht spiegelte Trauer, Enttäuschung und Zorn gleichzeitig. Ein neuer Mensch stand vor der Bräutigamseiche. Eine reife Frau, die entschlossen war, Kindheit und Jugend für alle Zeiten von sich abzustreifen. Sie fühlte, wie eine innere Kälte in ihr aufkam. Die anfängliche Glut der Verzweiflung wandelte sich in eiskalten Stolz.

Langsamen Schrittes durchquerte sie die Lichtung und bog in den schmalen Pfad ein, der hinunter zu einem kleinen, aber abgrundtiefen See führte. Als sei sie völlig gefühlstaub, ließ sie sich den Regen ungerührt ins Gesicht peitschen. Die Haare wehten ihr in nassen Büscheln über die Stirn. Ein Beobachter hätte meinen können, eine Geistesverwirrte streife durch die Wälder.

Romanowsky sprang aus seinem Versteck, hob den Brief auf und überflog ihn kurz. Das Siegel des Herzogs erkannte er auf den ersten Blick. Er spürte, dass er Zeuge eines wichtigen Ereignisses war. Seine niedrigen Instinkte erwachten. Er ahnte, dass sich hier eine exzellente Gelegenheit ergab, eine Intrige zu seinen Gunsten anzubahnen. Rasch steckte er den Zettel in die Tasche und folgte unauffällig der jungen Frau.

Die hatte inzwischen das Seeufer erreicht und kletterte auf eine windschiefe Uferweide. Caoba kannte diesen Platz. Schon manches Mal hatte sie hier auf einem Ast gehockt, der sich wie eine halbverfallene Brücke weit übers Wasser hinausneigte. Hier wusste sie sich sicher, hier kamen Wanderer niemals vorbei. Von hier oben konnte man ungehindert in das kristallblaue Wasser wie in einen Spiegel schauen und in aller Ruhe seinen Gedanken nachhängen.

Der Pächter der Fasaneninsel kannte sich in diesem Seegebiet ebenfalls gut aus, gehörte es doch zu seinem Fischereirevier. Er erinnerte sich, dass nicht weit von der Weide, die Caoba bestiegen hatte, eines seiner kleinen Fischerboote versteckt im Schilfdickicht lag. Er enterte es vorsichtig, um unnötige Wellen zu vermeiden, und beobachtete sein Opfer.

Caoba kletterte heute noch weiter als sonst auf den über dem Wasser schwebenden Ast hinauf. Sie war so in ihre Gefühle eingetaucht, dass sie überhaupt nicht an irgendeine Gefahr dachte.

Plötzlich krachte es, als wäre ein Blitz eingeschlagen. Ein riesiger Teil der Weide stürzte wegen der ungewohnten Belastung samt der jungen Frau ins Wasser. Die fiel so unglücklich, dass ihr einer der herabpolternden Queräste auf den Kopf schlug, sodass sie sofort das Bewusstsein verlor.

Romanowsky begriff schlagartig die Gefahrensituation. Schnell schnappte er sich die im Boot liegenden Ruder und pullte mit wenigen kräftigen Schlägen zu der Stelle, an der die Frau hilflos im Wasser trieb. Mit einiger Kraftanstrengung gelang es ihm, sie in sein Boot zu zerren. Dann steuerte er auf einen kleinen Anlegesteg zu, vertäute den Kahn und legte die Verunglückte vorsichtig auf die Holzbohlen.

Der Regen hatte inzwischen nachgelassen, und nur noch vereinzelte Tropfen bildeten feine Kreiswellen auf dem Wasser. Im Unterholz verdampfte die Feuchtigkeit, und leichte violette Nebel stiegen auf und verloren sich in den Baumkronen.

Nach nur wenigen Wiederbelebungsversuchen schlug Caoba die Augen wieder auf. Es dauerte eine Weile, bis sie begriff, was passiert war. Hilflos und verschüchtert blickte sie in die graukalten Augen ihres Retters. Der zog seine Windjacke aus und breitete sie über ihren zitternden Körper. Seine Jagdtasche diente provisorisch als Kopfkissen.

Eine beruhigende Wärme durchströmte die junge Frau. Jetzt gelang ihr sogar der Ansatz eines bescheidenen Dankeslächelns.

»Entschuldigen Sie, dass ich Ihnen nichts Besseres bieten kann«, wandte sich der Mann in ruhigem Ton an sie. »Hätte ich geahnt, dass Sie hier baden gehen wollen, hätte ich einen Bademantel mit auf den Fischfang genommen.« Jetzt konnte Caoba wieder richtig lächeln. Kleine Grübchen bildeten sich in ihren Mundwinkeln. »Aber ich konnte ja nicht ahnen, was für einen Fisch ich hier aus dem Wasser ziehen würde.«

Ein breites Grinsen verzerrte sein Gesicht. »Oh, verzeihen Sie, ich habe mich noch gar nicht vorgestellt. – Romanowsky, Pächter der Fasaneninsel und alleiniger Nutzer der Fischereirechte in den umgebenden Gewässern.« Er legte eitel eine bedeutungsvolle Pause ein. Aber die Frau schien das nicht unbedingt zu beeindrucken. Sie nickte stumm *mit dem Kopf, während er fortfuhr: »Und, – ich möchte Ihnen nicht zu nahe treten, ich weiß auch, wer Sie sind.«*

Caobas Gesicht zuckte nervös. »Wenn ich mich nicht täusche, sind Sie die Tochter des Wildhüters oben in der Alten Schäferei. – Und ich weiß auch, dass Sie, – wie soll ich mich ausdrücken? – dass Sie nicht der Sprache mächtig sind.«

Die Frau schlug ihre Augen nieder. Er bemerkte ihre Verlegenheit und setzte nach: »Lassen Sie nur. Ich werde versuchen, mit Ihnen zu kommunizieren, so gut es eben geht.« Er strich ihr die wilden, nassen Haarsträhnen aus dem Gesicht und trocknete es mit einem Taschentuch. »So, nun sehen Sie gleich viel besser aus.« Caoba drückte ihm dankbar die Hand.

Er betrachtete sie eine Weile nachdenklich. Eigentlich ein hübsches Weib, ging es ihm durch den Kopf. Viel sinnlicher als meine Theresa, dieses einfältige Dienstmädchen. Und so willig ... Ich könnte sie haben ... – Aber auf mich wartet Höheres.

Mit einer entschiedenen Handbewegung zog er den Brief hervor, den er vom Waldboden bei der Bräutigamseiche aufgehoben hatte. Caoba erkannte ihn sofort, und in Windeseile war das Lächeln aus ihrem Gesicht verschwunden.

»Eine schicksalhafte Fügung wollte es, dass ich ungewollt Zeuge Ihres bedauerlichen Unglücks wurde. Der Zufall spielte mir dieses Schreiben in die Hände, und als ich Sie so deprimiert zu dem See gehen sah, dachte ich, Sie hätten sich von dem Gedanken an einen Freitod treiben lassen. – Bitte entschuldigen Sie, dass ich mich in Ihre

persönlichen Dinge einmische. Aber ich konnte doch nicht tatenlos zuschauen, wie ein so junges und hübsches Ding wie Sie mit sich und der Welt Schluss machen wollte.«

Wieder begann in Caoba ein bitteres Gefühl der Verzweiflung, Wut und Enttäuschung hochzukommen. Jetzt schämte sie sich auch noch vor ihrem Retter.

Der tat so, als studiere er den Brief. Dann riss er ihn mit einer heftigen Bewegung in zwei Teile. Klug berechnend warf er die Fetzen jedoch nicht ins Wasser, sondern steckte sie in die Hosentasche. Vielleicht kann mir der Brief noch wertvolle Dienste leisten, dachte er.

Laut beendete er seinen kurzen intriganten Gedanken: »Liebeskummer, wenn ich mich nicht täusche. – Ach, wissen Sie was, ich kenne das aus eigener Erfahrung. Ich hab das selber durchmachen müssen.« Romanowsky hielt einen Augenblick inne, als wolle er abwarten, um seine Erinnerungen Revue passieren zu lassen. Dann fuhr er in hartem Ton fort. »Auch ich hatte vor langer Zeit mein Herz verloren. – Sie betrog mich mit einem anderen und verletzte meine Seele so tief, dass ich ein anderer Mensch wurde.«

Wieder machte er eine Pause. Dann nahm er ihre Hand und drückte sie. »Und ich habe daraus gelernt. Wenn Sie erlauben, – als Älterem steht mir das zu, – möchte ich Ihnen einen Rat geben. Eine verwundete Seele ist wie eine Niederlage der gesamten Persönlichkeit. Wenn man sich nicht aufgeben will, muss man dagegen kämpfen. Man muss sich wehren, – stolz sein.«

Er schien in ihr eine empfindliche Saite angeschlagen zu haben. Durch ihren Körper ging ein deutlicher Ruck, *als würde sie sich zu einer fundamentalen Entscheidung durchgerungen haben. Befriedigt registrierte Romanowsky die Wirkung seiner Worte. Dann legte er nach: »Man muss die Würde seiner Seele wiedererobern. – Zeig es ihm!«*

Er bemerkte nicht, dass er zum Du überging. »Zeige ihm, dass du eine eigenständige, selbstbewusste Person bist! – Nur die naiven Landweiber flennen ihren Geliebten nach. Du bist doch anders, du bist etwas Besonderes. Das erkenne ich schon an deinem Äußeren. – Du bist aus anderem Holz geschnitzt als diese Heulsusen. – Und du hast die Kraft dazu, dich zu wehren. Räche dich! – Tu es! – Und tu es so rasch wie möglich.«

Er hob ihren Kopf und legte ihn vertrauensvoll auf seinen Schoß. Minutenlang verharrten die beiden so. Dann half er ihr, sich aufzurichten. Als sie stand, schien sie um einige Zentimeter gewachsen zu sein. Langsam gingen sie den Waldweg hoch zu seinem Auto.

»Komm, ich bringe dich nach Hause.« Eine abwehrende Bewegung ihrerseits veranlasste ihn, vorsichtig nachzugeben. »Nein, keine Angst, ich erzähle deinen Eltern nichts. Ich setze dich einfach nur vor der Tür ab. Was du ihnen dann erklärst, ich meine wegen deiner nassen Kleidung, bleibt dir überlassen.«

Plötzlich blieb er bedeutungsvoll stehen. »Und, – ich glaube, dass ich dir bei deiner Rache helfen kann. Du kannst sicher sein, in mir einen Freund gefunden zu haben. – Ich habe so meine Beziehungen.« Etwas pathetisch rief er: »Gemeinsam könnten wir die Welt verändern!« Wie er das meinte, blieb verborgen. Caoba war zu sehr in den Widerstreit der Gefühle in ihrem Inneren ver-

wickelt, als dass sie den vorsichtig prüfenden Seitenblick ihres Gegenübers bemerkte.

Der Regen hatte inzwischen zwar aufgehört, aber dennoch lag eine schwülfeuchte, diesige Stimmung über den Buchenwäldern. Ihr violettes Leuchten war verschwunden.

*

Das Hauptmotiv der Suite, das Viertonmotiv mit dem anschließenden Septakkord, beendete den zweiten Satz. Der rohe und aggressive Klang schwebte sekundenlang durch den Konzertsaal. Viviana fühlte sich ein wenig erschöpft und musste sich mit beiden Händen am Klavierhocker abstützen. Sie senkte den Kopf und bewegte unauffällig ihre Schultermuskeln, um sich zu entspannen.

Gott sei Dank klatschte diesmal niemand. Alle respektierten die überwältigende Leistung der jungen Künstlerin, obwohl die meisten nur sehr wenig von der Musik verstanden.

Kroll schaute flüchtig zu Romanowsky hinüber. Der saß mit steinerner Miene auf seinem Stuhl. Der Inspektor hätte zu gern gewusst, was in dessen Kopf vorging. Dieser Mann war ihm ein Rätsel. Unnahbar, undurchschaubar. Aber, wie er von Dorndorf wusste, ein intelligenter Kenner der Eutiner Geschichte, der wie ein Einsiedler auf seiner Fasaneninsel lebte. Weder Kroll noch seinem Kollegen war es gelungen, mit dem Mann unverbindlich zu sprechen. Und um ihn zu einem Verhör zu laden, lag kein handfester Grund vor.

KAPITEL 18:
3. SATZ: IN DER WOLFSSCHLUCHT

Unruhige Tremoloakkorde wirbelten durch den Raum, begleitet von einer düsteren, chromatisch abwärtsgeführten Bassstimme. Die Zuhörer hatten den Eindruck, als wolle die Pianistin sie zu einem Abstieg in den Hades einladen.

Wirre, zackige Motivfetzen jagten einander, bis sich vor Vivianas sensiblen Augen eine furchtbare Waldschlucht aufbaute. Größtenteils mit Schwarzholz bewachsen, von hohen Gebirgen rings umgeben. Von einem Hang stürzte ein Wasserfall herab. Der Vollmond schien bleich. Zwei Gewitter von entgegengesetzter Richtung waren im Anzug.

Weiter vorwärts ein vom Blitz zerschmetterter, verdorrter Baum, inwendig faul, sodass er zu glimmen schien. Auf der anderen Seite, auf einem knorrigen Ast eine große Eule mit feurig rädernden Augen. Auf anderen Bäumen hockten Raben und andere Waldvögel.

Es roch nach Moder und giftigen Pilzen. Von allen Seiten prasselten die geheimnisvollen Klänge der Natur. Sie bündelten sich wie im Brennpunkt eines Schmelztiegels in der Mitte der Schlucht, wo sich eine kleine Lichtung befand, gespenstisch vom milchigen Mondlicht beleuchtet.

Eine als Jäger gekleidete Gestalt hockte vor einem Haufen schwarzer Feldsteine. Ein breiter Jägerhut beschattete sein Gesicht. Er war damit beschäftigt, die Steine zu einem Kreis zu legen. Er gab sich viel Mühe, ihn so zu gestalten, als hätte er einen Zirkel angelegt.

Dann richtete er sich auf und betrachtete zufrieden sein Werk. An der Seite lag seine Jagdtasche, aus der er einen Totenkopf hervorzog. Vorsichtig legte er diesen genau in die Mitte des Steinkreises. Dann kniete er sich davor und vollführte eine beschwörende Geste über dem Totem:

»O domine, qui regis animas!«

Aus der Ferne drangen zwölf schwere Schläge einer Kirchenuhr herüber. Die Wände der Schlucht warfen sie in einem wilden Echo zurück, als hätte die Uhr hundertmal geschlagen.

Nachdem dieser Lärm verebbt war, hob der Mann seinen Kopf und rief mit kräftiger Stimme in die Schlucht hinein: »Ahriman! – Ahriman, erschein!«

Er wartete eine Weile. – Keine Reaktion. Dann nahm er den Totenkopf in die Hände und hielt ihn hoch zum verdüsterten Himmel: »Bei des Zaub'rers Hirngebein! – Ahriman! – Ahriman, erschein!«

Ein heftiger Blitz brach sich Bahn und erleuchtete die gespenstische Szene. Das Antlitz des Mannes konnte man immer noch nicht erkennen. Die Eule flog verschreckt davon und streifte seinen Kopf.

Wieder wartete er. Dann knackte es plötzlich oben auf einem Felsvorsprung, der in halber Höhe über der Schlucht bizarr hervorragte. Ein zweiter Blitz fiel krachend vom Himmel. Er beleuchtete die Silhouette einer in einen langen, wehenden Mantel gehüllten Person. Aus der Frosch-

perspektive des Mannes unten im Steinkreis sah sie aus wie eine übermenschliche, riesige Bronzestatue.

Sie rührte sich nicht, als sie mit hoher, schneidender Stimme antwortete: »Was rufst du?«

Der Mann unten warf sich nieder und kroch aus dem Kreis heraus. »Du weißt, dass meine Frist bei Tagesgrauen abgelaufen ist. – Bitte, verlängere sie mir noch einmal.«

»Nein!«, dröhnte es von oben.

»Ich bringe dir ein neues Opfer, wenn du willst. – Eine Frau, wie sie noch nie dein dunkles Reich betrat.«

»Was ist ihr Begehr?«

»Rache. – Rache für verschmähte Liebe.«

Die Statue auf dem Felsvorsprung stieß ein fürchterliches Lachen aus. »Ha, das ist gut! Das gefällt mir. Die verwundete Seele einer betrogenen Liebe ist das schönste Opfer, das du mir bringen könntest. – Gut, ein letztes Mal will ich dir ein Zugeständnis machen. Dann aber, wenn das nicht klappt, ist Schluss! – Du weißt: Endgültig Schluss. – Mit dir!«

Wieder dieses gemeine Lachen. Dann schlug plötzlich ein dritter Blitz in das Tal, direkt in den Mittelpunkt des Kreises. Der Totenkopf zerfiel sofort zu Asche. An seiner Stelle lag ein scharfes, im Mondlicht gleißend blitzendes Messer. Fast schon ein Dolch. Ein Hirschfänger, wie es die Jäger benutzen.

»Nimm diesen Hirschfänger und spiel ihn geschickt jener Frau zu! – Die wird schon wissen, ihn richtig zu handhaben. – Ein Hieb muss genügen! – Wenn nicht, seid ihr beide des Todes!«

Wieder ein Blitz. Mit gewaltigem Donner stürzte

eine schwere, verwitterte Tanne hinab ins Tal und versperrte dem Mann unten den hinteren Fluchtweg. Ihm blieb nichts anderes übrig, als den Dolch rasch zu greifen und die Flucht nach vorne anzutreten.

Die Gestalt auf dem Felsvorsprung verschwand schlagartig. Sie hinterließ einen teuflisch riechenden Klangschweif.

*

Mit aller Kraft entlockte Viviana dem Konzertflügel einen tremolierenden doppelten Tritonus: A, Es – Ges, C. Das Teufelsintervall, der ›diabolus in musica‹. Und das gleich zweifach!

Langsam ließ die Pianistin den scharf dissonanten Klang auspendeln und entließ damit ihr Publikum in die Pause. Sie selbst löste ihre Hände von der Tastatur, indem sie die Finger einzeln nach und nach von den Tasten nahm. Die Wolfsschluchtkulisse fiel vor ihren Augen zusammen, wie ein Filmriss auf einer großen Kinoleinwand, der den Raum in tiefe Dunkelheit stürzte.

Noël spürte, dass Viviana seine Hilfe brauchte. Behutsam und zärtlich führte er sie langsam nach hinten in die Künstlergarderobe. Ihr war jetzt nicht nach Smalltalk mit den Besuchern zumute.

Dort setzte sie sich bescheiden auf einen der harten Schemel und bat Noël: »Bitte bleib bei mir. – Nimm meine Hand und wärme sie. – Und bitte, sprich kein einziges Wort, bis es zum zweiten Teil läutet.«

So saßen die beiden verloren in der nüchternen, kalten Kabine. Jeder hing seinen Gedanken nach. Viviana spürte, dass Noël sie verstanden hatte. Nicht nur ihre wenigen Worte eben. – Ihre ganze Musik. – Noël war zu ihrem Mitwisser, zu ihrem liebsten Vertrauten geworden. – Zu einem vertrauten Geliebten.

KAPITEL 19: INTERMEZZO

Noch bevor das Saallicht anging und die Zuhörer mit seiner Neonfarbe blendete, sprang Diabelli auf und verschwand lautlos. Kroll entging das nicht. Er schielte zu Romanowsky hinüber. Der verabschiedete sich kurz angebunden von seiner Nachbarin, der Sekretärin des Stiftungsrats, nickte unauffällig der Zofe Theresa zu und eilte ebenfalls hinaus. Durch die offene Saaltür konnte der Inspektor beobachten, dass beide ihre Mäntel abholten und einander eingehakt das Gebäude verließen.

Theresa hatte ihm für heute sturmfreie Bude angeboten.

Kommissar Dorndorf unterbrach Krolls Spähungen. »Eigentlich eine exzellente Pianistin. Schade nur, dass sie ihr Talent an dieses kompositorische Durcheinander vergeudet. Eine klar gegliederte Klaviersonate wäre besser gewesen, als diese romantischen Unförmigkeiten. Finden Sie nicht auch?«

Kroll wagte nicht, sich darüber ein Urteil zu erlauben. Etwas ungeschickt lenkte er ab: »Ja, ja, die Jugend. Stürmisch und unberechenbar. – Das hat doch auch was für sich.«

Er wandte sich ab, um sich am Büffet ein Glas Sekt zu genehmigen. Er war nicht nur von Vivianas Können tief beeindruckt. Ihm gefiel die Musik. Als Led-Zeppelin-Fan entsprach sie zwar nicht seinen Hörgewohnheiten. Aber er spürte, dass die Rockband und die Wolfsschlucht-Suite etwas gemeinsam hatten: Die tiefe Leidenschaft, die exzentrische Widersprüchlichkeit der Gefühle, die schwelgerischen Klangfarben, das Abenteuer musikalischer Experimente. Dieser Musik, das war ihm klar, lag etwas zugrunde, das mindestens ebenso spannend war wie seine interessantesten Kriminalfälle.

Er beschloss, seine Nichte nach ihrer Meinung zu fragen. Aber die war nirgendwo zu entdecken. Sie hatte sich den Jugendlichen vom 1. FC Eutin angeschlossen und war nach draußen in den Nebel getreten. Dort stand die Gruppe zusammen, als plante sie eine Konspiration. Ein kunstästhetischer Vergleich zwischen Klassik und Romantik stand sicherlich nicht zur Diskussion.

Niemand von den Besuchern beachtete sie. Nur ein paar Raucher wagten sich vor die Tür. Der Nebel war inzwischen hochgestiegen und bedeckte bereits die Büsche rings um das Jagdschloss. Als ob sich eine unaufhaltsame Flut anbahnen würde, die sich anschickte, alle Eitelkeiten hier oben zu ertränken.

Im Zentrum der Aufmerksamkeit stand drinnen das junge Paar. Die Gastgeberin, Gräfin von Bülow, schmiegte sich deutlich an den jugendlich strahlenden Jungherzog. Dessen Eltern schwelgten in Glückseligkeit. Endlich schien das Standesbewusstsein ihres Sohnes in die rechte Bahn gelenkt zu sein. Die Eutiner High Society nahm das junge Glück zufrieden zur Kenntnis. Der Reporter der örtlichen Presse eilte in ein Nebenzimmer, um seine

Regenbogenneuigkeiten noch rechtzeitig in Druck für die morgige Sonntagsausgabe zu geben.

Die zierliche Pausenglocke musste mehrfach in Aktion treten. Nur zögerlich kehrten die Konzertbesucher auf ihre Plätze zurück. Im Grunde genommen war den meisten das Sehen und Gesehenwerden, das Plaudern und Kokettieren wichtiger als die Musik.

Ein gelungener Abend, wie sie meinten. Die perfekte Restauration des Jagdschlösschens, das erlesene Publikum, die schönen Kleider, das delikate Catering, – noch dazu von der Fürstin gespendet! Und schließlich konnte man seinen Kunstverstand an den Mann oder die Frau bringen: Eine blinde Pianistin … So etwas sieht man schließlich nicht alle Tage.

Die Gräfin rief dezent einen ihrer Diener. Er solle sich einen Hut besorgen und ein Schild improvisieren: ›Spenden für das Behindertenheim‹. Damit solle er sich nach dem Konzert an den Ausgang stellen und um Almosen bitten. So hatte sie eine Legitimation, das Konzert als Benefizveranstaltung von den Steuern abzusetzen.

Noël spähte durch das Schlüsselloch. Als er sich vergewissert hatte, dass die meisten Gäste Platz genommen hatten, gab er dem Beleuchter ein Zeichen. Dann nahm er Viviana an die Hand und führte sie unauffällig zum Klavierhocker. Dort saß sie still und bescheiden, und es dauerte eine geraume Zeit, bis man ihre Rückkehr im Saal bemerkte. Höflich verhaltener Beifall kam auf. Doch die Pianistin schien ihn überhaupt nicht zu bemerken. Zu sehr war sie auf den nächsten Satz der Suite konzentriert.

Zart strich sie mit den Fingerkuppen über die Tastatur, als liebkose sie einen alten Freund. Und so war es auch. Der Flügel hatte sich im ersten Teil des Konzertabends als zuverlässig und sensibel gezeigt. Viviana war es gelungen, das Instrument zu einem Teil ihrer Selbst zu machen. Es hatte sich zu einem empfindsamen Partner ihrer musikalischen Vorstellung entwickelt.

KAPITEL 20: 4. SATZ: DIE FASANENINSEL

Vivianas Hände formten eine melancholische Melodie, die an die Musik der weiten russischen Tundra erinnerte. Eine unendlich scheinende Arabeske ohne Kadenzen, ohne motivische Wiederholungen, ohne wirkliche Höhepunkte. Nach und nach, kaum bemerkbar, verdichteten sich die Stimmen zu einem polyphonen Gewebe, als wolle es eines der Waldbilder von Max Ernst zum Leben erwecken.

Aus den wehmütigen Klängen schälten sich leichte, knöchelhohe Nebelschwaden heraus, die über die Pflanzen waberten, als ob der Allmächtige eine Theaternebelmaschine in Gang gesetzt hätte. Nach einer Weile mündete die Musik in ein Zitat aus Webers Klarinettenkonzert und versöhnte somit die herbe, weite russische Landschaft mit den ebenso herben, meerumschlungenen norddeutschen Landstrichen.

Lag es am Nebel, dass der Eutiner See samt Schloss und Schlosspark in eine hauchdünne Patina von Unschärfe eingetaucht schien? Oder trogen Vivianas noch ungeübte Augen? Die Musik verschwamm erneut in kaum ortbaren Tremoloketten von milchigen Sextakkorden. Keine scharfen Konturen, keine markante Melodie. Motivfetzen jagten sich wie die feinen Nebeltropfen über dem Boden.

Das Schloss sah von der Ferne aus wie auf einem uralten, braunvergilbten Bild aus den Kinderjahren der Fotografie. Viviana und Noël saßen wie ein altes Liebespaar Arm in Arm unter dem Schutz des Wassertempels, der nordöstlich wie eine Bastion in den Eutiner See hineinragte, und beobachteten verträumt den Sonnenaufgang.

Eine braunrote Himmelsscheibe schob sich langsam drüben ostwärts, über das Reetdach der Alten Schäferei empor. Ihre Lichtstrahlen hatten große Mühe, sich durch die Nebelbänke hindurchzuarbeiten. Die Uferlinien verschwammen, der Horizont verdunstete. So bildete der See den Anblick einer kaltdiesigen Wasserlandschaft, die in ihrer Undifferenziertheit eher an ein Meer als an einen Binnensee erinnerte.

Nirgends gab es an diesem sehr frühen Sommermorgen Anzeichen von menschlichem Treiben.

Direkt dem Tempel gegenüber lag die Fasaneninsel, deren Umrisse sich nur zaghaft über den Wassern behauptete. Plötzlich bemerkten die beiden das Geräusch von behutsamen Ruderschlägen. Jemand machte sich mit einem Beiboot vorsichtig auf den Weg zu dem kleinen Anleger, dessen Pfad hoch in die Stadt führte.

Gespannt verfolgten die beiden, wie sich der Kahn langsam dem Ufer näherte. Dann sprang die Gestalt auf den Steg, vertäute das Boot und eilte stadtwärts. »Romanowsky!«, flüsterte Noël. Er drückte ganz zart Vivianas Hand, als hätte er Angst, die empfindliche Künstlerhand zu verletzen. »Der führt doch sicherlich nichts Gutes im Schilde, so früh am Morgen.«

Er sinnierte eine Weile vor sich hin, dann kam ihm eine

Idee. »Weißt du was? Das wäre doch der ideale Augenblick, um sich auf der Insel ein wenig umzuschauen.« Seine Freundin starrte ihn verwundert an. »Ja«, beharrte er. »Ich werd das Gefühl nicht los, dass dieser Romanowsky irgendetwas auf dem Kerbholz hat. – Ich werde hinüberschwimmen.« Er zog sich bis auf die Unterkleidung aus. »Warte hier, bis ich wieder zurück bin. Ich nehme mein Handy mit. Wenn ich es fest in mein Hemd einwickle und über Wasser halte, wird es funktionstüchtig bleiben. Dann können wir miteinander in Kontakt bleiben.«

Ohne auf ihren Protest zu achten, drückte er ihr einen zärtlichen Kuss auf die Oberlippe und sprang ins kalte Nass. Obwohl er ein geübter Schwimmer war, strengte ihn die nicht unbeachtliche Strecke an, weil er nur mit einem Arm ausholen konnte. Mit dem anderen hielt er das Hemd samt Handy über dem Kopf. Erschöpft ließ er sich auf der Insel ans Ufer fallen. Nun spürte er die Kälte doppelt. Er trocknete sich so gut es ging am Gras ab und streifte sich sein Hemd über. Wenigstens gewährte es ihm ein wenig Windschutz.

Sein Handy steckte er in eine Hemdtasche. Das Display leuchtete wie gewohnt, also schien alles noch zu funktionieren.

Das einzige feste Haus auf der Insel bestand aus einer reetgedeckten, modern ausgebauten und liebevoll gepflegten Bauernkate, geräumig genug, um einem Einsiedler jeden erdenklichen Luxus zu gestatten.

Noël fand alle Türen und Fenster verschlossen. Neugierig und vorsichtig lugte er durch die Butzenscheiben. Kein Laut, kein Licht, keine Bewegung.

Nur matte Dämmerung. Offensichtlich war niemand anwesend. Und mit der Rückkehr des Hausherrn war nicht vor mindestens einer Stunde zu rechnen.

So dachte er.

Als er nun sicher war, nicht überrascht zu werden, machte er einen kurzen Rundgang über die Insel. Außer einem Geräteschuppen und einem Bootshäuschen konnte er nicht viel aufspüren. Keine Anzeichen von Landwirtschaft, und von ertragreichem Fischfang zeugten die Anlagen nicht unbedingt. Das hatte Noël nicht erwartet, wusste er doch, dass Romanowsky Pächter der Fischereirechte war.

An der Rückseite der Kate befand sich ein angebauter, offener Schuppen, unter dessen Dach sich ein Grundwasserbrunnen verbarg. Direkt neben diesem entdeckte Noël ein auf Klapp offenes Kellerfenster. Für den geschmeidigen jungen Mann war es ein Leichtes, hinter die Scharniere zu fassen, die Luke vollends zu öffnen und sich durch die schmale Öffnung zu zwängen.

Er stand in einem muffigfeuchten Keller, der einigen Unrat und einen Stapel Umzugskartons barg. Sie trugen Schriftzeichen, die Noël nicht entziffern konnte. In einer Ecke döste ein Werkzeugkasten vor sich hin. Der Junge öffnete ihn und stöberte so lange, bis er etwas Geeignetes gefunden hatte, etwas, das ihm als Dietrich dienen konnte, einen Fischerhaken.

Eine eichene Brettertür führte aufwärts in den Wohnbereich. Überrumpelt von der Eleganz des Raumes schämte sich Noël, ihn barfuß und nur mit einem Hemd bekleidet zu betreten. Das Innere stand in selt-

samem Widerspruch zu dem bäuerlichen Charakter der Reetdachkate. Kostbare Perserteppiche bedeckten die Bodendielen. Gemälde hingen an der Wand, wie er sie eigentlich nur aus dem Schloss kannte. Eine ganze Ahnengalerie. Mit den Namen, die auf den kleinen Messingschildern angebracht waren, konnte er nichts anfangen. Lauter merkwürdig klingende Vornamen.

Von der Decke hing zentral ein schwerer Kerzenleuchter herab. Seine weit ausladenden Messingarme thronten wie ein Damoklesschwert über einem runden Esstisch. Er war fürstlich gedeckt für acht Personen. Das erlesene Geschirr, das Silberbesteck und die Damastservietten lagen in perfekter Geometrie auf der in Edelhölzern eingefassten Tischplatte.

Noël fühlte sich an den Großen Speisesaal des Eutiner Schlosses erinnert, den er neulich zusammen mit Viviana und Antonio scherzend durchquert hatte. Dort war es ja mehr oder weniger ein Museum, wie er fand. Hier aber, in der Wohnung eines Pächters, schien ihm dieser Luxus völlig unangebracht. Nirgends fand er Gebrauchsspuren. Keine Krümel, keine Blumen, keine Anzeichen von echtem Leben. Und das in dem Heim eines Einsiedlers?

Noël öffnete eine unscheinbare Seitentür. Die Küche. Dahinter sah es allerdings chaotisch aus. Als würde hier ein liederlicher Junggeselle leben. Ungewaschenes Plastikgeschirr, offene Konservendosen aus dem Supermarkt, leere Wodkaflaschen, volle Mülleimer. – Welch ein Gegensatz zu dem Wohnzimmer! Spielte sich das Leben Romanowskys nur hier in der billigen Küche ab?

Angewidert drehte Noël sich um und kehrte in den

Wohnraum zurück. An der gegenüberliegenden Wand führte eine steile Holztreppe nach oben. Neugierig eilte er hinauf. Hier befanden sich offenbar das Arbeits- und das Schlafzimmer des Besitzers. Die gleiche Unordnung wie in der Küche! Das Bett war ungemacht, Kleidung lag wahllos auf dem Boden. Und im Arbeitszimmer belegten Berge von Büchern und Akten den Boden.

Auf dem Schreibtisch entdeckte der Eindringling eine merkwürdige Kugel. Wie die einer Wahrsagerin auf dem Herbstmarkt. Das schwache Licht des noch jungen Tages brach sich in ihr und warf einen gebündelten Strahl auf einen Aktenordner. Magisch zog er Noëls Augen an. Er enthielt ausgeschnittene alte Zeitungsartikel über eine gewisse Anastasia, eine angebliche russische Zarentochter.

Lustlos blätterte der Junge sich durch die Akte. Das fand er uninteressant. Er legte sie beiseite. Zum Vorschein kam darunter ein Dossier neueren Datums. Das erregte sofort seine Aufmerksamkeit. Noël blätterte ein wenig in den Seiten herum. Was er las, verschlug ihm den Atem.

Bingo! – Noël erinnerte sich an Michas Berichte. Das war genau das, was er brauchte. Er fühlte sich am Ziel.

Aber er traute sich nicht, das Material mitzunehmen. Erstens würde es schwer sein, sie beim Zurückschwimmen trocken zu halten, und zweitens würde der Hausbesitzer den Verlust sicherlich schnell merken und gewarnt sein.

Sorgfältig legte er alles wieder so hin, wie er es aufgefunden hatte. Dabei fiel sein Blick zufällig auf eine Tonscherbe, die als Briefbeschwerer diente. Oder war es eine Keramik? Eidottergelb leuchtete das Bruchstück im Morgenlicht. Noël nahm es und ging zum Fenster, um es besser studieren zu können. Kunstvolle Verzierungen waren zu erkennen. Aber was war das für Material?

Noël wollte es wieder zurücklegen, da bemerkte er durch die Dachluke, wie unten ein Mann auf das Haus zukam.

Romanowsky!

Jetzt war Noël der Rückzug abgeschnitten. Unkontrolliert in seiner Angst, entdeckt zu werden, steckte er den Gegenstand einfach in seine Unterhose.

Er piekte ihn an empfindlicher Stelle, aber das war jetzt egal. Verzweifelt suchte er nach einem Fluchtweg. Die Treppe runter konnte er nicht mehr, denn er hörte, wie sich der Mann an dem Türschloss zu schaffen machte.

Kurzentschlossen öffnete er das Fenster und stieg aufs Dach. Zum Runterspringen war es zu hoch. Also schmiegte er sich an die Dachschräge und bewegte sich vorsichtig entlang der eisernen Traufe auf der Rückseite des Hauses. Wie gut, dass er barfuß war, das half ihm, sich den Weg zu tasten.

Dort entdeckte er ein festes Regenrohr, das direkt zum Dach des Brunnenschachtes führte. Ohne zu zögern – eine andere Möglichkeit hatte er nicht –, ließ er sich von der Dachrinne gleiten und rutschte das Rohr hinunter. Schmerzhaft fühlte er die Reibung in den Händen. Aber es half nichts.

Unten wäre er beinahe in einem Haufen Altschrott gelandet, der so aussah, als hätte hier jemand riesige Dosenöffner gesammelt. Mit ihren gezahnten Bügeln verrosteten eisernen Haifischgebissen ähnlich. Wäre er da hineingeraten – ging es ihm durch den Kopf –, wäre die Falle hoffnungslos zugeschnappt.

Im Haus ging ein Licht an. Romanowsky war angekommen. Noël konnte ihn durch ein Seitenfenster beobachten. Plötzlich klingelte sein Handy. Ehe er das Geräusch unterdrücken konnte, merkte er, dass der Pächter auf ihn aufmerksam geworden war. Seine Entdeckung war unvermeidbar.

Nun war guter Rat teuer. Noël sprang kurzentschlossen auf den Brunnenrand und hangelte sich an seitwärts eingelassenen Eisenbügeln herab. Er hörte, wie oben Romanowsky durch die Haustür stürzte. Unmittelbar vor dem Grundwasserspiegel fühlte Noël eine enge Öffnung in der Brunnenmauer. Blitzschnell duckte er sich darin. Hoffentlich klingelte jetzt nicht wieder das Handy. Es abzustellen, war hier unten zu dunkel.

Er vernahm, wie oben der Pächter fluchend um das Haus lief und mit einem Eisenknüppel bewaffnet brutal alle Ecken und Winkel durchstöberte. Dann sah Noël, wie sich seine Silhouette über den Brunnenrand beugte.

Romanowsky hatte ihn nicht entdeckt und lief weiter zum Anlegesteg. Dieser Eindringling wird ihm nicht davonkommen, dachte der. Schließlich war es nicht so einfach, die Insel unbemerkt zu verlassen.

Da hatte er sich getäuscht. Kaum hatte sich Noël in die Nische der Brunnenwand geschmiegt, fühlte er, dass sie der Ausgang eines unterirdischen Ganges war. Um ihn herum herrschte Grabesdunkelheit. Nur durch die kreisrunde Brunnenöffnung oben drang eine vage Helligkeit. Er tastete den Höhleneingang ab. Vor ihm öffnete sich *ein dreieckförmiger Gang, gerade mal so breit, um einen Menschen geduckt durchzulassen.*

Noël klappte sein Handy auf und versuchte, das Display so hell wie möglich zu machen. Das brachte zumindest etwas Licht in das gähnende Loch. Eine erschreckte Fledermaus streifte seine Schulter. Vorsichtig tastete er sich vorwärts. Die Luft war zum Erbrechen stickig. Von den Wänden tropfte es ununterbrochen, und die Tunnelsohle bestand aus glitschigem Lehm. Hin und wieder vernahm er seltsame Geräusche wie von unsichtbaren Tieren aus der Hölle. Mehrmals rutschte er aus oder stieß sich den Kopf an der schrägen Holzverschalung. Aber für ihn gab es jetzt nur eines: Vorwärts, – Schritt für Schritt. Irgendwo musste der Gang ja enden, hoffte er.

Das Licht des Handydisplays wurde zunehmend schwächer. Noël fühlte, dass er langsam ans Ende seiner Kräfte und seiner psychischen Belastbarkeit kam. Außerdem schwächte ihn die nasse, modrige Kälte. Er begann um sein Leben zu fürchten. Nur noch der Gedanke an Viviana hielt ihn aufrecht.

Schon wollte er resigniert aufgeben und den Rückweg antreten, da sah er, – nein, – er ahnte nur, dass sich vor ihm eine Tür aufbaute. Durch die Ritzen der morschen Holzbretter drang ein kaum wahrnehmbarer Hauch von Licht. Die Luft wurde schlagartig etwas frischer.

Jetzt waren Kälte und Anstrengung wie fortgeblasen. Mit leichtem Druck gelang es Noël, die Pforte zu öffnen. Vor ihm tat sich ein backsteingemauerter Kellerraum auf. Ein schmaler Schaft führte schräg nach oben ins dünne

Tageslicht. Jetzt konnte Noël das Handy ausschalten, um sich den letzten Rest der elektrischen Energie für einen Notruf an Viviana aufzusparen.

Eine weitere Tür führte ihn in einen verwinkelten Kellergang, von dem, wie in einem Labyrinth, mehrere Zugänge zu anderen Räumen ausgingen. Am Ende des Korridors entdeckte Noël eine Steintreppe, die hoch in einen Treppenschacht führte.

Das kannte er! Er befand sich mitten im Gewölbe des Eutiner Schlosses. Es war der Geheimgang, den er neulich mit Viviana und Antonio entdeckt hatte. Er beschloss, sich hinter dem Orgelprospekt zu verstecken und seine Freundin anzurufen. In diesem Zustand, barfuß, ohne Hose und am ganzen Körper lehmverschmiert, konnte er schlecht das Schloss verlassen.

Schon wollte er sich auf den Weg machen, als er das Rasseln von Schlüsseln hörte. Rasch verkroch er sich unter der Treppe und beobachtete, wie sich eine Eisentür öffnete und eine mit einer leuchtstarken Taschenlampe bewaffnete Gestalt heraustrat und ganz hinten im Gang durch eine Tür verschwand.

Einen kurzen Augenblick konnte Noël in den dahinterliegenden Raum blicken. Das nervös flackernde Licht von einem Meer von Kerzen blendete ihn für einen Augenblick. Merkwürdige Nebelschwaden krochen aus dem Verlies. Es begann, schwach nach Weihrauch zu riechen.

Dann war der Spuk zu Ende. Hastig ergriff Noël die Gelegenheit, um die Treppe hochzujagen. Er nahm gleich mehrere Stufen auf einmal. – Richtig. Dort befand sich die Tür zu dem Wartungskabuff auf der Orgelempore. Er erkannte sie wieder. Ohne zu zögern, trat er ein und versteckte sich hinter den Orgelpfeifen.

Unten im Kirchenraum saß eine Besuchergruppe und hörte sich die Erläuterungen der Schlossführerin an. Vieles von dem kannte Noël bereits: die Altenburger Herzogslinie, die Verbindungen des Hauses zum russischen Herrscherhaus, die Geschichte des Eutiner Schlosses und so weiter.

Endlich verschwanden die Touristen geräuschvoll. Noël war sicher, dass er sich jetzt allein in der Schlosskapelle befand. Er holte sein Handy hervor und prüfte es. Der Akku war in der Tat ziemlich entladen. Eine neue SMS befand sich im Speicher, von Viviana: ›Wo bleibst du? Komm zurück! ILD – V.‹ Deswegen hatte das Handy also im denkbar ungünstigsten Moment geläutet. Wegen so einer Lappalie wäre er beinahe aufgeflogen! Wahrscheinlich hat Viviana wegen des Nebels gar nicht gesehen, dass der Pächter wieder zu seiner Insel zurückgekommen war.

Egal. Das war jetzt unwichtig. Er antwortete ihr: ›Bin in der Orgel. Komm sofort und bring meine Klamotten mit. ILD auch – N.‹

Für den frierenden Jungen dauerte es eine Ewigkeit, bis Viviana an der Orgel auftauchte. Sie hatte am Eingang vorgegeben, die Besucher ein wenig mit Orgelmusik zu unterhalten. So fiel es nicht auf, dass sie eine Tasche mithatte, zumal oben deutlich sichtbar ein paar Notenhefte herausragten.

Glücklich umarmte sie Noël. Alle Sorgen schienen wie fortgeblasen. Dann berichtete der Junge, was er erlebt hatte. Als er ihr die faustdicke Scherbe zeigte, die er auf

Romanowskys Schreibtisch gefunden hatte, staunte Viviana. Sie hielt sie ins Licht. Ein diffuses gelbliches Leuchten ging von ihr aus und strahlte nach allen Seiten.

»Das ist doch Bernstein!«, rief sie. »Ein schönes Stück. Kannst du die Verzierungen erkennen? Wie ein Medaillon. Und es scheint alt zu sein, sehr alt. Hier, die Bruchkante. Als ob es aus einem größeren Teil herausgerissen wurde. – Das müsste doch wertvoll sein. Wie kommt so was in Romanowskys Hände?«

Sie drehte die Scherbe in alle Richtungen. Stets schien sie zu glühen, als wären in ihr geheimnisvolle Wesen eingefroren. »Die geben wir Micha. Die soll sie ihrem Onkel zeigen. Ich denke, dass ein Kriminaler mehr Möglichkeiten hat herauszufinden, was das ist und wo das herkommt.«

Sie steckte den Stein in ihre Notentasche. Dann beugte sie sich über Noël. »Du hast ganze Arbeit geleistet. Finde ich toll. – Und, – ILD …« Diesmal küssten sie sich nicht nur zärtlich. Sie gaben sich ganz ihrer Leidenschaft hin. – Natürlich im Rahmen der etwas prekären Gegebenheiten auf der Orgelempore, – an einem öffentlichen Besuchertag.

*

Viviana gestaltete den Schluss dieses Satzes mit Hingabe, als wäre er der Höhepunkt der gesamten Suite. Sie bemerkte nicht, dass Noël sie von unten aus den Reihen des Publikums anhimmelte. Wieder hatte er sie verstanden. Ein warmes Glücksgefühl durchströmte ihn. Und stolz war er auf seine Liebste.

Die hatte schon in der Pause beschlossen, keine großen Pausen mehr zwischen den Sätzen einzuschieben. Sie befürchtete, wieder aus ihrer Fantasiewelt, aus ihrer neuen, musikalischen Realität herausgerissen zu werden.

Ohne die Hände von der Tastatur zu nehmen, begann sie den nächsten Satz.

KAPITEL 21:
5. SATZ: IN DEN KATAKOMBEN

Eine düstere Quintfallsequenz führte Viviana, Noël und Antonio hinab in die Kellergewölbe des Eutiner Schlosses.

Noël kannte den Weg ja bereits. An dem labyrinthähnlichen Kellergang angekommen, verharrten sie eine Weile, um zu prüfen, dass sich niemand hier unten aufhalten würde.

Sie hatten sich an diesem Sonntagabend erneut auf der Orgelempore verabredet. Die letzte Besuchergruppe war verschwunden. Dogger, das Faktotum des Schlossverwalters, hatte mit seinem Hund die Kontrollrunde abgeschlossen. Das altersschwache Tier witterte Gott sei Dank nicht, dass sich hinter dem Orgelprospekt drei Menschen versteckten, die kurz zuvor noch der Besuchergruppe angehört hatten. Niemandem war aufgefallen, dass sie nur am Beginn der Führung dabei waren.

Nun standen sie vor der Eisentür, hinter der Noël die merkwürdige Kerzenbeleuchtung gesehen hatte. Antonio, der Praktiker, schaute sich das Türschloss im Scheine seiner Taschenlampe prüfend an.

»Kein Problem«, grunzte er zufrieden. »Für so etwas habe ich mein Spezialwerkzeug.« Er zog eine abgelaufene Kreditkarte hervor, zwängte sie zwischen Tür und Rahmen, und – schwupp, stand die Tür offen. Anerkennende Blicke von den anderen.

»Wenn das Micha wüsste«, lästerte Noël. »Mit deiner kriminellen Energie würdest du schnell auf der schwarzen Liste von ihrem Onkel stehen!« Antonio errötete. Gut, dass man das in der Dunkelheit nicht sah.

»Schwatzt nicht herum, ihr beiden!«, mahnte Viviana. Entschlossen stieß sie die Tür auf und betrat das Kellergewölbe.

Ein bizarrer Anblick bot sich ihren Augen. Der ›Rodtberes Keller‹ hatte vor Urzeiten als Vorratslager und als Holzspeicher für die Beheizung der Kaminöfen gedient. Heute war er zwar genauso dreckig und muffig wie damals. Aber die Bierfässer lagerten nicht ordentlich gestapelt an der Wand. Sie standen senkrecht auf dem unebenen Kellerboden. Und sie waren leer.

Es roch nach Moder und nach Weihrauch.

Auf jedem Fass stand eine Kerze. Die meisten waren nur noch blinde Stummel, und das von ihnen heruntergetropfte Wachs hatte das jeweilige Fass samt Aufbau mit einer rußig-ekligen Schicht bedeckt, als ob es das Ganze versiegeln würde. Andere waren zur Hälfte abgebrannt, und ihr karges Licht dämmerte müde vor sich hin, kaum fähig, ihre Umgebung nennenswert zu beleuchten. Manche wiederum brannten lichterloh.

Riesige Regale füllten die Wände. Alle vollgestopft mit den unterschiedlichsten Büchern, Katalogen, Publikationen und Aktenordnern. Die meisten abgegriffen und verstaubt. Einige Ausgaben jüngeren Datums. Und alle enthielten keine Titel auf den Buchrücken, sondern lediglich Buchstaben von irgendwelchen Abkürzungen.

An der Wand neben der Tür stand ein knorriger alter

Eichentisch, vollgerümpelt mit allerlei Flaschen, gefüllt mit Flüssigkeiten unterschiedlicher Farbe, Phiolen, in denen schillernde Laugen ihre Spuren hinterlassen hatten, über Bunsenbrennern angebrachte Reagenzgläser, Retorten und Mörser voller gestößelter Pulver, luftdicht verschlossene Gefäße mit Bakterienkulturen. Wie in einer Alchimistenküche. Ein mandelbitterer Geruch verdrängte hier den ansonsten allgegenwärtigen Weihrauchduft.

An der Stirnseite des Gewölbes befand sich eine Art Altar. Eine rohe Holzdiele lag auf zwei ausgedienten Bierfässern und bot Platz für einen mächtigen, dreizackigen Aluminiumleuchter. Dessen Kerzen, die den Weihrauchduft spendeten, mussten erst jüngst angezündet worden sein. Der Docht leuchtete frisch, und man erkannte im oberen Teil des Kerzenschaftes deutlich die Insignien der Eutiner Stadtkirche. Jemand musste sie dort geklaut und für diesen merkwürdigen Heiligenschrein missbraucht haben, der die Hauptlichtquelle des Raumes bildete.

Auf dem Altar lag eine mit goldenen Lettern verzierte ›Satanische Bibel‹, aufgeschlagen im vierten Kapitel, dem Buch Leviathan.

#

In Nomine Dei Nostri Satanas Luciferi excelsi!
In Namen Satans, dem Herrscher der Erde, dem König der Welt; befehle ich den Kräften der Finsternis, mir ihre infernalische Macht zu verleihen!
Öffnet die Tore der Hölle und kommt heraus vom Abyssos, um mich als euren Bruder und Freund zu begrüßen!

Gewährt mir die Freuden, von denen ich spreche!

Ich habe deinen Namen als einen Teil von mir selbst angenommen! Ich lebe wie die Tiere der Wildnis und erfreue mich am fleischlichen Leben! Ich schätze die Gerechten und verfluche die Vermoderten! Bei allen Göttern der Hölle befehle ich, dass alle Dinge, von denen ich spreche, eintreffen werden!

Kommt hervor und antwortet auf eure Namen, indem ihr meine Wünsche erfüllt!

#

Über den Seiten hing eine Aeolsharfe, deren Saiten leise beim noch so feinsten Lufthauch einen rieselnden, gläsernen Klang ausstrahlten. – Als wäre er der kaum wahrnehmbare Klagegesang einer zerbrochenen Seele.

Auf jedem Fass, neben der zugehörigen Kerze, egal ob sie abgebrannt oder angezündet war, lag ein aufgeschlagenes Buch. Oft waren die Seiten durch das herabgetropfte Kerzenwachs verklebt. Und neben jedem Buch ringelte sich eine Schlange. Manche nur fingergroß, andere armstark. Manche träge in sich zusammengeigelt, andere mit erhobenem Kopf, aus dem eine giftige Zunge zischte. Alle wurden durch feine Goldketten gebändigt, deren Ende mit den Buchdeckeln vernietet waren, die silbern eingravierte Namensinitialen trugen.

Die gesamte Atmosphäre strahlte soviel Mystik und auch Würde aus, dass Antonio verlegen seine scheinwerferähnliche Taschenlampe löschte. Keiner wagte zu sprechen. Nach einer kurzen Phase des Staunens trennten sich die drei. Jeder bahnte sich sei-

nen Weg durch die unendliche Ansammlung von Fässern und studierte neugierig deren Aufbauten. Allerdings in gebührender Entfernung, denn die Schlangen luden nicht gerade zum Näherkommen ein.

Noël interessierte sich sofort für den merkwürdigen Altar. Die agile Schlange, die sich dort neben einem schmalen Oktavheft ringelte, war Gott sei Dank so kurz an die Leine gebunden, dass er die Broschüre gefahrlos ergreifen konnte. Auf der Vorderseite stand in blutroter Tinte ›C. K.‹.

Der Junge hielt seine Lektüre ins Licht der jungen Kerze. Eine saubere Handschrift, so fand er. Alles penibel und schwungvoll ausgemalt. Gerade, entschlossene Federführung. Kein Wort durchgestrichen oder nachträglich zwischen die Zeilen gequetscht. Keine Fettflecken, Tintenkleckse oder Eselsohren.

Er warf einen Blick auf die letzte Seite. Die Tinte schien frisch noch. Was er dort las, zog ihn sofort in den Bann.

#

Du, die du Frucht zweier Welten bist, wurdest einzig erschaffen, um mir zu dienen. Du wirst meine Seelenmenagerie um eine weitere Farbe bereichern. Du wirst mich verehren, weil du durch mich du selber werden wirst. Du wirst deine Welt und ihre Lebewesen verändern. Du wirst die gerechte Hölle über sie stürzen. Du wirst mein Racheengel. Der glänzende Beweis, dass Gott tot ist.

Deine Seele kenne ich seit deiner Geburt. Ich habe sie schon immer auf meiner Liste. Sie wird mir gehören, bis *in alle Ewigkeit. Der Handel ist beschlossen. Tu den letzten Schritt!*

#

Die von ihren Weisheiten besudelten Götter haben ihre Zeit gehabt und ihr Jahrtausend ist vorbei.

TUNRIDA

#

Unterschrieben waren die Zeilen mit ›Der Herr der Seelen‹. Ein Doppelkreuz – dem musikalischen Vorzeichen ähnlich, nur stark verzerrt – beschloss den Text. Wie eine Wunde war es mit Hilfe eines Brandeisens, das an der Wand über dem Altar hing, tief in das weiche Papier eingraviert und mit blutiger Tinte ausgefüllt. Als hätte ein Besessener seine dämonische Wolllust an dem Stoff ausgetobt. Purpurne Tintenspritzer bedeckten den Rest der nur zu einem Viertel beschriebenen Seite.

Noël blätterte vor zur ersten Seite und erstarrte. Er erkannte sofort, wessen Seele in diesem Buch festgeschrieben war. Er konnte kaum fassen, was er las. Die Kindheit, die Katastrophe, die zerrissene Jugend, die enttäuschte Liebe.

Er schämte sich, so unbeabsichtigt in die Intimsphäre einer fremden Person eingedrungen zu sein. Mit einem kurzen Stoßgebet legte er das Heft zurück und verharrte lange andächtig vor dem Altar.

Viviana steuerte währenddessen auf eine Tonne zu, die verloren in einer Ecke stand. Deren Kerze war längst erloschen. Die Schlange zeigte kein Anzeichen von Leben. Entweder war sie tot, oder aber ihr *war die Person, die sich zaghaft näherte, vertraut. Die junge Frau hob einen Kerzenstummel auf, der auf dem Boden lag und entzündete ihn an einer kaum noch flackernden Kerze. Sie hielt sie so, dass sie in dem aufgeschlagenen Buch, das in einen dunkelblauen Einband gefasst war, einige Worte entziffern konnte.*

Plötzlich erschrak sie so sehr, dass ihr fast die Kerze aus der Hand fiel. Sie verbrannte sich schmerzhaft den Daumen.

›Viviana‹ stand da, deutlich lesbar, in schwungvoll vollendeter Schrift.

Sie hielt den Atem an. Kraftlos sank sie zusammen, die Lektüre mit sich reißend. Dabei fiel die erloschene Kerze, die über Jahrzehnte Wache gehalten hatte, um. Die Schlange rührte sich nach wie vor nicht.

Die junge Frau rutschte auf dem Boden an eine Stelle, an der sich das Licht zweier anderer Kerzen traf. Das genügte, um die Buchstaben zu entziffern.

Es war die gleiche Schrift wie in dem Buch, das Noël in der Hand hielt. Viviana wusste das aber nicht. Fassungslos begann sie, Seite für Seite zu studieren. Sie las von ihrer glücklichen Kindheit, von der Entdeckung ihres musikalischen Talents, von ihren ersten Erfolgen. – Es war, als würde sie an ihrem Leben ein zweites Mal teilhaben.

Dann der Einschnitt. Ihr Vater starb. Der Lebensunterhalt konnte nur noch mühsam bestritten werden. Die Mutter verkaufte voller Verzweiflung ihre Seele an einen Scharlatan.

»Mach, dass meine Tochter eine berühmte Pianistin wird. Damit unser zukünftiges Dasein gesichert ist. Als

Gegenleistung verspreche ich, dir meine Seele zu weihen. Mehr habe ich nicht.«

Der Scharlatan willigte ein, aber nur unter einer Bedingung: »Nur, wenn du versprichst, dass sie mit ihrer Musik niemals ein Lobeslied auf Gott singen wird.«

Die Mutter versprach es. Und die Tochter durfte ungeahnte Erfolge genießen. Doch eines Tages schloss sie sich einer Gruppe von jungen Musikern an, die in der Eutiner Hauptkirche das Experiment wagten, Pendereckis Lukaspassion aufzuführen. Viviana spielte Orgel und sang die Sopranstimme inbrünstig mit.

Am nächsten Tag erlitt ihre Mutter einen Schlaganfall. Viviana betete jeden Tag für sie und half als Kirchenorganistin aus, um sich ein paar Groschen für die Arztrechnungen zusammenzusparen.

Nach einer Woche verstarb die Mutter. Die Beerdigung fand in aller Stille und ohne öffentliche Anteilnahme statt. Lediglich ein hochaufgeschossener Herr, vornehm gekleidet und mit einem Strauß Narzissen in der Hand, zeigte näheres Interesse an dem jungen Mädchen, das seine Tränen nicht zurückhalten konnte.

»Trauer nicht, mein Kind. Der Körper des Menschen wächst und verfällt. Aber seine Seele ist unsterblich. Die deiner Mutter wird für alle Zeiten weiterleben. An einem ihr würdigen Ort. Dessen sei versichert.« Er zog ein duftendes Leinentuch aus seiner Tasche und trocknete damit zärtlich Vivianas Augen. Wenige Tage später versagte dem Mädchen das Augenlicht. Die Ärzte prophezeiten ihm lebenslange Blindheit.

Viviana hielt in ihrer Lektüre inne und weinte träne-

nlos und leise vor sich hin. Die Schlussbemerkung nahm sie gar nicht mehr wahr:

#

Diese Seele ist durch Verrat an mich gefallen. Ein nutzloser Erfolg. Verdammt sei die eitle Selbstsucht gottesfürchtiger Wesen.

Es ist der falsche Weg.

Gott ist tot!

Es lebe der Herr der Seelen.

#

Die Raben der Nacht sind davongeflogen, um Loki anzurufen, der die Walhalla in Flammen aufgehen hat lassen mit dem brennenden Dreizack des Infernos. Die Dämmerung ist vorbei. Ein Glanz neuen Lichtes wurde aus der Nacht geboren und Luzifer ist auferstanden, um erneut zu verkünden: Dies ist das Zeitalter Satans!

Satan regiert die Welt!

PROSERPINE

#

Antonio war vor einer Tonne stehen geblieben, auf der eine riesige gelbgrüne Schlange neben einem dicken Buch mit einem braunen Leinenumschlag döste. Vorsichtig wagte er sich näher und testete mit seiner Taschenlampe, ob das Tier wach war. Er nahm all seinen Mut zusammen und zog den Foliant unter ihrem Körper hervor. Die Schlange legte müde ihren Kopf von der einen Seite zur anderen, als hätte sie es längst erwartet, dass sich jemand des Wälzers annehmen würde.

Der Junge lüftete das Buch vorsichtig und schaute auf den Buchdeckel. Die Initialen ›N. R.‹ prangten dort in breiten goldenen Lettern auf schwarzem Untergrund. Antonio überflog die ersten Seiten, dann stolperte sein Blick über eine Passage, die ihm merkwürdig vertraut vorkam. »Wo habe ich so was bloß schon mal gelesen?«, sinnierte er. Es fiel ihm nicht ein.

Resigniert legte er das Buch genauso wieder hin, wie er es vorgefunden hatte. Er war von den dreien der Einzige, dem bewusst war, dass sie hier keine Spuren hinterlassen durften. Ansonsten wäre der unbekannte Hüter dieser geheimnisvollen Bücherei gewarnt. Der selbsternannte Meisterdetektiv der Gruppe holte eine Lupe hervor und examinierte die letzten Zeilen:

#

Deine Frist läuft morgen ab. Du weißt, dass das Wort
Gnade nicht in mein Reich gehört. Du kennst meine
Gesetze, und dir sollte klar sein, dass sie ehern sind.
Dafür bist du schon zu lange mein Diener. Unser Handel will es so. Jetzt hast du genug von meinen Künsten
profitiert.
Entweder du oder sie!
Entweder du erlöst deine kärgliche Seele, indem du mir
eine frische zuführst, oder aber sie wird für alle Ewigkeiten in dem tiefsten Loch meiner fürchterlichsten
Hölle schmoren.
Denn ich bin allmächtig.
Ich – der Herr der Seelen.

#

Die Götter der Ungerechten sind tot. Dies ist der Morgen der magischen, unverfälschten Weisheit. Das Fleisch herrscht, und eine großartige Kirche soll errichtet und in seinem Namen geweiht werden.

HABORYM

#

Antonio verstand von dem Sinn der Worte so gut wie nichts. Nur ein beklemmendes Angstgefühl ergriff ihn. Zur Ablenkung versuchte er, sich in kriminalistische Analysen zu vertiefen. Das Vergrößerungsglas deckte die Feinheiten der Inschrift auf. Der Schreiber hatte sicherlich keine zitternde Hand, benutzte nur die äußere, feine Spitze einer Kielfeder und verwendete eine blutähnliche Tinte. Die sorgsam ausgeführte, waagerechte Schreibrichtung und das Fehlen von jeglichen Retuschierungen, Unterbrechungen und unnötigen Schnörkeln wies auf einen kultivierten und selbstsicheren Charakter hin. Intelligent und gleichzeitig herrschsüchtig, unbarmherzig, ehrgeizig und gnadenlos.

Der Junge hatte so etwas noch nie erlebt. Der mystisch beleuchtete Raum, der betörende Geruch von Weihrauch, die absonderlichen Schlangen und die magischen Bücher mit ihrer rätselhaften Sprache.

»Wo sind wir hier, was zum Teufel hat das alles zu bedeuten?«, rief er erregt aus. Dadurch wachten auch die anderen beiden Eindringlinge aus ihrem Grübeln auf. Sie eilten zu Antonio. Viviana war noch zu schockiert, als dass sie einen Ton herausbringen konnte.

»Ja, was für ein Teufelszeug!«, stieß Noël hervor. »Das

ist ja eine wahre Hexenküche! Jetzt fehlt nur noch, dass wir Gespenster sehen.« Er wischte sich Angstschweiß von der Stirn. Dann nahm er Viviana in den Arm. Er ahnte, dass sie gerade den schwersten Augenblick ihres Leben hinter sich gebracht hatte. Er strich ihr tröstend übers Haar.

Um sie abzulenken, fragte er: »Sagt mal, weiß einer, was eine Seelenmenagerie ist? Das Wort habe ich in dem Buch dahinten gelesen.«

»Bestimmt ein Zirkus für die Seele«, meinte Antonio.

Viviana hatte sich etwas gefangen und korrigierte ihn: »Nein. Eine Menagerie ist eine zoologische Ausstellung von Tieren. – Aber eine Seelenmenagerie ... Das ist merkwürdig. Nur Menschen haben eine Seele, finde ich. Und was in diesen Büchern steht, handelt ja wohl offenbar von Menschen, nicht von Tieren. – Soll das bedeuten, dass sich hier jemand als Dompteur der menschlichen Seele aufspielt?«

Sie legte eine kleine Pause ein. Dann fuhr sie fort: »Das ist es. – Die Seele des Menschen ist ein Buch. Jeder Mensch hat so ein Buch. Nur ein einziges, aber es ist sein wichtigstes. – Und Gott schreibt ihm seinen Lebensweg hinein. Seine Identität. – Wenn man sich aber selbst betrügt, sich von sich selbst entfremdet, dann ist das so, als gäbe man sein Buch aus der Hand. Dann hat man seine Seele verkauft, dann legen sich Schatten auf seine Seele. Dann lebt man im Schatten seiner Seele. – Dann schreibt jemand anderes weiter ...«

Plötzlich vernahmen sie von draußen Geräusche von Schritten und hohles Schlüsselklappern.

»Verdammt, das fehlt uns jetzt noch!«, flüsterte Anto-

nio. »Schnell hinter die Fässer dort in der Ecke. Da ist es dunkel genug, um sich zu verstecken.«

Kaum waren die drei hinter ihrer Deckung abgetaucht, öffnete sich die Tür. Ein Mann, bekleidet mit einer Kukulle, betrat die Katakombe. Die Spitzmütze beschattete sein Gesicht. Nur die Augen schienen wie aus einer Höhle hervorzuglimmen.

Der Mann trug einen dreiarmigen Kerzenleuchter, der nur ein spärliches Licht warf. Offenbar kannte er sich hier aber gut aus, denn er fand sicher seinen Weg, ohne an eine der Tonnen zu stoßen. Am Altar blieb er stehen. Er murmelte etwas in einer fremden Sprache, was die drei nicht verstanden. Wahrscheinlich Latein. Dann kramte er aus seinen unergründlichen Manteltaschen ein Tintengefäß und eine Kielfeder hervor.

Bedächtig schrieb er ein paar Sätze, schlug mit beiden Händen ein angedeutetes Doppelkreuz und verschwand so rasch, wie er gekommen war. Nach nur drei Minuten war der ganze Spuk zu Ende. Die Schritte entfernten sich, man hörte, wie oben eine Tür schwer ins Schloss fiel.

Die Eindringlinge hockten noch eine Weile still hinter ihren Tonnen, völlig verschüchtert. Dann ergriff Antonio die Initiative. Leise flüsterte er: »Es hilft nichts, wir müssen jetzt hier raus. – Ich denke, es wird am besten sein, wir nehmen den gleichen Weg wieder zurück. Den kennen wir wenigstens.«

»Gut«, pflichtete Viviana ihm bei. »Aber vorher möchte ich wissen, was er dort in das Buch eingetragen hat.«

Sie huschten zum Altar. Die Tinte war noch feucht, das sah Antonio mit Kennerblick.

Jetzt gibt es kein Zurück mehr. – Tu es! – Tu es noch morgen, – bevor die Sonne untergeht!

#

BEHERIT

KAPITEL 22:
6. SATZ: DAS TOR ZUM PARADIES

Viviana brach den fünften Satz mit einem düsteren, kardinalroten Es-Moll-Akkord abrupt ab. Sie gönnte sich und den Zuschauern keine Pause. Sofort setzte sie zur Eröffnung des Schlusssatzes der ›Wolfsschlucht-Suite‹ mit hellgrünen E-Dur-Arpeggien nach. Der Kontrast hätte nicht schärfer sein können. Eine pastorale Melodie baute sich darauf auf und formte eine herrliche Landschaft.

Am azurblauen Himmel hatten sich ein paar dünne und hohe, hakenförmige Eiswolken gebildet. Sie sahen aus wie verwischte, feine, weiße Pinselstriche. Eine starke vertikale Windströmung trieb sie rasch ostwärts.

Der fruchtbare Kessel, den das Ukleital bildete, zeigte sich heute von seiner freundlichsten Seite. Die lichten Buchen, die sich an den Bergrücken hoch bis zum Kamm lehnten, wiegten sich sanft im frischen Sommerwind. Die Talsohle bestand aus einer grüngelben Wiese, in der Löwenzahn und Dotterblume dominierten.

Mitten in der tiefsten Mulde des Tals stand eine kleine Kapelle. Ihre weißgetünchten Mauern wetteiferten mit der Farbe der Zirruswolken. Das kleine goldene Kreuz auf dem Türmchen mit dem scherenschnittähnlichen Wetterhahn glänzte im Licht der hochstehenden Sonne.

Seit Menschengedenken hieß das kleine Gotteshaus ›Das Tor zum Paradies‹. Niemand wusste, woher der Name stammte. Vielleicht, weil es den Eutinern als beliebte Hochzeitskapelle diente.

Auch heute fand eine Trauung statt. Das Tal wimmelte von Menschen, die zu Fuß hierher gekommen waren. Es war Brauch, von Eutin über das Fissauer Fährhaus mit einem Ausflugsdampfer zum Malenter Kellersee bis hin zum Sielbecker Anleger zu fahren und von dort eine kleine Wanderung zum Jagdschloss Uklei zu wagen, das hoch oben über dem Talkessel lag.

An jeder Station wurde natürlich gebührend gezecht, gelacht und getanzt.

Im Jagdschloss hatte die Gräfin von Bülow ein fulminantes Frühstück reichen lassen, bevor sich der Hochzeitstrupp hinab ins Tal begab, um auf den Höhepunkt der Feier zuzusteuern. Einzig das zukünftige Brautpaar durfte in einem Einspänner hinunter zur Kapelle fahren. Die Gräfin, die sich als Besitzerin eines Reiterhofes ausgezeichnet mit Pferden auskannte, führte den rassigen Andalusier.

Einige der Gäste konnten sich den banalen Spruch nicht verkneifen: »Ob sie in der Ehe später auch die Zügel in der Hand hält?« Alle waren bester Stimmung und genossen den herrlichen Sommertag.

Doch etwas war anders als sonst. Man hörte keine Vögel singen, sah keine Eichhörnchen von Baum zu Baum springen. Nur ein einsamer Falke kreiste, vergeblich nach Beute suchend, über dem Talkessel. Lag das daran, dass die Tiere sich durch das ausgelassene Treiben der Menschen gestört fühlten? Oder lag es an dem Wolkenbild, das die Geschöpfe des Waldes besser deuteten als die Menschen?

Unten, am Tor zum Paradies angekommen, versammelte man sich vor der schmalen hölzernen Kirchentür und wartete, bis das schmiedeeiserne Kirchenglöckchen zu läuten begann. Ein schlichter Klang, der eher an eine Kuhglocke als an ein Hochzeitsgeläut erinnerte. Aber er passte trefflich in die Landschaft und füllte das Tal mit einer andächtigen Stimmung.

Das Schwatzen und Scherzen der Hochzeitsgesellschaft hörte schlagartig auf. Nur der Andalusier wieherte kurz auf. Irgendetwas schien ihn nervös gemacht zu haben.

Die Tür der Kapelle öffnete sich und der Pfarrer betrat die Schwelle. »Gesegnet, die ihr bereit seid, den heiligen Bund der Ehe einzugehen. Gottes Haus steht euch offen.«

Man ließ dem Brautpaar den Vortritt. Der Jungherzog von Altenburg, geführt von seiner Mutter Cäcilie, und die Gräfin Barbara von Bülow, eingehakt beim Herzog, folgten dem Geistlichen.

Nach ihnen kam alles, was in Eutin Rang und Namen hatte: der Bürgermeister, der Landrat, der Apotheker, der Schulrektor und und und. Natürlich waren auch die Mitglieder des Stiftungsrats anwesend. Romanowsky, der Pächter der Fasaneninsel, hielt sich zurück und besetzte einen der rückwärtigen Stühle an der Seite, hinter einer Säule.

Das Ehepaar Kriebgans von der Alten Schäferei setzte sich ehrfurchtsvoll in die letzte Reihe. Der Platz neben ihnen blieb frei, weil es Caoba vorgezogen hatte, sich in ihr Zimmer einzuschließen. Die Eltern hatten versucht, sie zum Mitkommen anzuregen. Trotzig hockte sie dort und hörte lautstarke Rockmusik. Die beiden Alten hatten Verständnis für das Verhalten ihrer Tochter, ahnten sie doch schon seit geraumer Zeit, dass ihre Liebschaft mit dem Jungherzog in die Brüche gegangen war. Und nun sollte sie zu dessen Hochzeit mit einer anderen kommen? Das hätte nur Unglück gegeben.

Auch der Schlossverwalter, Luciano Diabelli glänzte durch Abwesenheit. Einer müsse sich schließlich um das Schloss kümmern, lautete seine windige Ausrede. Dem Herzog war es egal.

So nahm denn die Zeremonie ihren gewohnten Lauf. Jeder hatte das schon mehrfach erlebt. Aber immer wieder war man dankbar, dass es diesen Ritus gab. Er stiftete Sicherheit und Ruhe, gab dem aufgeregten Hochzeitspaar Gelegenheit, seine Nervosität zu verbergen.

Und in der Tat schien um die beiden herum eine unbestimmbare Spannung zu herrschen. Der Pfarrer spürte es als Erster. Irgendetwas lag in der Luft, das er nicht kannte, das ihn etwas irritierte. So war es denn auch für ihn ganz gut, sich an seiner Liturgie festzuhalten.

Im Kirchenschiff herrschte Stille, nur die Stimme des Geistlichen brach sich mit einem kurzen Echo an den alten Steinmauern. Die Luft flimmerte. Durch eines der engen Kirchenfenster, die der Kapelle den Charakter einer Wehrkirche gaben, drangen grelle Sonnenstrahlen wie Dolchstiche hinein und warfen ein buntes, scharfumrissenes Abbild von einem kunstvoll gestalteten Glasmosaik, das eine Geschichte aus dem Leben Jesu erzählte.

Der Pfarrer erschrak, als er das verzerrte Scheinbild sah. Wie ein unheilvolles Stigma brannte es sich in den Boden, genau vor den Füßen des Brautpaares.

Er wollte gerade zur ewig gleichen Frage ansetzen, als

sich ihm gegenüber die Kirchentür einen Spalt weit öffnete. Unwillig drehten sich die Gäste auf den hinteren Bänken um. Vorne hatte man noch nichts mitbekommen.

Im Gegenlicht zeichnete sich eine Frauengestalt ab. Sie stand bewegungslos da. Wie ein Scherenschnitt, wären da nicht die wild wehenden Haare gewesen. In ihrer herabhängenden rechten Hand hielt sie ein dolchartiges Messer, einen Hirschfänger. Die scharfe Klinge funkelte im schräg einfallenden Sonnenlicht. An der anderen Hand hielt die Frau das Pferd am Zügel, mit dem sie hergeritten war, einen Russischen Traber.

Kaum war sich der Geistliche der Situation bewusst, da schoss draußen plötzlich und mit aller Gewalt ein Donnerblitz durch die Luft, als wollte er den Weltuntergang verkünden. Die Menschen in der Kapelle erschraken zutiefst und duckten sich instinktiv.

Bis auf Caoba, die immer noch regungslos im Türrahmen stand.

Ein heftiger Windstoß verhakte sich in der Tür und ließ sie brutal an die Außenwand knallen. Mit einem Schlag war die Hölle los. Draußen wie drinnen.

Die feinen Zirruswolken hatten einer schmutzigbraunen Böenwalze Platz gemacht, die das Tal rasch in einen gespenstischen Hexenkessel verwandelte. Fürchterliche Wassermassen ergossen sich über die Senke, als wollten sie die Sintflut einleiten. Jetzt begann eine nicht enden wollende Serie zuckender Blitze, die wahllos in die Buchenwälder einschlugen.

Einige Bäume fingen trotz des heftigen Regens Feuer. Der Brandgestank vermischte sich mit Geruch von fau-

liger Erde. Abgebrochene Äste wirbelten durch die Luft. Bäume stürzten ins Tal und versperrten Wege und Pfade. Von den Bergrücken rauschten wahre Wildbäche ins Ukleital. Schnell stand die Wiese knöcheltief unter Wasser.

Unter den Hochzeitsgästen brach Panik aus. Die in den hinteren Reihen stürzten, ohne aufeinander Rücksicht zu nehmen, durch die schmale Kirchentür und rannten sinnlos und in der hereingebrochenen Dunkelheit orientierungslos über die Wiese. Einige versuchten, die glitschigen Abhänge hinaufzugelangen. Doch sie rutschen immer wieder aus, und so manch einer versank für immer in den braunen Fluten der Wildbäche oder wurde durch herunterkrachende Bäume erschlagen.

Nachdem sich die Kirche etwa zur Hälfte geleert hatte, schlug jemand vor, die Türen zu verrammeln, damit das Wasser, das inzwischen über die Türschwelle schwappte, nicht eindringe. Man verbarrikadierte sich behelfsmäßig. Aber das Wasser drang erbarmungslos in das Kircheninnere. Langsam, aber unwiderstehlich.

Das ›Tor zum Paradies‹ war zu einer Falle geworden. Alles ging jetzt schnell und unberechenbar. Das Tal hörte auf zu existieren, so stark wütete das Unwetter. Die Mulde füllte sich rasch zu einem anschwellenden See.

Alle in der Kirche ertranken. Auch der Pastor.

Kriebgans, dem es gelungen war, rechtzeitig nach draußen zu kommen, hatte ein paar Leute um sich geschart, und es gelang ihm, mit letzter Kraftanstrengung hoch zum Jagdschloss zu gelangen, wo sie vor den sintflutähnlichen Regenmassen in Sicherheit waren. Die Herzogsfamilie gehörte dazu. Völlig durchnässt und von oben bis unten mit Schlamm besudelt, warfen sie sich erschöpft auf die kostbaren Konzertstühle. Viele bluteten und waren mit bösen Schürfwunden und Beulen bedeckt.

Von Romanowsky fehlte jede Spur. Irgendjemand berichtete, dass er gesehen habe, wie sich der Pächter im Gegensatz zu allen anderen Flüchtenden ostwärts hoch zum alten Slawenwall, der sich auf einem Hügel gegenüber dem heutigen Jagdschloss befand, durchgekämpft habe.

Caoba ahnte sehr früh von der Katastrophe. Die plötzliche Unruhe der Pferde sprach eine deutliche Sprache. In dem Augenblick, als sie, im Türrahmen der Kapelle stehend, den ersten Donnerschlag vernahm, wusste sie, was die Stunde geschlagen hatte. Sie fasste blitzschnell ihren Entschluss. Sie nahm ihr Pferd kurz an die Zügel und eilte hinüber zu dem Einspänner. Überhaupt nicht auf die aus der Kirche fliehenden Menschen achtend, kappte sie die Zügel des Andalusiers mit Hilfe des scharfen Hirschfängers von der Deichsel und führte beide Pferde hinter die Kapelle, die vorübergehend ein wenig Schutz vor dem Unwetter bot.

Der Dolch flog in hohem Bogen ins Gras. Caoba wusste, dass sie niemanden töten konnte. – Sie spürte, dass ihre verletzte Eitelkeit dann unwiderruflich dazu führen würde, dass ihre Psyche verblasste. Sie wollte ihre Seele nicht verkaufen. Sie sträubte sich, fürderhin im Schatten ihrer Seele zu leben.

Die Wassermassen schwollen rasant an. Der Dolch versank in den braunen Wellen. Schnell wurde Caoba klar, dass die Flut bald das ganze Tal überschwemmen würde. Sie kannte die Gegend hier bis in jede kleinste Einzelheit.

Sie wusste, dass südlich ein relativ breites Quertal rüber führte zum Forsthaus Wüstenfelde. Beide Pferde am kurzen Zügel, versuchte sie, den Bergrücken hinaufzusteigen. Die Tiere hatten einen guten Instinkt und halfen ihr dabei. So bildeten die drei Lebewesen eine verschworene Gemeinschaft, fest entschlossen, dem Unwetter zu entfliehen.

Doch die Hänge hatten sich zu einem reißenden Wasserfall entwickelt. Es schien unmöglich, die andere Seite des Quertals zu erreichen. Plötzlich schnaufte der Andalusier nervös und warf den Kopf zur Seite, als wolle er auf etwas aufmerksam machen. Caoba bemerkte trotz der Dunkelheit, dass sich drüben eine Frau verzweifelt an dem Ast eines umgestürzten Baumes festhielt, um nicht von den wild tosenden Fluten mitgerissen zu werden. Sie schrie vor Angst, doch das Toben des Gewitters übertönte alles, sodass ihre Mundbewegungen aussahen wie die Bewegungen einer stummen Marionette.

Es war die Gräfin. Der Andalusier hatte ihre Witterung aufgenommen. Das einst so unschuldig weiße Brautkleid war als solches nicht mehr zu erkennen. Es hatte sich in einen schmutzigen Kartoffelsack verwandelt. Von der stolzen Adeligen war nicht viel übrig geblieben. Jetzt sah sie aus wie ein einfaches Straßenmädchen.

Mit Hilfe der starken Pferde, die sie mit ihren breiten Rücken deckten, schaffte es Caoba, bis fast in Reichweite der Frau zu gelangen. Die Schwarze erinnerte sich daran, dass sie ihrem Pferd heute Morgen ein Lasso an den Sattel angebunden hatte. Es dauerte eine Ewigkeit, bis es ihr gelang, das Seil zu lösen. Dann setzte sie an, es zu der Gräfin hinüberzuwerfen.

»Versuchen Sie, das Ende zu greifen!«, rief Caoba gegen den Wind.

Die Frau richtete sich hoch, hielt sich nur noch mit einer Hand an dem Ast fest und versuchte mit der anderen, das Tauende zu erwischen. Nach mehreren Versuchen sackte sie, alle Hoffnung begrabend, in sich zusammen.

Doch Caoba wollte nicht aufgeben. Sie schob die Pferde mit Gewalt wider deren Willen vor sich hin bis tief in den Sturzbach hinein. Die Tiere schnaubten in Todesangst, aber sie wagten nicht, der resoluten jungen Frau den Gehorsam zu verweigern.

Endlich konnte Caoba die Hand der Gräfin fassen. Die Fingerspitzen berührten sich. Da schrie die aus ihrer Panik erwachende Gräfin auf.

»Du? – Du bist es? – Du, meine Tochter?«

Als das Wort fiel, brach in Caoba für eine Sekunde alles zusammen, was sie bislang hochhielt. »Mutter!«, schrie es aus ihr heraus. Ihr wurde überhaupt nicht bewusst, dass sie plötzlich wieder der Sprache mächtig war. Der Schock und die Anstrengungen ihres übermenschlichen Lebenskampfes hatten offenbar alle psychologischen Barrieren überwunden und ihre Zunge gelöst.

»Mutter, – ich helfe dir!«, rief sie voller neuer Hoffnung und versuchte deren Handgelenk zu fassen. Da aber rutschte sie aus und stürzte in den Wasserfall. Die Pferdezügel hielt sie nach wie vor krampfhaft umklammert. Die klugen Tiere ahnten, dass es jetzt an ihnen war, das Mädchen zu retten.

Endlich gelang es ihnen, Caoba wieder in eine sichere Position zu schleifen. Von hier aus war es leichter, das Lasso *erfolgreich zur Gräfin hinüberzuwerfen. Endlich schafften es beide, sich mit einem Arm gegenseitig einzuhaken.*

Die Gräfin schrie durch das Toben der Naturgewalten: »Ich bin deine Mutter! – Ich erkenne dich. – Ich hatte immer Angst, dir zu begegnen. – Weil ich dich damals verstoßen habe. – Nach dem Brand in dem Asylantenheim. – Ich wollte nur noch vergessen, mein armseliges Leben mit deinem Vater vergessen. – Er stammte aus Ghana. – Er hat die Katastrophe nicht überlebt. – Ich wollte ein neues Leben anfangen. – Ohne Fremdenhass, ohne Ballast. – Ohne dich. – Ich ahnte, dass du überlebt hast. – Aber ich wollte es nicht wahrhaben. – Ich wollte endlich mein Stückchen Glück finden. – Verzeih mir! – Ich kann nicht mehr. – Ich habe versagt. – Ich bin deiner als Mutter nicht würdig. – Vergiss mich!«

Sie löste den Griff und ließ sich mit dem Strudel des Wasserfalls mitgleiten. Caoba befreite instinktiv den Andalusier von seiner Fessel. Das Pferd rutschte den Abhang hinunter. Das Letzte, was Caoba sah, war, dass sich beide Körper – ihre Mutter und das Tier – näher kamen und im Dunst der Gischt verschwanden.

Das schwarze Mädchen zog den Zügel seines Russischen Trabers an, warf sich mit letzter Kraftanstrengung auf dessen Rücken und vertraute blind dem Instinkt des Tieres. Nach einem mühseligen Kampf gelang es ihm, den rettenden Höhenrücken von Wüstenfelde zu erreichen.

Die unerwartete Begegnung mit der Mutter, die plötzliche Konfrontation mit ihrer Vergangenheit hatte ihre Seele aus dem Gleis gebracht. Caoba versuchte verzwei-

felt, die Dinge, die sie eben erlebte, zu verstehen, einzuordnen. Aber sie fand keine Erklärung. Statt zurück zur Alten Schäferei zu reiten, lenkte sie ihr Pferd ostwärts. Ihre Spur verlor sich nach wenigen Sekunden in den unendlichen Nebelmassen.

Inzwischen hatte sich der einstige Talkessel so hoch mit Wasser gefüllt, dass selbst die Kirchturmspitze des ›Tores zum Paradies‹ nicht mehr zu erkennen war.

Das Unwetter ließ nach, als ob es seine Pflicht erfüllt hätte. Ruhe kehrte ein. Wenigstens in die Seelen der Wenigen, die sich ins Jagdschloss hatten retten können. Sie schliefen erschöpft ein.

Um Mitternacht wachten sie wieder auf. Ein seltsames Geräusch brach ein in ihr Unterbewusstein. Wie von Zauberhand angetrieben, begann unter Wasser die Glocke der Kapelle mit gläsernem Klang zu läuten, als würde sie die Überlebenden trösten, aber auch gleichzeitig mahnen wollen.

*

Der See spiegelte sich in Vivianas Augen. Und der Klang war bis in den Saal hinein zu vernehmen. Die Pianistin hatte dem Klavier einen letzten, einen obertonreichen, tiefen Ton entlockt. Sie verharrte minutenlang regungslos auf dem Schemel. Es schien, als wäre die Kirchenglocke dort draußen, unten im Nebel, von dem Schlussakkord des Klaviers in Resonanzschwingungen versetzt worden.

Und dann, obwohl der Klavierklang bereits verebbt war, trat Viviana erneut auf das rechte Fußpedal, ohne aber eine Taste anzuschlagen. Dabei verschob sich die Saitendämpfung, sodass die Metallstränge frei schwingen konnten.

Wie durch Geisterhand reflektierte sich plötzlich der Klang der Glocke im Konzertflügel. Ganz leise, fast unhörbar. Aber dennoch so laut, dass es jeder bis in die letzte Reihe hören konnte.

Das akustische Phänomen schien unendlich zu dauern. Ganz still wurde es im Publikum. Keiner wagte, die geheimnisvolle Atmosphäre zu stören. Es schien, als hätte Viviana noch einen letzten Satz hinzukomponiert. Eine Art Zugabe.

Dann endlich nahm sie die Hände von den Tasten und schloss den Deckel. Der Zauberklang fiel gemeinsam mit der Naturkulisse hilflos in sich zusammen. Die Dunkelheit kehrte in Vivianas Augen zurück.

Ein Raunen ging durch den Saal. Es schwoll an, bis es in lautes Beifallklatschen mündete. Noël sprang auf und half seiner blinden Freundin nach vorne an die Rampe des Podiums. Die Künstlerin gönnte ihrem Publikum nur eine einzige, schlichte Verbeugung. Dann verschwanden beide hinter der Bühne.

Als klar wurde, dass Viviana nicht bereit war, nochmals nach vorne zu kommen, kletterte die Gräfin auf das Podest, dankte den Anwesenden für ihre geschätzte Aufmerksamkeit und lud sie zum abschließenden Büffet ein. Ihr verheißungsvolles Versprechen löste deren steife Konzertattitüde. Endlich, dachten manche, endlich das, worauf wir uns schon den ganzen Abend gefreut hatten.

Es gab Kaviar, Sekt, Wildbret, Eiskonfitüre, – kurz alles, was ihnen half, die Anstrengungen des Konzertabends zu überwinden.

Die Gräfin und der Jungherzog bildeten schnell den Mittelpunkt des Interesses. Kroll hielt sich abseits. Das war nicht seine Welt. Glamour, Smalltalk, extravagante Kleidung. – Neidisch musterte Micha die Gesellschaft. Plötzlich stutzte sie. Täuschten ihre Augen, oder stimmte es wirklich?

Die teuren Modeschuhe der Gräfin waren nass und schlammverschmiert. Ihr Kleid sah um den Rocksaum herum reichlich schmutzig und ramponiert aus. – Dabei hatte es doch bislang nicht geregnet. Und Micha war sich sicher, dass die Gräfin überhaupt nicht draußen gewesen war.

Weder die Hausherrin noch ihre Gäste schienen ihren etwas derangierten Zustand zu bemerken.

Micha konnte sich das bei bestem Willen nicht zusammenreimen. Sie gab es auf, weiter darüber zu grübeln und schloss sich den Jugendlichen vom 1. FC Eutin an, die sich auf einen Wink von Noël hin unauffällig in Richtung Künstlergarderobe zurückzogen.

»Ich habe euch etwas zu erzählen«, begann Viviana die geheime Sitzung. Sie dauerte nicht lange, und was dort besprochen wurde, blieb das Geheimnis der Jugendlichen. Am Ende hielt Micha einen faustgroßen gelblichbraunen Gegenstand in der Hand. »Zeig ihn deinem Onkel. Er soll herausfinden, was das ist und woher das stammt«, vertraute man ihr an.

Das Mädchen mischte sich wieder unter die Premierengäste und hielt Ausschau nach seinem Onkel. Der saß zusammen mit seinem Kollegen an einem Katzentisch und ließ gelangweilt Dorndorfs Unterweisungen in die Ästhetik des klassischen Kontrapunkts über sich ergehen.

»Ich muss dir etwas erzählen, – aber bitte unter vier Augen«, ahmte sie Viviana im gleichen Ton nach. Kroll war froh, dass ihn seine Nichte ablenkte. »Lass uns rübergehen nach da hinten. Da kann keiner zuhören.« Kroll raunte Dorndorf irgendeine schwache Erklärung zu und verzog sich recht unhöflich.

»Es ist ein Geheimnis«, begann Micha. »Und es muss vorläufig auch eins bleiben. Ich hab's Antonio versprochen.«

»Wer zum Teufel ist Antonio?«

Micha errötete leicht. Das genügte Kroll, um seine Frage beantwortet zu wissen.

»Das ist jetzt nicht wichtig. – Erinnerst du dich, dass wir seinerzeit sagten, wir wollten dir bei der Suche nach dem Mörder von diesem Stolberg helfen?« Schlagartig war Kroll nicht mehr der Onkel, sondern der Kriminalist. Er begann, ihr sehr aufmerksam zuzuhören.

Es wurde eine lange, ernste Unterredung. An deren Ende verschwand der gelbbraune Steinbrocken in Krolls Hosentasche. »Interessant, was du da erzählst. – Aber ob das für eine Überführung des Täters reicht?«

Dann kehrte er zu den Konzertbesuchern zurück, die sich inzwischen über das Büffet hergemacht hatten. Er bat den Herzog unauffällig auf ein Wort in eine Ecke des Saales.

»Ich möchte Sie bitten, mir für übermorgen einen repräsentativen Raum im Eutiner Schloss zur Verfügung zu stellen und eine Reihe von Personen zu einer wichtigen Konferenz einzuladen. Es geht um den Abschluss meiner Ermittlungen im Fall Graf Stolberg et alii.«

Der Herzog schaute ihn neugierig gespannt an. »Mehr kann ich Ihnen zur Zeit leider nicht verraten. Sie erhalten morgen per Fax eine Liste mit den Namen derjenigen, deren Anwesenheit ich wünsche.« Kroll wollte sich verabschieden, da fiel ihm noch ein: »Und dürfte ich Sie bitten, es als feierliches Bankett, zum ehrenvollen Gedenken an den verstorbenen Grafen, zu deklarieren? – Wichtig ist auch, dass wir in der Zeit nicht gestört werden. Also bitte sagen Sie alle Besichtigungen ab und geben Sie dem Personal, soweit es möglich ist, frei.«

Jetzt war es an der Zeit, sich höflich und unauffällig, aber bestimmt von der Gastgeberin und der Herzogfamilie zu verabschieden. Auf dem Nachhauseweg schwiegen beide, Micha und Michael. Zu müde waren sie. Jeder hing seinen Gedanken nach. Kurz hinter Ahrensbök meinte Kroll:

»Endspurt!« Dann legte er eine CD von Led Zeppelin in seine Autostereoanlage und drehte die Lautstärke so hoch, dass die Musik den Motorenlärm überdröhnte. Das brauchte er jetzt. – Um in Ruhe nachdenken zu können.

KAPITEL 23: IM TURMZIMMER

Am nächsten Tag brummten die Büros der Kripo sowohl in Lübeck als auch in Eutin wie ein Hornissennest. Krolls Assistent Hopfinger wurde an seinen Computer gekettet, um Stunden über Stunden in diversen polizeilichen Datenbanken und im Internet Recherchen anzustellen. Die Sekretärin, Frau Grell, wühlte sich durch einen Berg von Tageszeitungen und Aktenordnern, um längst vergangene Vorgänge wieder ans Tageslicht zu zerren. Die Kollegen in Eutin mussten, als Handwerker verkleidet, ein paar verdeckte Hausdurchsuchungen mit viel Fingerspitzengefühl ausführen. Schließlich reichte das dürftige bisherige Beweismaterial nicht aus, um den Staatsanwalt zu bemühen.

Wer stützt seine Anklage schon auf die Fantastereien einiger Jugendlicher?

Kroll selbst fuhr zu einem Bernsteinspezialisten am Geologisch-Paläontologischen Institut der Universität Hamburg, um ihm die merkwürdige Scherbe zu zeigen, die ihm Micha überreicht hatte. Der wiederum schaltete einen Historiker ein, um die Bedeutung der Gravierungen in dem Medaillon zu klären.

Sie stießen auf überraschende Tatsachen.

Inzwischen hatte der Herzog alles Nötige veranlasst, damit am kommenden Abend das Bankett im Turmsaal stattfinden konnte. Das Schloss wurde rechtzeitig für Besucher geschlossen, das Personal bekam dienstfrei, die beiden Tafeldiener ausgenommen. Ursprünglich wollte Dorndorf das Gelände unauffällig von einer Polizeistaffel umstellen lassen, aber Kroll riet ab. Zu sehr fürchtete er eine Blamage. Schließlich hatte er nicht viel Handfestes aufzuweisen. Nur ein paar Schriftstücke und sonstige Utensilien, die man bei den dezenten Hausdurchsuchungen entdeckte und für beachtenswert befand.

Ein schöner Sommertag war im Begriff, sich zu verabschieden. Am Spätnachmittag überzog sich der Himmel mit einem kaum wahrnehmbaren, dünnen Schleier von hohen Schichtwolken. Die blaue Farbe des Firmaments verblasste zunehmend. Vom runden Turmzimmer aus, im Obergeschoss des Schlosses, einem der anheimelndsten Räume hier, konnte man eine eindrucksvolle Lichterscheinung bewundern. Um die untergehende Sonne herum hatte sich ein Halo, ein breiter Schleierring voller heller Lichtflecken gebildet. Als ob sie von geisterhaften Nebensonnen umgeben wäre.

Doch im Turmzimmer schenkte niemand dieser Wettererscheinung Beachtung, die als Vorbote eines schweren Sturms gilt. Die Menschen plagten andere Sorgen. Der runde Tisch war fürstlich gedeckt. Flackernde Kerzen auf massiven Ständern wetteiferten mit dem verebbenden Tageslicht. Dennoch kam keine anheimelnde Stimmung auf. Alle ahnten, dass es heute Abend ums Ganze gehen würde.

Die Versammlung war bis auf zwei geladene Gäste

vollständig. Romanowsky, der Pächter, und Caoba, das stumme Waldmädchen, waren seit dem Konzertabend nicht mehr gesehen worden. Vergebens schickte man den Postboten mit einem Einschreiben zur Fasaneninsel. Vergebens warteten die Kriebgans auf ihre Tochter.

So blieben denn zwei Plätze in der Runde frei, obwohl Kroll bis zuletzt gehofft hatte, die beiden würden noch auftauchen. Auf dem Stuhl direkt vor der Tür, die zum sogenannten Europasaal führte, saß Dorndorf, der örtliche Kriminalkommissar. Es folgten Viviana, die als Blinde von Noël geleitet werden musste, und Antonio, der Micha ebenfalls galant umarmt zum Tisch brachte. Ihr Onkel, der Inspektor Kroll, missverstand das. Nanu, seit wann ist denn Micha krank? Kann sie nicht mehr allein gehen?, grübelte er. Dann nahm er den folgenden Sitz ein, ohne sich weiter über die Antwort auf diese Frage zu kümmern. Schließlich musste er sich auf Wichtigeres konzentrieren.

Die Runde setzte sich fort mit dem Herzogspaar, dessen Sohn und der Gräfin von Bülow. Dann kam der Schlossverwalter Diabelli, flankiert von dem Ehepaar Kriebgans. Die nächsten beiden Tischgedecke blieben wegen der fehlenden Personen unberührt, sodass sich der Ring zu Dorndorf nicht vollständig schloss.

Draußen vor der Tür, im Europasaal, bewachten Dogger und sein Schäferhund die illustre Versammlung. Auf Polizeischutz hatte Kroll bewusst verzichtet, um die feierliche Atmosphäre nicht zu stören und um die Gäste nicht noch nervöser zu machen, als sie es wegen der ungewohnten Situation ohnehin schon waren. Kroll setzte auf Überraschung und Bluff. Er wusste genau, dass er angesichts der Dürftigkeit seiner Beweise keine andere Möglichkeit hatte, den Täter zu überführen.

Nachdem die Tafeldiener den Begrüßungsaperitif gereicht hatten, erhob sich der Herzog.

»Verehrte Gäste. Ich habe Sie hierher gebeten, um dem Andenken des verstorbenen Grafen von Stolberg einen würdigen Rahmen zu verschaffen. Ich bitte Sie, die Gläser ihm zu Ehren zu heben.«

Man nippte gehorsam an dem Aperitif. Die meisten lustlos und mit den Gedanken woanders. Sie ahnten, dass die Anwesenheit der beiden Kriminalisten nichts Gutes versprach. Der Hausherr ließ sich davon nicht irritieren und fuhr fort: »Und außerdem möchte ich Ihnen noch ein paar wichtige Dinge mitteilen, die in Zusammenhang mit seinem unerwarteten Dahinscheiden stehen.«

Sofort schlug die Stimmung der Anwesenden um. Mit verhaltener Neugier musterten sie den Sprecher. »Ich bedaure es sehr, dass nicht alle meiner Einladung gefolgt sind.« Unwillkürlich ließen einige ihre Blicke zu den leeren Stühlen schweifen.

»Caoba, der Tochter unseres Waldhüters wollte ich einen gehobenen Posten in meinem Reitstall anbieten. Ich hatte während meiner Jagdausflüge mehrfach die Gelegenheit, ihren qualifizierten und sensiblen Umgang mit Pferden zu bewundern.« Frau Kriebgans reckte stolz den Hals. Die anderen jedoch verbargen mehr oder weniger ihre Enttäuschung. Das war nicht die Sensation, die sie erwartet hatten.

»Vielleicht taucht sie ja im Laufe des Abends noch auf. Dann könnte ich ihr persönlich meine Anerkennung aussprechen.« Er machte eine kleine Pause, um sich einen Schluck von seinem Aperitif zu genehmigen. Dann blickte er gedankenverloren in das Glas, in dem sich die Nebensonnen des verhangenen Himmels spiegelten, als ob er etwas Zeit brauchte, um die richtigen Worte zu finden.

»Nun, des Weiteren ist es mir ein wichtiges Anliegen, Sie über die Zukunft des Stiftungsrats und –«, er machte mit der Hand, in der er das Glas hielt, eine Bewegung, als wolle er den ganzen Turmsaal umfassen. »Und damit auch des Eutiner Schlosses. Ich denke, es wird Sie alle in der einen oder anderen Weise betreffen.«

Sofort hatte er wieder die Aufmerksamkeit aller gewonnen. »Es geht um die Neubesetzung der Stelle, die Graf Stolberg im Stiftungsrat innehatte.« Diskretes Raunen unter den Anwesenden. Der eine oder andere machte sich Hoffnungen, die aber rasch wie Seifenblasen zerplatzten: »Ich hatte die Gelegenheit, in letzter Zeit Gespräche mit Mitgliedern des Rats und mit unserem Ministerpräsidenten zu führen. Wir sind zu der Überzeugung gelangt, dass die Ehre, die Aufgaben des zweiten Vorsitzenden der

Stiftung Eutiner Schloss zu übernehmen, einzig und allein Herrn Romanowsky gebührt.«

Ein lebhaftes Murmeln füllte den kleinen Raum. Ausgerechnet dieser eingebildete Kerl, dachten einige. Endlich ein Fachmann an der Spitze, freuten sich andere. Und die Gräfin von Bülow stellte brüskiert ihr Sherryglas beiseite. »Warum denn eigentlich nicht ich?«

Der Herzog mäßigte die Aufregung mit einer leichten Handbewegung. »Wir alle wissen, dass er als Experte der Geschichte unseres Hauses und als engagierter Verfechter der Stiftungsidee die besten Voraussetzungen bietet, an meiner Seite für das Wohl dieses wunderschönen Bauwerks zu wirken.«

Ein Ruck ging durch seinen Körper. Eine Spur zu eitel, fand Inspektor Kroll. Ein kleiner Dämpfer kann nicht schaden.

»Und nun wünsche ich Ihnen guten Appetit«, beendete der Herzog seine Ansprache. »Genießen Sie den Abend, – und gedenken wir in Würde des verstorbenen Grafen von Stolberg.«

Die Gäste stürzten sich auf die Köstlichkeiten, die die beiden Tafeldiener inzwischen aufgefahren hatten. Allen voran die Jugendlichen um Viviana. Für sie waren es sonst unerschwingliche Gaumenfreuden. So langten sie denn mit vollen Händen zu. – Und dankten dem Grafen im Himmel für seine besondere Güte.

Die Köstlichkeiten neigten sich langsam dem Ende zu. Die Tafelgäste lehnten sich behaglich zurück und genossen den schweren Sherry, der als

Abschluss gereicht wurde. Die Diener zogen sich dezent zurück. Der Herzog wischte sich zufrieden den Mund mit einer der bereitliegenden Seidenservietten ab. Da fand Kroll, dass sein großer Auftritt gekommen war. Er stand auf und klopfte mit einem Messer leicht an sein Weinglas.

»Sehr verehrte Anwesende. Entschuldigen Sie, dass ich Sie in Ihrem Wohlgenuss störe. Aber auch wir beide von der Kriminalpolizei, Herr Dorndorf und ich, sind gekommen, um des verstorbenen Grafen von Stolberg zu gedenken. – Auf unsere Weise, wie Sie verstehen werden.«

Er legte eine Kunstpause ein und wartete, bis er alle Blicke auf sich vereint fühlte. Er griff zu einer der Servietten und bastelte etwas verlegen an ihr herum. »Nun, Sie werden sich denken können, dass auch wir mit der einen oder anderen Überraschung aufwarten möchten.«

Er trat umständlich hinter seinen Stuhl und warf die Serviette mit einer entschlossenen Bewegung auf den Tisch zurück.

»Der Graf von Stolberg ist keines natürlichen Todes gestorben. Wir haben klare Beweise, dass er ermordet wurde.«

Mit einem Schlag war die Feststimmung verschwunden. Eisige Starre legte sich über die Gemüter. Einige begannen, nervös mit ihrem Besteck zu spielen. Einige lehnten sich abweisend zurück, als wollten sie demonstrieren, dass sie mit der Sache nichts zu tun hätten. Nur die Jugendlichen beugten sich neugierig vor und blickten einander vielsagend an.

»Ja, Sie haben richtig gehört: Mord«, fuhr der Inspektor fort. »Und wir von der Polizei sind verpflichtet, den Fall lückenlos aufzuklären und den Täter festzusetzen.«

»Das ist ja schön und gut«, bellte der Schlossverwalter mit seiner scharfen Diskantstimme. »Aber warum wollen Sie unsere Ehrenfeier für den Grafen dazu missbrauchen? Und warum benötigen Sie dafür unbedingt unsere Anwesenheit?«

»Das kann ich Ihnen schnell und kurz beantworten, sehr verehrter Herr Diabelli. – Der oder die Täter befinden sich hier im Raum«, konterte Kroll in einem hartentschlossenen Ton, den ihm niemand zugetraut hätte.

Entrüstung im Saal. Jemand warf sein Messer polternd in eine Obstschale, als wolle er sich einer Tatwaffe entledigen. Ein Weinglas kippte um, und der Sherry bildete auf der blütenweißen Tischdecke eine Lache, die wie Blut aussah. Stühlerücken. Einige wollten empört aufspringen, trauten sich aber nicht, weil sie dachten, sich dadurch verdächtig zu machen.

»Sie können sich beruhigen«, versuchte Kroll der Unruhe Herr zu werden. »Sie haben doch nichts zu befürchten. – Alle, bis auf einen, – oder vielleicht auch zwei.«

»Dann machen Sie es doch nicht so spannend und nennen einfach die Namen«, wagte die Gräfin von Bülow einzuwenden.

»So einfach, wie Sie denken, gnädige Frau, ist das leider nicht. Immerhin haben Herr Dorndorf und ich schwerwiegende Verdachtsmomente gegen fast jeden von den Anwesenden.«

Jetzt ging der Aufruhr erst richtig los. Einige schimpften laut vor sich hin, andere sprangen auf und drohten Kroll mit dem Dessertlöffel. »So nicht!« – »Das lasse ich mir nicht gefallen!« – »Unerhört, das geht zu weit!«

Die Jugendlichen amüsierten sich heimlich. Micha stellte ihr Handy auf Sprachaufnahme, um das folgende Gespräch zu dokumentieren. Ihr Onkel hatte sie vorher darum gebeten. So ersparte er es sich, Protokoll zu schreiben. Mit einer unauffälligen Geste gab er seinem Kollegen das Zeichen fortzufahren. Der stand bedächtig auf, knöpfte sich umständlich das Jackett zu und wartete geduldig ab, bis sich die Unruhe gelegt hatte.

Ehe er ansetzen konnte, entfuhr der Gräfin ein Satz, der laut und schwer im Raum hängen blieb: »Es ist unter meiner Standeswürde als Adelige, eines derartig absurden Vorwurfs ausgesetzt zu sein. – Ich – bin – unschuldig!«

Eingeschnappt griff sie ihr volles Glas mit beiden Händen und leerte es in einem Zug. – Nicht gerade adelig.

»Wenn Sie erlauben, möchte ich mit Ihnen anfangen, verehrte Gräfin«, sagte Dorndorf in ausgesprochen ruhigem Ton. Die Dame verschluckte sich fast. »Uns liegen Erkenntnisse vor, die uns berechtigen,

Sie auf einer der obersten Positionen in der Liste der Tatverdächtigen zu setzen. – Wir haben diskret einige Erkundigungen über Sie und Ihre Vergangenheit eingeholt.«

Bei dem Wort ›Vergangenheit‹ erbleichte die Dame sichtbar. Dorndorf bemerkte es und beeilte sich hinzuzufügen: »Nun, keine Angst, gnädige Frau. Ich möchte hier keineswegs Details aus Ihrem Vorleben ausbreiten. Sie werden wissen, was ich meine. – Aber das sind Dinge, die hier nicht im Zusammenhang mit der Aufklärung des Mordes an dem Grafen Stolberg stehen. – Zumindest nicht unmittelbar.«

»Richtig«, warf die Gräfin nervös dazwischen. »Welches Motiv sollte ich auch haben, den ehrenwerten Grafen zu töten?«

»Nun, da gäbe es aus meiner Sicht mehrere Möglichkeiten, – theoretisch wenigstens. Eine wäre, dass Sie wegen Ihrer Vergangenheit erpresst wurden. – Oder, was auch im Bereich des Möglichen läge, es gab Unstimmigkeiten zwischen Ihnen beiden in Zusammenhang mit Ihren mallorquinischen Plänen. Ganz zu schweigen von den Differenzen in Zusammenhang mit der Zukunft der Eutiner Festspielwochen. Meine Recherchen darüber zeigen …«

»Das alles ist absurd und gehört nicht hierher!«, unterbrach ihn der Jungherzog in herrischem, selbstsicherem Ton. »Es ist nicht an Ihnen, meine Verlobte mit derart diffamierenden Anschuldigungen zu beleidigen. Zumal Sie ja offenbar nicht die geringsten

Beweise haben.« Mit einer theatralischen Geste legte er seine Hand auf der Gräfin Unterarm. »Und was ihre Vergangenheit angeht, so versichere ich Ihnen, dass ich vorbehaltlos hinter meiner zukünftigen Braut stehe.« Die Gräfin warf ihm einen dankbaren Blick zu. Die Herzogin, seine Mutter, rieb sich zufrieden die Hände. Endlich war der Sohn endgültig in den Schoß der Dynastie zurückgekehrt.

Um die Situation nicht eskalieren zu lassen, schaltete sich Kroll wieder in das Gespräch, das sich fast zu einem veritablen Verhör entwickelt hatte.

»Entschuldigen Sie, gnädige Frau. Es war nicht die Absicht meines Kollegen, Sie zu demütigen. Im Gegenteil, wir beide sind überzeugt, dass Sie mit der ganzen Sache nichts zu tun haben. Herr Dorndorf wollte mit seinen kargen Andeutungen nur unterstreichen, wie brüchig oft das ist, was wir Wahrheit nennen. Ein geschickter Winkeldetektiv hätte sehr wohl leichtes Spiel gehabt, jedem von Ihnen hier in der Runde das Verbrechen unterzuschieben. Wir aber –«, er nahm einen kleinen Schluck Sherry, um sich sorgfältig seine nächsten Worte zu überlegen. Schließlich musste er den Eindruck erwecken, dass alles, was er hier vortrug, hieb- und stichfest sei.

»Wir jedoch sind Profis und arbeiten nur mit handfesten Beweisen. – Nehmen wir zum Beispiel Sie, verehrter Herr Jungherzog.« Kroll wählte diese etwas unglückliche Anrede, weil er nicht wusste, wie man den Erbfolger derer zu Altenburg titulieren sollte. Der löste seine Hand von seiner Verlobten und lehnte sich brüsk empört in seinen Stuhl zurück, als wolle er sich so aller zu erwartenden Anfeindungen erwehren.

»Gerade Sie zählen zu den Spitzenkandidaten auf unserer Liste der Verdächtigen.« Im Gegensatz zur immer noch bleichen Gräfin lief dessen Gesicht puterrot an. War es wütende Empörung oder war es die Schamesröte eines, der befürchtete, überführt zu werden?

»Der gnädigen Frau könnten wir allenfalls den Mord an dem Grafen anhängen, nicht aber den an den beiden anderen, deren Ermordung – und das dürfen wir hier nicht vergessen – ganz offenkundig in festem Zusammenhang zu der des Grafen steht. – Bei Ihnen ist das anders. Bitte erinnern Sie sich daran, dass die Archivbeamtin immerhin in dem Hause getötet wurde, in dem Sie gern inkognito weilten, um sich in Damenbegleitung den Annehmlichkeiten der Großstadt Lübeck hinzugeben. Die gefundenen Indizien würden ausreichen, Sie des Mordes an der Frau Doktor Gisella Gaiger zu überführen. – Das Motiv? – Wer weiß? – Eifersucht, Erpressung, Karrieresucht. – Genau, – das wird's gewesen sein. Sie waren schon immer scharf darauf, endlich Herzog von Altenburg zu werden. Und da haben Sie die Frau ausgenutzt, um den Tatverdacht auf Ihren Vater zu lenken, den Sie dann in aller Ruhe beerben konnten.«

Die Worte lasteten schwer auf den Schultern der Herzogsfamilie. Kroll spürte das, aber er ließ nicht locker. »Und dann würde auch der Tod an dem armseligen Wilderer oben beim Kolksee seine Begründung finden. Eine ganz simple: Sie haben den armen Kerl auf Grund der Kleidung mit Ihrem Vater verwechselt und wollten so – gewissermaßen auf direktem Wege – in seine Fußstapfen treten. – Immerhin hatten Sie ja freien Zugang zu einer Flinte, deren Lauf sich leicht absägen ließ.«

Dem Herzog platzte der Kragen. »Das geht zu weit, Herr Inspektor! – Als Gastgeber und Herr des Hauses verbitte ich es mir, den Namen unserer Familie derart in den Dreck zu ziehen! Ich werde mich an höherer Stelle über Sie …«

Nun fand es Dorndorf an der Zeit, das Heft wieder in die Hand zu nehmen. »Echauffieren Sie sich bitte nicht, Durchlaucht! Herr Kroll meinte das sicherlich nicht persönlich. Wir wollten Ihnen nur demonstrieren, dass die Fakten, die wir beweiskräftig ans Tageslicht gebracht haben, sehr wohl ausreichen, um den Täter zu überführen. – Im Falle des Jungherzogs, Durchlaucht, würde allerdings der Tod des Grafen Stolberg nicht so recht ins Bild passen. Also haben wir uns entschlossen, ihn von der Liste vorläufig zu streichen. – Aber wie ist das mit Ihnen höchstpersönlich? – Hätten nicht auch Sie Motive und Gelegenheiten genug gehabt, die Morde zu verüben?«

Der Angesprochene fand das zu brüskierend, als dass ihm eine passende Antwort einfiel. Er funkelte den Sprecher wütend an, sagte aber keinen Ton. Also fuhr Dorndorf fort: »Sie gehörten zu den wenigen, die genau wussten, wo sich der Graf in Mallorca aufhielt. Sie beide waren in Geschäfte verwickelt, die, wenn man sich an den seltsamen Postkartengruß erinnert, in meinen Augen recht merkwürdig waren. – Und darüber hinaus wäre es auch möglich, dass Sie, Durchlaucht, immer noch nicht den Verlust dieses herrlichen Schlosses überwunden haben und sich an dem Grafen wegen seiner Stiftungsidee rächen wollten. –Vergessen wir außerdem nicht, dass es Ihre Waffe war, mit Ihren Fingerabdrücken daran, mit der der Wilderer getötet wurde.«

»Ich töte keinen Menschen. Ich bin Jäger! – Und welches Motiv wollen Sie mir unterstellen?«

Jetzt hakte Kroll ein: »Wir geben allerdings zu, dass das alles nur vage Vermutungen sind. Das alles liegt zwar im Bereich des Möglichen, und – Sie werden Verständnis dafür haben – wir müssen nach allen Richtungen hin recherchieren, ohne Ansehen der Person. Im Übrigen trauen wir einem leidenschaftlichen Jäger, wie Sie und Ihr Sohn es sind, nicht zu, mit verbotenen Fangeisen und abgesägten Flinten auf die Jagd zu gehen.«

Er machte eine kleine Pause, griff erneut zur Serviette und strich sie sorgfältig mit dem Handrücken glatt. Dann sagte er in leisem Ton, ohne aufzublicken: »Ich bin der festen Überzeugung, dass Sie unschuldig sind.«

Wieder eine längere Atempause, die Kroll nutzte, um das Mundtuch zu einem Stern zu formen. Plötzlich richtete er seinen Blick fest auf den Revierförster. »Dann kämen schon eher Sie infrage, Herr Kriebgans.«

Dem Angesprochenen blieb zunächst vor Schreck der bartumflossene Mund offen. Dann stieß er hervor: »Ich? – Ich bin ein redlicher Mensch! Ich habe nie etwas Unrechtes getan!«

Ehe er seine Verteidigung fortsetzen konnte, setzte Kroll nach. »So? – Wirklich? – Wir haben ein wenig Ihre Vergangenheit beleuchtet. Sind Sie seinerzeit nicht wegen uneidlicher Falschaussage aus dem Dienst im Lübecker Forstamt entlassen worden?«

»Das gehört doch wohl nicht hierher! – Und außerdem ging es darum, einem Kollegen zu helfen.«

Wie bei einem Kreuzverhör schaltete sich jetzt Dorndorf wieder ein. »Ja, das wissen wir. Sie wollten ihn in Zusammenhang mit einem Jagdunfall decken und haben sich vor den Ermittlungsbehörden dann in Falschaussagen verwickelt. – Sie haben also gelogen. – Kann man Ihnen denn jetzt trauen?«

»Ich habe mich freiwillig für den Dienst in dem Privatforst des Herzogs beworben und meine Arbeit bis auf den heutigen Tag ohne Makel ausgeführt. – Das kann der Herzog bezeugen, denke ich.«

Kroll ergriff erneut das Wort: »Dass Sie ein guter Förster sind, bezweifelt niemand. Uns geht es allein um die Frage, ob Ihre Aussagen vertrauenswürdig sind. Schließlich sagten Sie mir gegenüber neulich aus, dass das Fangeisen, das dem Wilderer zum Verhängnis wurde, aus Ihrem Schuppen stammte. Es trägt immerhin Ihre Fingerabdrücke. Wieso lagern Sie Dinge, von denen Sie wissen, dass sie verboten sind? Und ich glaube, Sie sind einer der wenigen, die wissen, wie man einen Schwanenhals als Abtrittseisen präpariert. – Und – Sie wussten, dass im Waffenschrank des Herzogs eine Flinte Kaliber 12 hing.«

Der Angesprochene, etwas langsam von Begriff, schwieg verunsichert. Daher traf ihn Dorndorfs Frage wie ein Schuss aus dem Hinterhalt: »Und jetzt wollen Sie wieder jemanden decken. Ihre Stieftochter Caoba!«

Frau Kriebgans bekam einen hochroten Kopf und hechelte nach Luft, als stünde sie kurz vor einem Kollaps. »Unglaublich – wie … – wie können Sie …«

Dorndorf ließ nicht locker: »Wir können, verehrte Frau! – Sie haben wohl vergessen, dass ich persönlich Ihre Tochter in flagranti am Tatort erwischt habe. Und Sie werden zugeben müssen, dass sie sich ziemlich verdächtig benommen hat. Und Fakt ist, dass auch ihre Fingerabdrücke auf dem Fangeisen sichergestellt werden konnten.«

Er zog ein Dossier aus seiner Aktentasche, die er neben seinen Füßen abgestellt hatte, und knallte es auf den Tisch. »Und ein Motiv haben wir auch. – Hier sind Zeugenaussagen, die eindeutig bestätigen, dass Caoba ein Verhältnis mit dem Jungherzog hatte.«

Jetzt war es an der Gräfin von Bülow, nervös mit der Tischserviette herumzuhantieren. Ihr Verlobter presste die Lippen zu einem steinernen Strich zusammen.

Dorndorf fuhr fort: »Und als Caoba dann entdeckte, dass ihr Liebhaber untreu wurde, suchte sie nach der nächstbesten Möglichkeit, sich zu rächen. – Sie lockte ihn zu einem Stelldichein an den Kolksee. Aber leider trat der arme Wilderer in die vorbereitete Falle. Und als die dann zugeschnappt war, erschoss sie ihn versehentlich, weil er die herzogliche Kleidung trug. – Mord aus Eifersucht. – Eines der ältesten Motive der Kriminalgeschichte.«

Der Jungherzog brach sein verkrampftes Schweigen. »Meinen Sie nicht auch, Herr Kommissar, dass Sie es sich recht einfach machen, indem Sie über jemanden richten, der gar nicht anwesend ist? – Außerdem, Ihre Beweislage scheint in meinen Augen mehr als dürftig zu sein. – Und welchen Grund hätte meine …, ich wollte sagen, die Beschuldigte gehabt, die anderen Morde, die hier erwähnt wurden, zu begehen?«

Jetzt fand es Kroll an der Zeit, dem Katz-und-Maus-Spiel ein Ende zu machen: »Ja, wir müssen eingestehen, dass alle bisher erwähnten Optionen in irgendeiner Weise immer in die Sackgasse führen. – Aber wir sind in der Runde noch nicht durch.«

»Machen Sie ruhig weiter«, ergriff die Herzogin das Wort. »Ich persönlich bin auf alles gefasst. – Und Ihre Show ist ungemein unterhaltsam. Ein rechtes Divertimento am unrechten Ort.«

Doch Kroll ignorierte den sarkastischen Unterton: »Vielen Dank, gnädige Frau, für Ihre geneigte Aufmerksamkeit. – Es freut mich, dass Sie sich bisher so gut amüsiert haben. Aber ich denke, jetzt wird's ernst. – Machen wir Nägel mit Köpfen!«

*

Inspektor Kroll gab seiner Nichte Micha einen unmerklichen Wink. Die kramte aus ihrer Handtasche einen honiggelben Gegenstand hervor, der wie die Scherbe einer alten Glaskaraffe aussah.

»Und das ist unser Nagel! – Gewissermaßen der Sargnagel für unseren Täter.« Krolls platten Humor fanden die meisten etwas unangebracht. Aber er beachtete das nicht. »Dieses Bruchstück hier hat uns letztendlich auf die – wie wir fest überzeugt sind – richtige Spur gebracht. Es ist der Schlüssel, der es uns ermöglicht, alle drei Morde in einen sinnvollen Zusammenhang zu sehen. – Und, seien Sie vergewissert, dass ich später zur passenden Zeit noch weitere Beweisstücke präsentieren werde.«

Er beugte sich über den Rundtisch, angelte sich die Scherbe und hielt sie in die dämmernde Abendsonne. Das Licht von draußen war noch so stark, dass der Bernstein geheimnisvoll funkelte. Wie die Nebensonnen im Halo der Abendsonne, deren Leuchtkraft auf unerklärliche Weise trotz der späten Stunde zugenommen hatte, als ob sich der Tag ein letztes Mal mit aller Schönheit aufbäumen wollte.

Das Bernsteinmedaillon und die Sonne versöhnten sich in warmer, inniger Zwiesprache.

Kroll genoss das Naturschauspiel eine Weile, dann räusperte er sich.

»Dieser Gegenstand ist gediegener, alter Bernstein. – Sehr alt. – Ziemlich genau 300 Jahre alt, Bernstein aus der Danziger Bucht, wie mir ein Hamburger Fachmann versicherte. – Und stellen Sie sich vor, ein Geschichtsexperte schwor – gewissermaßen Stein auf Bein –, dass es sich um ein Stück aus dem legendären Bernsteinzimmer handelt.«

Schlagartig war im Saal die miese Laune verflogen, die die beiden Kriminalisten in Folge ihrer Tatverdächtigungen geschaffen hatten. Hier schien sich jetzt eine Sensation anzubahnen. War es Kroll gelungen, das Geheimnis um den verschollenen Zarenschatz zu lüften?

Der Inspektor fuhr unbekümmert mit seinen Erläuterungen fort: »Genau gesagt handelt es sich hier um ein Medaillon, das in einem der reich verzierten Pilaster eingearbeitet war.« Er blickte in die Runde und beschwichtigte die neugierigen Blicke seiner Zuhörer: »Wenn Sie glauben, ich würde jetzt eine kulturpolitische Sensation enthüllen, muss ich Sie leider enttäuschen. Ich möchte keineswegs dem Mythos des Bernsteinzimmers eine weitere Variante hinzufügen. – Dennoch, finde ich, ist dieses unscheinbare Stück Harz schon einer besonderen Beachtung wert. Nicht nur, weil das eingravierte Motiv so kunstvoll gestaltet wurde. Meine Experten verglichen historische Fotografien des Schlossraumes und stellten überraschend fest, dass wir hier ein Stück wiederentdeckt haben, das jahrzehntelang als verschollen galt. Es handelt sich um einen Brocken, der, und das steht einwandfrei fest, noch vor der Sowjetzeit aus der Wand herausgebrochen wurde.

Jemand muss sich also noch während der Zarenzeit an dem Kunstwerk vergriffen haben. – Aber warum? Mit welchem Motiv? Und zudem unter den strengen Augen des letzten Zaren, zu einer Zeit also, als nur wenige Eingeweihte Zutritt zum Katharinenpalast hatten.

Um diese Frage zu klären, muss ich ein wenig in die Geschichte einsteigen und bitte Sie um etwas Geduld.

Alles fing hier an, hier in den Räumen und Gärten des Eutiner Schlosses. Ihnen wird geläufig sein, dass sich hier im Jahre 1739 der zukünftige Zar Peter III. und seine zukünftige Gemahlin, die spätere Zarin Katharina die Große, erstmalig trafen. Die Familien hatten eine politisch motivierte Heirat vereinbart. Und so kam es dann auch. – Allerdings, was anfangs wie eine ›Love Story‹ aussah, endete später ›Vom Winde verweht‹.«

Einige der Zuhörer verdrehten verärgert ihre Augen. Wieder dieser platte Humor. Polizisten fehlt es eben an gediegener Kultur, dachten die Adeligen in der Runde.

»Peter wurde tatsächlich Herrscher und fast Zar des russischen Reichs. Kurz vor seiner Krönung, nach nur 186 Tagen Herrschaft, entmachtete ihn seine eigene Ehefrau. Er wurde verhaftet und wenig später unter ihrer Mitwisserschaft und Duldung ermordet. Sophie ließ sich als Katharina zur Zarin krönen. Später versuchte sie, in ihren klug lancierten Memoiren ihren Mann als unwürdig für den Thron darzustellen. Er wäre damals, zur Zeit ihrer ersten Begegnung – als Elfjähriger! – schon als Alkoholiker bekannt, der die Reste aus fremden Weingläsern getrunken habe.

Später behauptete sie, Katharina die Große – ich zitiere: ›Bei dieser Familienzusammenkunft hörte ich sagen, der junge Herzog neige zum Trunk, und seine Umgebung hindere ihn nur mit Mühe daran, sich bei Tisch zu betrinken.‹

All diese Vorwürfe entbehrten jeglicher Grundlage. Sie dienten einzig der nachträglichen Legitimation, das russische Reich vor einem schwachsinnigen Despoten beschützt zu haben. Sophie, alias Katharina, hatte sich ihren großen Traum erfüllt. Wenige Jahre später löste sie durch den Vertrag von Zarskoje Selo die Erbfolgebeziehungen zu Peters Heimat, zu Eutin. Sie wurde Herrscherin eines der mächtigsten Reiche der Welt. Auf Kosten des Lebens ihres Ehegatten. – Aber das muss man nicht so eng sehen, war es doch eine hervorstechende Familientradition des Zarengeschlechts, in Sachen Erbfolge nicht besonders zimperlich mit Menschenleben umzugehen.«

Krolls Zuhörer begannen, sich zu langweilen, zumal es aus der erwarteten Sensation über das Bernsteinzimmer nichts wurde. Der Inspektor musste also schnell zum Knackpunkt seiner Geschichte kommen.

»Das alles hätte ich Ihnen, verehrte Anwesenden, nicht erzählt, wenn da nicht ein kleiner Haken gewesen wäre. Bei Peters Verhaftung befand sich unter seinem Gefolge auch seine damalige Mätresse, die Gräfin Elisabeth Woronzowa, von der behauptet wurde, sie erwarte ein Kind von ihm. Nach einem letzten, für Peter offenbar ungünstig ausgefallenen Gespräch unter vier Augen mit der zukünftigen Regentin kerkerte man ihn in einem abgelegenen Jagdschloss ein und ermordete ihn kurze Zeit später.

Was ist aber aus jener Elisabeth Woronzowa geworden und hatte sie wirklich ein Kind des Zaren zur Welt gebracht? – Dann wäre es ein legitimer Anwärter auf den russischen Zarenthron gewesen, der in der Geschichtsforschung bisher noch keine Rolle spielte.«

Kroll genehmigte sich eine kleine Pause, um sich mit einem Schluck Sherry zu stärken. Dann gab er Dorndorf einen unauffälligen Wink. Der griff erneut in seine Aktentasche, zog zwei Bücher zusammen mit einem blauen und einem roten Aktenordner heraus und legte sie mit einer etwas theatralischen Geste auf den runden Tisch. Als wolle er dadurch die Beweislast der Dokumente unterstreichen.

Das reaktivierte die, dank Krolls trockenem Vortrag, fast auf den Nullpunkt gesunkene Neugier der

Gäste. Der Inspektor spürte das und hoffte im Stillen, jetzt seinen ersten großen Coup landen zu können. »Hier, im Dachstuhl dieses Schlosses, fanden wir in einer verstaubten Kommode diese beiden Bücher.« Kroll ergriff sie nacheinander und hielt sie mit wichtigtuerischer Miene hoch. Die an sich kriminologisch recht unbedeutsamen Schriften sollten so gegenüber seinen Zuhörern den Anschein erwecken, sie seien wichtige Beweisstücke.

»Hier die Mitschrift eines Dieners Peters III. über dessen letzten Tage. – Und hier, der Beweis, dass die besagte Mätresse tatsächlich schwanger war und wenig später einen unehelichen Sohn des rechtmäßigen Herrschers von Russland zur Welt brachte.« Der Inspektor nahm dann den blauen Ordner und blätterte in einigen Unterlagen herum. »Mit Hilfe eines Hamburger Historikers ist es uns dann gelungen, die Spur dieses Kindes bis auf den heutigen Tag zu verfolgen. Dabei konnten wir ganz nebenbei den Mord aus dem Jahre 1830 an dem Kammerherr von Qualen klären. Der war in der Tat ein Nachkomme dieses Zarenkindes und musste seine illegitime Herkunft mit dem Leben bezahlen, weil er den legitimen Nachkommen der Katharina im Wege stand. Aber kommen wir zurück auf das Hier und Heute. Der jüngste Spross dieser außerehelichen Linie der Zarenfamilie lebt unter uns.«

Jetzt hingen alle gespannt an Krolls Lippen. »Er lebt hier, aber er ist heute leider nicht anwesend. Es handelt sich um Herrn Romanowsky, den allseits geachteten Pächter der Fasaneninsel und ehrenwertes Mitglied des Stiftungsrats.«

Der Herzog stieß vor Verblüffung sein Gott sei Dank leeres Aperitifglas um. »Das darf doch nicht wahr sein! – Ich kenne den Mann gut und stehe zu ihm. Er ist ein erwiesener Fachmann und wir sind stolz, seine Fähigkeiten demnächst in den Dienst unseres Stiftungsrats zu stellen. – Jetzt schießen Sie aber über Ihr Ziel hinaus, Herr Inspektor. – Es wird Ihnen schwerfallen, Ihre ungeheuerlichen Anschuldigungen zu beweisen.«

Kroll entgegnete in betont ruhigem Ton: »Nein, es tut mir leid, Sie enttäuschen zu müssen. Die Beweislage ist eindeutig. – Fangen wir bei seinem Namen an. Er hat ihn sich dem Familiennamen des russischen Zarengeschlechts entlehnt, den ›Romanows‹. Diese kleine Eitelkeit brachte meine Mitarbeiter erst auf die richtige Spur. – Dann das Bernsteinmedaillon. Es lag auf dem Schreibtisch in seinem Arbeitszimmer.«

Kroll wechselte einen kurzen Blick mit Noël, der verlegen auf seinem Stuhl herumdruckste. »Wie wir daran gekommen sind, spielt jetzt keine Rolle. Aber dass wir Romanowskys Fingerabdrücke daran feststellen konnten, sehr wohl. – Und dort fanden wir auch uralte Notizen, die belegen, dass einer seiner Vorfahren, der es unerkannt zu einem Vertrauten des Zaren gebracht hatte, das Stück heimlich aus einer Wand des Bernsteinzimmers herausgebrochen hatte. Es sollte seiner Sippe als Beleg für ihren Anspruch auf den Zarenthron dienen.«

»Selbst wenn dem so wäre«, schaltete sich Diabelli ein, der den ganzen Abend lang unbewegt und mit eiskalter Miene dem Gespräch teilnahmslos gefolgt war. »Wenn das stimmt, so beweist das noch überhaupt nichts über einen Zusammenhang mit den Todesfällen, die Sie hier – meiner bescheidenen Meinung nach in völlig absurder Weise – aufzudecken gewillt sind. Im Gegenteil: Wir sollten stolz sein, eine derart illustre Persönlichkeit unter uns zu wissen.«

»Bitte noch einen Augenblick Geduld, verehrter Herr Diabelli. Aber alles braucht seine Zeit. Auch meine Beweisführung. Sie werden noch früh genug die Lösung erfahren, – auch wenn sie Ihnen nicht passen sollte.« Kroll leerte sein Glas. Dann schlug er mit der Hand schwer auf den roten Aktenordner. »Hier befinden sich weitere Beweise. Schwerwiegende Beweise, die wir der Staatsanwaltschaft nicht vorenthalten dürfen.

Erstens. Wir sind über eine hohe Geldüberweisung informiert, die Romanowsky zugunsten eines uns wohl bekannten Berufskillers aus den Kreisen der russischen Mafia tätigte. Eben genau des Mannes, der dem Grafen von Stolberg nach Mallorca hinterhergereist war, um ihn dort kaltblütig zu ermorden. Heute wissen wir dank der Recherchen unserer spanischen Kollegen fast alles über den Tathergang.

Zweitens. In Romanowskys Arbeitszimmer fanden wir ein Dossier, das in seinem Auftrag von der in Lübeck in der Stadtvilla des Herzogs ermordeten Mitarbeiterin des Archivs erstellt wurde. Ihre

Handschrift sowie seine und ihre Fingerabdrücke wurden einwandfrei identifiziert. – Und der Inhalt des Dossiers bestätigt alle unsere Vermutungen über Romanowskys Herkunft.

Drittens. In einem Schuppen seines Anwesens auf der Fasaneninsel entdeckten wir ein Fangeisen genau von der Sorte, die dem Wilderer zum Verhängnis wurde. Also eine der verbotenen Fallen, die er offenbar aus der Alten Schäferei entwendet hatte. Und mehr noch. Es gelang den Eutiner Kollegen, Zeugen ausfindig zu machen, die aussagten, dass am Abend vor diesem Mord Romanowsky an einem Nebentisch gesessen hat, während der arme Kerl lauthals von einem angeblichen Jagdausflug des Herzogs redete. Mit anderen Worten, Romanowsky musste davon ausgehen, dass dieser in der Folgenacht durch sein Jagdrevier streifen würde. Das tat aber nicht er, sondern eben der Wilderer. Und weil er die abgetragene Kleidung des Herzogs trug, verwechselte Romanowsky ihn mit dem, den er eigentlich schon lange im Visier seiner finsteren Absichten hatte.«

»Und die wären?«, ließ sich erneut Diabelli vernehmen.

»Mit Ihrer Frage kommen wir auf den Punkt. Wir wissen – das bestätigen übrigens auch Berichte der russischen Geheimpolizei über die dortigen Aktivitäten einer verschwörerischen Monarchistenpartei –, dass Romanowsky plante, seinen Anspruch auf den russischen Thron mit allen Mitteln durchzusetzen. Falsche Zaren, die sich als wundersam erretteter Peter III. ausgaben, hat es in der Geschichte genug gegeben. Sie erhielten Zulauf im russischen Volk, weil man glaubte, sie würden als Befreier und Erlöser auftreten und eine neue, gerechte Ordnung errichten. – Und diese Hoffnungen schwelen auch heute noch in den Köpfen vieler Russen.

Zu Romanowsky aber muss man sagen: der überspannte Plan eines offensichtlich Wahnsinnigen. Er wollte die Eutiner Residenz mit dem russischen Reich wiedervereinen, so wie es vor dem Vertrag von Zarskoje Selo der Fall war. – Er wollte zurück zu den dynastischen Wurzeln Peters III., seines Urahns.

Und da war ihm sowohl das Geschlecht derer zu Altenburg als auch der Stiftungsrat im Wege. Graf Stolberg musste sterben, damit Romanowsky dessen Funktion im Rat übernehmen und nach seinem Gutdünken ungestört agieren konnte. Außerdem ahnte der Pächter, dass der Graf seine wahre Identität durchschaut hatte. Das beweist ein Zettel, den ich gleich bei meinem Antrittsbesuch in seinem Arbeitszimmer fand.

Die leitende Archivarin im Lübecker Stadtarchiv vergiftete er, um zwei Fliegen mit einer Klappe schlagen zu können: Zum einen wusste sie zu viel über seine Herkunft. Zum anderen wollte er die Tat dem Herzog in die Schuhe schieben, damit der wegen Mordes hinter Gittern wandern sollte.

Und der Wilderer fiel einer Verwechslung zum Opfer. Eigentlich hatte es Romanowsky auf den

Herzog abgesehen und die Tat so hingestellt, dass der Jungherzog verdächtigt würde. So hoffte er, sich mit einem Schlag gleich beider Altenburgs zu entledigen. Das Fangeisen besorgte er sich aus dem Schuppen des Revierförsters. So konnte der quasi nebenbei als Mitwisser auch noch kaltgestellt werden. An die Mordwaffe war er mithilfe einer ihm hörigen Angestellten auf Gut Altenburg gelangt, deren Name hier keine Rolle spielt. Zum Glück für den Herzog, jedoch zum Unglück für den armen Vagabunden, ließ sich Romanowsky durch dessen Prahlerei in der Wirtschaft und durch die Kleidung täuschen.

Als er später bemerkte, dass sein Plan nicht aufgegangen war, setzte er ein zweites Mal an. Er wusste, dass der Jungherzog der Tochter des Revierförsters den Laufpass gegeben hatte. Einen dementsprechend kompromittierenden Brief fanden wir bei seinen Unterlagen, allerdings in mehrere Teile zerrissen.«

Kroll warf die Papierschnitzel auf den Tisch. Der Jungherzog räusperte sich verlegen. Aber seine Verlobte legte ihm beschwichtigend ihre Hand auf die seinige.

»Hier, das ist der Brief. Etwas ramponiert. – Aber er enthält eine bemerkenswerte Notiz: ›Hirschfänger benutzen‹.« Der Redner wandte sich an den Jungherzog. »Ein Schriftvergleich bescheinigt, dass nicht Sie, sondern Romanowsky der Verfasser war. – Und was sollte der Hinweis? – Wir nehmen an, dass Romanowsky Caoba erpressen wollte, den Jungherzog mit Hilfe eines Dolches zu töten. – Totschlag aus Eifersucht, – ein beliebtes Motiv. Aber offenbar kam es nicht dazu. Den Hirschfänger konnten wir bislang nicht sicherstellen. Aber eines Tages finden wir ihn, und ich bin sicher, dass er die Fingerabdrücke Romanowskys trägt.«

Kroll nahm alle ›Beweisstücke‹ zusammen und stapelte sie penibel zu einer Pyramide. »Wir können Ihnen also mitteilen, dass der Fall Stolberg et alii. gelöst ist. Eine Ringalarmfahndung und ein Haftbefehl sind bereits rausgegangen.«

In den Gesichtern der Anwesenden spiegelte sich eine Mischung aus Erleichterung und Bestürzung. Einerseits war man froh, endlich ungeschoren aus diesem Verhör herausgekommen zu sein. Andererseits konnten es viele nicht begreifen, dass sich Romanowsky als Verbrecher entpuppte.

»Dann ist ja wohl Ihre Show zu Ende, und wir können endlich wieder zur Tagesordnung übergehen«, ließ sich Diabelli in seinem charakteristischen scharfen Ton vernehmen. Er griff sein Digestivglas, das er die ganze Zeit über nicht ein einziges Mal angefasst hatte, und leerte es in einem Zug. Auch die anderen begannen, Aufbruchstimmung zu erzeugen.

»Ich kann Sie nicht daran hindern, meine Ermittlungsarbeit als Show zu bezeichnen, Herr Diabelli«, entgegnete der Inspektor. »Aber ich muss Ihrer aller Geduld leider noch ein wenig strapazieren.« Man starrte ihn ungläubig und verärgert an. Fand diese Tortur denn überhaupt kein Ende mehr?

Kroll schob sein Gedeck beiseite und begann, die vor ihm liegende Pyramide betont langsam und mit einer geheimnisvollen, theatralischen Miene wieder abzubauen und die Materialien auf einem sorgfältig abgezirkelten imaginären Kreis zu verteilen.

»Das hier sind unsere wichtigsten Beweisstücke in der Sache Stolberg. – Der Täter ist entlarvt. – Aber damit kennen wir noch nicht seine Hintermänner!«

Um Gottes willen, soll dem Drama noch ein Akt folgen?, dachten die meisten. Kroll gab Noël ein Zeichen. Der flüsterte Viviana etwas ins Ohr, die daraufhin eine kleine Pappschachtel hervorholte und auf den Tisch legte. Noël schob sie vorsichtig zu Kroll herüber. Alle waren gespannt, was nun folgen würde.

Der legte sie, ohne den Deckel zu lüften, genau in die Mitte des Kreises. »Die verbrecherischen Aktivitäten Romanowskys sind das eine. – Es gibt aber etwas, was das alles noch übertrifft. Wie eine Spinne sitzt nämlich im Zentrum aller Geschehnisse jemand, der die eigentlichen Fäden zieht. Jemand, der Macht über andere besitzt und diese zu ihren Taten verleitet, der große Unbekannte, die graue Eminenz im Hintergrund, wenn Sie so wollen.

Um Ihnen das zu erläutern, möchte ich umgekehrt wie vorhin vorgehen: Erst die Motive, dann die Beweise. – Fangen wir mit Ihnen an, Herr Diabelli, Sie, der es eben noch so eilig hatte, unserer Geschichte ein Ende zu setzen. Erinnern Sie sich noch, was Sie mir gegenüber bei unserem ersten

Zusammentreffen sagten? – Nein? – Nun gut, meine Nichte Micha war dabei. Die kann Ihr Gedächtnis auffrischen.«

Micha bekam einen roten Kopf, weil sich aller Aufmerksamkeit plötzlich auf sie konzentrierte. Aber sie wusste genau, was ihr Onkel meinte: »Der Herr Schlossverwalter antwortete auf die Frage, wer er sei, man könne ihn den Herrscher der Seelen nennen.«

Diabelli zeigte keinerlei Reaktion. Starr saß er auf seinem Stuhl, die Hände teilnahmslos im Schoß gefaltet, und musterte Micha mit seinen eiskalten Augen.

»Herrscher der Seelen. – Richtig, so war das«, fuhr Kroll fort. »Was könnte er damit gemeint haben? – Ich habe mir lange über diesen merkwürdigen Begriff den Kopf zerbrochen. – Ist es Blasphemie? Fühlt sich da jemand über Gott erhaben? – Handelt es sich um den Kopf einer religiösen Sekte? – Oder ein Wanderprediger, ein Schamane, ein Wunderheiler? Ein politischer Wirrkopf? – Oder einfach nur ein Scharlatan, der sich für etwas Besseres als der Rest der Welt hält?

Jedenfalls kann so ein Spruch nur von jemandem stammen, der ganz offensichtlich mit der Seele anderer Menschen sein Spiel treibt, sich ihrer Wünsche, Hoffnungen, Zweifel und Sehnsüchte bedient, um andere für seine dunklen Zwecke zu missbrauchen. – Jemand, der anderen einen Schatten auf die Seele wirft.«

Jetzt war es an dem Inspektor, dem Schlossverwalter eiskalt und gnadenlos in die Augen zu schauen. Micha bekam Angst. So einen harten Gesichtsausdruck hatte sie bei ihrem Onkel noch nie gesehen. Er war für sie plötzlich ein fremder Mensch.

»Welches Spiel treiben Sie, Herr Diabelli? – Keine Antwort ist auch eine. – Nun ich werde es Ihnen sagen. – Ich weiß jetzt, warum seinerzeit der Schlüssel im Torwärterhäuschen fehlte. Auch das fiel mir gleich bei meinem ersten Besuch auf: Der Schlüssel zu ›Rodtberes Keller‹. Es ist der Schlüssel zu Ihrem bislang wohlgehüteten Geheimnis. – Und, wenn Sie so wollen, der Schlüssel zu Ihrer eigenen Seele. – Ich weiß, was sich dort unten verbirgt, unten in den Katakomben dieser Gemäuer.«

Endlich zeigte Diabelli eine erste, karge Reaktion. Er griff mit beiden Händen an den Rand der Tischplatte. Seine Miene zeigte jedoch keinerlei Regung. Es war, als sei er innerlich auf dem Sprung.

»Ich weiß von Ihren Büchern dort, von den Schlangen, von dem unterirdischen Altar. – Ich habe Ihre Aufzeichnungen studiert, in Ihrer ›Satanischen Bibel‹ geblättert. – Und es gibt nur einen Schluss aus alledem: Sie sind ein militantes Mitglied einer satanistischen Sekte. – Das an sich ist natürlich kein Straftatbestand. Aber Sie, – Sie haben den Satanismus auf die Spitze getrieben, so wie wir das aus dem berüchtigten Satansmord von Witten im Jahre 2001 kennen. Auch Sie haben verabscheuungswürdige Verbrechen begangen und andere mit in den Strudel Ihrer Ideologie hineingerissen. – Sie sind kein Schlossverwalter, Sie sind der Verwalter des Todes. – Sie sind der personifizierte Teufel!«

Der Angesprochene stieß ein helles, blechernes Lachen aus, das durch das ganze Eutiner Schloss hallte.

»Sie fantasieren! Sie lesen zu viele Bücher! Als Kriminalrat sollten Sie sich lieber den Tatsachen widmen.«

»Gern, wie Sie wollen«, konterte Kroll. Er beugte sich vor und zog aus dem Pappkarton, der in der Mitte des Kreises lag, eine kleine durchsichtige Box, die er hoch hielt, damit sie jeder sehen konnte. »Ich weiß nicht, ob Sie wissen, was das ist. – Es sieht nach einer Serviette aus. – Aber was es damit auf sich hat, wird Ihnen Viviana, unsere blinde Pianistin, erklären können.«

Ein Ruck ging durch die junge Frau. Obwohl sie nicht sehen konnte, was Kroll da vorzeigte, spürte sie sofort, worum es sich handelte. In schlichtem, leisen Ton sagte sie: »Es ist das Taschentuch, mit dem ich mir meine letzten Tränen getrocknet hatte, als meine Mutter in ihr Grabe gebettet wurde.«

Diabelli zuckte verächtlich mit dem Mundwinkel. »Was soll's! – Spinnereien einer Behinderten.«

Als hätte Kroll dieser Begriff erst recht in Rage gebracht, ereiferte er sich: »Wir werden noch sehen, ob es nur eine Spinnerei ist.« Dann holte er ein zweites kleines Gefäß aus dem Karton und hielt es in den Schein einer Kerze. Der Inhalt schillerte rotviolett. Als sei er voller Leben.

»Das hier haben wir in Ihrem Keller sichergestellt. Ich ließ den Inhalt in unserm Labor untersuchen. Es handelt sich um eine gefährliche, ja unter Umständen sogar tödliche Bakterienkultur, die auf unserem Kontinent nur außerordentlich selten vorkommt und nur unter strengsten staatlichen Kontrollen gezüchtet werden darf.«

Als ekele er sich vor der Substanz, packte Kroll den luftdicht verschlossenen Behälter zusammen mit der Box, die das Taschentuch barg, wieder zurück in den Karton und schloss ihn mit einer Geste, die seiner inneren Entscheidung Ausdruck verleihen sollte.

»Herr Diabelli! Sie stehen unter dem schwerwiegenden Verdacht, unzählige Menschen aus rein religiös-fanatischen Gründen getötet und viele weitere Menschen zu Mord angestiftet zu haben. Konkret kann ich Ihnen nachweisen, dass Sie Vivianas Mutter mit einer Überdosis dieser Bakterien vergiftet haben. – Und, – das wird Sie interessieren, – ich habe eine Obduktion ihrer sterblichen Überreste angeordnet. Diese äußerst seltene Bakterienart wird sich sicherlich noch heute nachweisen lassen.

Aber das ist noch lange nicht alles. Sie haben Romanowsky den Berufskiller vermittelt und ihm das Indianergift für den Mord an der Archivarin besorgt. Wir haben eine Probe davon in Ihrem Keller entdeckt. Sie zeigten ihm auch, wie man Fangeisen so präpariert, dass sie zu einer tödlichen Falle werden können. Und Sie gaben ihm den Befehl, Caoba zu einem Tötungsdelikt aus Eifersucht gegen den Jungherzog aufzuhetzen – mittels eines scharfen Hirschfängers.«

Der Beschuldigte erblasste sichtbar. War es Wut oder ein unausgesprochenes Geständnis? »Absurd! – Woher wollen Sie das alles wissen?« Mehr fiel ihm dazu nicht ein. Insgeheim wunderte er sich, wieso der Polizist über Detailkenntnisse verfügte, die ihm normalerweise gar nicht zur Verfügung hätten stehen können.

»Nein, im Gegenteil: leider sehr realistisch«, entgegnete Kroll, auch wenn er genau wusste, dass manche seiner Anschuldigungen nur auf den Vermutungen einer sensiblen Pianistin basierten. Aber er baute auf den Überraschungseffekt.

»Tatsache ist, dass Sie die größenwahnsinnigen Zielsetzungen des selbst ernannten Zaren in jeder Hinsicht unterstützten. Die passten gut zu Ihren eigenen Plänen. Sie träumten davon, eines Tages ein neuer Rasputin in einem großrussischen Reich zu werden. – Das alles liegt klar auf der Hand. – Nur ein einziges, winziges Glied fehlt noch in meiner Beweiskette: Ihr genetischer Fingerabdruck. Er wird die Zusammenhänge aller Fakten auf den Punkt bringen.«

Der Inspektor zog eine kleine Nagelschere und einen Plastikbeutel aus seiner Tasche. »Wenn Sie denn so nett wären und mir erlauben, ein Haar von

Ihrem Schopf abzuschneiden. Den Staatsanwalt wird das interessieren.«

Kroll erhob sich bedächtig, um zu seinem Delinquenten hinüberzugehen.

*

Mit einem raschen und überraschenden Impuls sprang Diabelli, der bis dahin immer noch starr und bewegungslos auf seinem Stuhl gesessen hatte, auf und flüchtete mit wenigen Schritten ins Nebenzimmer, den Europasaal, einen der prunkvollsten Räume im Eutiner Schloss. Das alles ging so schnell, dass weder Kroll noch Dorndorf ihn hätten hindern können.

Dort riss er eine verkleidete, geheime Wandtür auf, gab Dogger, seinem Faktotum, ein Zeichen und war in Windeseile verschwunden. Die beiden Kriminalisten wollten, nachdem sie sich von dem Schreck erholt hatten, dem Verwalter hinterherlaufen. Micha und einige der Versammelten drängten, sich ihnen anschließend, in den Saal. Doch der stämmige Kerl baute sich vor der Tapetentür breitschultrig auf und zückte eine Pistole. Sein Hund legte sich vor ihn und fletschte geifernd die Zähne.

»Halt! – Nix da! – Weg! Oder …« Er fuchtelte eindeutig mit seiner Waffe herum. Alle erstarrten in ihrer Bewegung.

Kroll wurde sich schlagartig der Gefährlichkeit der Situation bewusst. »Machen Sie keine Dummheiten. Es hat doch keinen Zweck. Das Schloss ist umstellt. Weit kommt Diabelli nicht. – Und Sie würden sich einen Mord aufladen, wenn Sie jetzt hier herumballern.«

Der Gewaltmensch ließ sich nicht überzeugen. »Nix! – Rück in Turm oder tot!«

Wahrscheinlich wollte Dogger sie dort einsperren. Kroll sah seine Felle davonschwimmen. »Okay. Eins zu null für Sie. – Vorerst.« Er gab den anderen ein Zeichen, sich langsam ins Turmzimmer zurückzuziehen.

Plötzlich schepperte es ohrenbetäubend. Micha hatte noch ihr Glas in der Hand. Von den anderen verdeckt, gelang es ihr, es unbemerkt in hohem Bogen in einen Spiegel zu werfen, der sich gleich neben der Tapetentür befand.

Der Lärm des zersplitternden Glases lenkte Dogger für eine Sekunde ab. Er drehte sich samt Pistole zur Seite. Das genügte Kroll, um ihn mit einer geübten Bewegung zu überrumpeln und außer Gefecht zu setzen. Dorndorf stürzte sich auf den Hund. Das altersschwache Vieh hatte nicht viel Widerstand zu bieten. Dann legte er dem Kerl Handschellen an, die er als vorbildlicher Polizist stets bei sich trug.

Kroll schämte sich seiner unvollkommenen Ausrüstung wegen. Und außerdem bemerkte er missmutig, dass sich seine Schnürsenkel schon wieder gelöst hatten. Aber das war ihm jetzt egal.

»Dein Handy, Micha«, rief er. – Nicht einmal ein Funkgerät hatte er dabei! – »Borg mir mal dein Handy. Ich werd den Verbrecher verfolgen und bleibe online. Lass dir Vivianas Handy geben. Dann merkst du, wenn etwas nicht stimmt.« Seinen Kollegen wies er an: »Sie bleiben hier und verständigen Ihre Dienststelle. Das Schlossgelände darf niemand verlassen!«

Und schon war auch er hinter der Geheimtür verschwunden. Er kontrollierte, ob die Tonaufnahmefunktion des Handys noch eingeschaltet war. Jetzt kam der letzte Akt.

Draußen war inzwischen die Sturmfront herangezogen. Sie teilte den Himmel gespenstisch in zwei Hälften. Im Westen ging träge die rot glühende Sonne unter. Der Halo und die Nebensonnen waren verschwunden. Die flach einfallenden Reststrahlen beleuchteten die mächtige lila Wolkenwand, die sich langsam, aber unaufhaltsam über das Schloss wälzte. Der schwere Sturm stand kurz bevor.

*

Vor mir eine Wendeltreppe, die nach oben und nach unten führt. Bestimmt wird er versuchen, durch das Erdgeschoss nach draußen zu gelangen. – Doch halt, was ist das? Da oben scheint eine Tür zuzuschlagen. Ich probier's mal mit dem Weg nach oben. Wenn's falsch war, hab ich eben Pech gehabt.

Uff, hier oben ist es ziemlich stickig. Was steckt hinter dieser Tür? – Ein langer Gang. Scheint Richtung Osten zu führen. – Da hinten, Geräusche von schnellen Schritten. Dann bin ich wohl richtig.

Verdammt, die offenen Schnürsenkel behindern mich. Hoffentlich stolpere ich nicht.

So, wieder eine Treppe. Ziemlich verstaubt und düster hier. Wie viele Geheimgänge gibt es bloß in so einem Schloss? – Hier geht's nur abwärts. Dann mal los. – Da schlägt wieder eine Tür. Aber das klingt nicht nach Eisen, eher nach einer Bretterpforte. – Hier unten ist ja das wahre Labyrinth.

Welche Tür soll ich bloß nehmen? – Hier, ein Bretterverschlag. Nur angelehnt. Da kann er durchgerannt sein. – Verdammt finster und feucht hier. Riecht nach einem unterirdischen Gang. Ich hätte eine Taschenlampe dabeihaben sollen. Vielleicht reicht ja das Licht vom Handydisplay. – Autsch! Verdammte Balken! – Mist, dieser glitschige Boden! – Dauert denn dieser Tunnel unendlich?

Da! – Da hinten, ein Hauch von Licht. – Da bewegt sich etwas. Das muss der Kerl sein. Jetzt geht's rund! – Zu dumm, dass ich heute nicht einmal die Dienstwaffe dabeihabe. – Vor mir ein Brunnenschacht. Spärliches Tageslicht von oben. Kein Mensch zu sehen. Wahrscheinlich ist er schon über alle Berge.

Mein Gott! Was ist das? Ein menschlicher Körper liegt kopfüber im Grundwasser des Brunnens! – Kein Lebenszeichen zu erkennen. Dem kann ich jetzt nicht helfen, ich verlier sonst zu viel Zeit. Ich muss hier raus. Vielleicht erwische ich den Diabelli noch. – Hier an den Eisenhaken kann ich mich hochhangeln.

So, endlich oben. Der Brunnen befindet sich in einem überdachten Schuppen, angelehnt an ein Fachwerkhaus. – Das ist doch die Behausung des Pächters auf der Fasaneninsel. – Da hinten! Ist das nicht das Geräusch eines Motorboots? – Tatsache. – Der Kerl entwischt mir. – Verdammt, daran hätte ich denken müssen. Micha hatte mir von einem unterirdischen Gang zwischen dem Schloss und der Insel erzählt. Aber ich hab das als Kinderfantasie abgetan.

Zuerst muss ich dafür sorgen, dass Dorndorf den See großräumig absperrt und mir ein Boot der Wasserschutzpolizei schickt. – Und Hopfinger soll sofort mit den Kollegen von der Spurensicherung kommen. Die Leiche im Brunnenschacht riecht verdammt nach Mord.

KAPITEL 24: AUSKLANG

Bei dem Toten im Brunnen handelte es sich um den schon seit Tagen vermissten Romanowsky. Er muss schon länger als 24 Stunden im Grundwasser gelegen haben. Tod durch Ertrinken. Von der Existenz des unterirdischen Ganges hatte er offensichtlich keine Ahnung. In seinen Aufzeichnungen beschreibt er minutiös die unendlich vielen Gänge und Schleichwege im Schloss. Aber von den Kellerkatakomben und dem Gang kein Wort.

Die polizeiliche Untersuchung ergab, dass er mit hoher Wahrscheinlichkeit über den Brunnenrand gefallen war. Hautabschürfungen deuteten darauf hin. Die Möglichkeit, dass er sich aus irgendeinem Grunde zu weit über die Einfassung gebeugt hatte und unglücklich hinuntergestürzt war, schloss der Inspektor aus.

Auf seinem von heftigstem Schmerz entstellten Gesicht prangte eine fürchterliche Wunde. In Form eines Doppelkreuzes. Jemand muss ihm kurz vor seinem Tod das Brandeisen, das man bei der Durchsuchung der Kellerräume im Schloss fand, ins lebendige Antlitz gestoßen und den vor Schmerz fast Besinnungslosen mit Gewalt hinuntergeworfen haben.

Mord. Und eigentlich kam nur Diabelli als Täter infrage. Nur der hatte Zugang zu dem Brandeisen, auf dem überdies die gleichen Fingerabdrücke sichergestellt wurden wie auf dem Glas, das der Flüchtige am Abend in der Hand hielt. Kroll sah es als Ironie des Schicksals an, dass ausgerechnet diese letzte Tat den ersehnten stichfesten Beweis erbrachte. Alles andere, was er am gestrigen Abend vorgetragen hatte, waren, das wusste er genau, nichts als vage Indizien, baute im Grunde genommen nur auf Bluff.

Aber was war das Motiv? Welches Interesse konnte der Schlossverwalter an dem Tod des Pächters gehabt haben? Die beiden waren Komplizen, das stand fest. Wahrscheinlich wollte sich Diabelli seines Mitwissers entledigen.

Die Ringfahndung nach ihm verlief ergebnislos. Er musste sich rechtzeitig ins Ausland abgesetzt haben. Kroll beschloss, über Interpol die Nachforschungen in seiner angeblichen Heimat, den rumänischen Karpaten, fortzusetzen. Große Hoffnungen hegte er jedoch nicht angesichts der dortigen korrupten Verhältnisse und der undurchdringlichen Gebirgswälder.

Auch Caoba blieb seither verschollen. Angeblich will sie ein Hafenarbeiter in Travemünde gesehen haben, als sie sich auf eine Fähre nach Schweden einschmuggeln wollte. Aber Genaueres war nicht mehr zu rekonstruieren. Merkwürdigerweise fehlte auch eines ihrer Pferde, der Russische Traber, im Stall der Alten Schäferei.

Beide, Ross und Reiter, hatten sich im Nebel der Geschichte verloren, wie einst der Schimmelreiter.

Ihren Pflegeeltern ging der Verlust sehr nahe. Verbittert und vergrämt verbrachten sie einsam ihre Zeit in der Alten Schäferei, bis diese eines Tages einem verheerenden Feuer zum Opfer fiel. Sie brannte bis auf die Mauern nieder und wurde nicht wieder rekonstruiert. Es war die zweite Brandkatastrophe, die das Leben der Kriebgans' verändern sollte. Sie zogen an die Nordsee. Auf eine Hallig, meinte ein Nachbar. Dort, wo das Wasser, nicht das Feuer als Elementargewalt herrschte.

Der Jungherzog und die Gräfin von Bülow bildeten ein perfektes Paar. Seine Eleganz, sein Lebensstil und sein Reichtum strahlten über Eutin hinaus. Dem Hause derer zu Altenburg schien eine helle Zukunft beschert. Die Güter wurden zusammengelegt. Dem finanziellen Aufschwung stand nichts mehr im Wege. – Wenigstens nicht mehr die Sorge um eine nicht standesgemäße Liaison, wie die Herzogin meinte.

Von Barbaras dunkler Herkunft aus dem abgebrannten Lübecker Asylantenheim in der Hafenstraße ahnte niemand etwas. – Nicht einmal Inspektor Kroll. Nur Caoba wusste davon. Aber die konnte man ja nicht mehr befragen.

Viviana durfte ihr Konzert im Jagdschloss Uklei als Erfolg verbuchen. Man war auf sie aufmerksam geworden. Ein Hamburger Produzent, der von der Gräfin an jenem Abend eingeladen war, bot ihr einen Plattenvertrag an. Nicht etwa, weil er eine blinde Pianistin als Kuriosität vermarkten wollte. Vielmehr weil ihre Musik unter die Haut ging, wie er es formulierte. Sie spielte das gesamte Klavierwerk des Carl Maria von Weber ein und setzte damit neue Maßstäbe für die Weber-Interpretation.

Krolls Nichte Micha freundete sich mit den Jugendlichen vom 1. FC Eutin an. Besonders mit Antonio. Der sorgte dafür, dass seine Band, die U-Teens regelmäßig im Lübecker Werkhof spielte. Micha entwickelte sich zu deren treustem Fan. Ihre Kontakte zu ihrer besten Freundin Ricki rissen dank des neuen Handys nicht ab. Selbstbewusst mailte sie ihr, nachdem sich das Leben in Eutin wieder beruhigt hatte:

›Hi Ricki. Gehe jetzt fest mit Antonio. Wir haben das Verbrechen gemeinsam gelöst. Mein Onkel ist stolz auf uns. Ohne uns hätte er den Täter nie gefangen. Vivi wird jetzt berühmt. Vielleicht kannst du mal mit auf ein Konzert kommen. Sie wird dir gefallen.

Von dem schwarzen Mädchen haben wir nie wieder etwas gehört. Sie hat sich aus dem Staube gemacht. Weit weg von Eutin. Bestimmt nach Sansibar oder so ähnlich. – Das kann ich gut verstehen. Oder möchtest du Caoba Kriebgans heißen?‹

ENDE

Weitere Krimis finden Sie auf den folgenden Seiten und im Internet: www.gmeiner-verlag.de

DIETER BÜHRIG
Der Klang der Erde

270 Seiten, Paperback.
ISBN 978-3-8392-1219-6.

TODESGEIGER Der Geiger Max Auerbach hat nach dem Scheitern seiner Ehe eine Anstellung beim Lübecker Stadtorchester unter Leitung des jungen Dirigenten Wilhelm Furtwängler gefunden. Als der glühende Verehrer Mahlers im Mai 1911 vom Tod des Wiener Meisters erfährt, verliert er jeden Halt: Auerbach entwickelt eine gefährliche Persönlichkeitsstörung. Er nimmt einen Doppelgänger wahr, der ihm aufträgt, in München die Orchesterpartitur von Mahlers »Lied von der Erde« zu stehlen und den Dirigenten der Uraufführung, Bruno Walter, zu töten …

DIETER BÜHRIG
Schattengold

276 Seiten, Paperback.
ISBN 978-3-8392-1088-8.

IM SCHATTEN DER ZEIT In Lübeck scheint die Zeit stehen geblieben zu sein. Aina, ein Adoptivkind, das seine Herkunft nicht kennt, lernt bei ihrer Aufnahmeprüfung an der Musikhochschule die Klavierpädagogin Rana Ampoinimera kennen. Diese ist von dem Ausnahmetalent der jungen Frau überzeugt und lädt sie in ihr Haus ein. Aina trifft auf Ranas Ehemann Adrian, einen Goldschmiede- und Uhrmachermeister, und seinen Gesellen Raik.

Doch dann erschüttert eine Serie von mysteriösen Todesfällen die Idylle. Was bedeuten die fremden Worte auf den Zetteln, die man bei den Toten findet? Kriminalinspektor Kroll ist ratlos …

GMEINER

Wir machen's spannend

REINHARD PELTE

Tiefflug

276 Seiten, Paperback.
ISBN 978-3-8392-1236-3.

VERZWEIFELT GESUCHT Kriminalrat Tomas Jung ist ausgebrannt, sein letzter Fall hat ihn schwer mitgenommen. Um sich zu erholen, reist er mit seiner Frau an die Algarve und macht dort die Bekanntschaft eines Deutschen, der sich nur »Tiny« nennt. Nach und nach muss Jung erkennen, dass Tiny in einen Entführungsfall verwickelt ist, der gerade die ganze Welt in Atem hält: ein englisches Mädchen ist während des Urlaubs mit ihren Eltern spurlos aus dem Hotelzimmer verschwunden. Jung konfrontiert seinen Nachbarn mit seinem Wissen und erlebt einen Albtraum …

HARDY PUNDT

Bugschuss

332 Seiten, Paperback.
ISBN 978-3-8392-1224-0.

HECKENSCHÜTZE Es ist Sommer im Nordwesten. Eine Gruppe von sieben Männern unternimmt eine Rudertour über die Kanäle und Meere Ostfrieslands. Doch der Ausflug findet ein jähes Ende, als zwei Schüsse auf eines der Boote abgegeben werden. Ein Ruderer wird gestreift, ein anderer nur knapp verfehlt. Wem galt der Anschlag? Hauptkommissarin Tanja Itzenga und ihr Kollege Ulfert Ulferts nehmen die Ermittlungen auf. Als erneut Schüsse fallen, diesmal in der Hafenstadt Emden, verfolgen die Kommissare verschiedene Spuren. Alle führen weit in die Vergangenheit …

GMEINER

Wir machen's spannend

ELLA DANZ

Geschmacksverwirrung

368 Seiten, Paperback.
ISBN 978-3-8392-1248-6.

BISSEN ZUM ABSCHIED Kommissar Georg Angermüllers Stimmung passt zum grauen Novemberwetter in Lübeck. Erst vor kurzem zu Hause ausgezogen, fühlt er sich in den neuen vier Wänden noch ziemlich fremd. Und dann wird ausgerechnet in der Nachbarwohnung der Journalist Victor Hagebusch tot aufgefunden. Der Mann ist an Gänseleberpastete erstickt, die ihm mit einem Stopfrohr eingeführt wurde, und sitzt, nur mit einer Unterhose bekleidet, blutig rot beschmiert und weiß gefedert an seinem Schreibtisch. Alles sieht nach einer Tat militanter Tierschützer aus. Hatte der Journalist etwas mit der Szene zu tun? Angermüller folgt vielen Spuren, bis er auf eine überraschende Verbindung stößt …

SANDRA DÜNSCHEDE

Nordfeuer

367 Seiten, Paperback.
ISBN 978-3-8392-1244-8.

IN FLAMMEN AUFGEGANGEN Die Menschen in Nordfriesland leben in Angst und Schrecken. Ein Feuerteufel treibt sein Unwesen. 14 Brände hat er bereits gelegt – fünf davon allein in Risum-Lindholm.

Der Polizei fehlt jede Spur. Dann fällt die Grundschule im Dorf dem Brandstifter zum Opfer und im Lehrerzimmer des abgebrannten Gebäudes stößt die Feuerwehr auf eine verkohlte Frauenleiche. Die Kriminalpolizei geht von einem Unfall aus, doch Kommissar Dirk Thamsen und seine Freunde Haie, Tom und Marlene vermuten, dass ein Trittbretttäter dahinter steckt, der einen Mord vertuschen will …

GMEINER

Wir machen's spannend

L. SKALECKI / B. RIST

Schwanensterben

423 Seiten, Paperback.
ISBN 978-3-8392-1230-1.

DIE TOTE IM WASSER An einem Tag im November wird die Leiche der jungen Russin Sonja Achmatova in einem Wassergraben auf einem Reiterhof am Rande Bremens gefunden. Kriminalhauptkommissar Heiner Hölzle verdächtigt zunächst den Pferdepfleger Pjotr, der ein Verhältnis mit dem Opfer hatte. Doch im Laufe der Ermittlungen entdecken Hölzle und seine Kollegen zunächst Parallelen zu zwei ungeklärten Mordfällen aus den 70er-Jahren und stoßen schließlich auf eine Spur, die bis in das Jahr 1943 reicht …

BERNWARD SCHNEIDER

Todeseis

276 Seiten, Paperback.
ISBN 978-3-8392-1252-3.

DIE NACHT DES UNTERGANGS Die Flucht vor dem Mörder ihres Geliebten führt die schöne Gladys auf die Titanic, als diese am 10. April 1912 von Southampton aus zu ihrer Jungfernreise nach New York in See sticht. An Bord des mondänen Schiffes begegnet Gladys einer illustren Reisegesellschaft aus Bankiers und Millionären, Aristokraten und Prominenten, für die die Jungfernfahrt des Meeresgiganten einen der gesellschaftlichen Höhepunkte des Jahres darstellt. Doch für ihre Feinde ist Gladys eine gefährliche Zeugin und selbst auf dem Schiff nicht sicher …

GMEINER

Wir machen's spannend

Alle Gmeiner-Autoren und ihre Romane auf einen Blick

Alle Gmeiner-Autoren und ihre Romane auf einen Blick

Naschmarkt-Morde **MADER, RAIMUND A.**: Schindlerjüdin • Glasberg **MARION WEISS, ELKE**: Triangel **MAXIAN, JEFF / WEIDINGER, ERICH**: Mords-Zillertal **MISKO, MONA**: Winzertochter • Kindsblut **MORF, ISABEL**: Satzfetzen • Schrottreif **MOTHWURF, ONO**: Werbevoodoo • Taubendreck **MUCHA, MARTIN**: Seelenschacher • Papierkrieg **NAUMANN, STEPHAN**: Das Werk der Bücher **NEEB, URSULA**: Madame empfängt **NEUREITER, SIGRID**: Burgfrieden **ÖHRI, ARMIN / TSCHIRKY, VANESSA**: Sinfonie des Todes **OSWALD, SUSANNE**: Liebe wie gemalt **OTT, PAUL**: Bodensee-Blues **PARADEISER, PETER**: Himmelreich und Höllental **PARK, KAROLIN**: Stilettoholic **PELTE, REINHARD**: Abgestürzt • Inselbeichte • Kielwasser • Inselkoller **PFLUG, HARALD**: Tschoklet **PITTLER, ANDREAS**: Mischpoche **PORATH, SILKE / BRAUN, ANDREAS**: Klostergeist **PORATH, SILKE**: Nicht ohne meinen Mops **PUHLFÜRST, CLAUDIA**: Dunkelhaft • Eiseskälte • Leichenstarre **PUNDT, HARDY**: Bugschuss • Friesenwut • Deichbruch **PUSCHMANN, DOROTHEA**: Zwickmühle **RATH, CHRISTINE**: Butterblumenträume **ROSSBACHER, CLAUDIA**: Steirerherz • Steirerblut **RUSCH, HANS-JÜRGEN**: Neptunopfer • Gegenwende **SCHAEWEN, OLIVER VON**: Räuberblut • Schillerhöhe **SCHMID, CLAUDIA**: Die brennenden Lettern **SCHMÖE, FRIEDERIKE**: Rosenfolter • Lasst uns froh und grausig sein • Wasdunkelbleibt • Wernievergibt • Wieweitdugehst • Bisduvergisst • Fliehganzleis • Schweigfeinstill • Spinnefeind • Pfeilgift • Januskopf • Schockstarre • Käfersterben • Fratzenmond • Kirchweihmord • Maskenspiel **SCHNEIDER, BERNWARD**: Todeseis • Flammenteufel • Spittelmarkt **SCHNEIDER, HARALD**: Blutbahn • Räuberbier • Wassergeld • Erfindergeist • Schwarzkittel • Ernteopfer **SCHNYDER, MARIJKE**: Stollengeflüster • Matrjoschka-Jagd **SCHÖTTLE, RUPERT**: Damenschneider **SCHRÖDER, ANGELIKA**: Mordsgier • Mordswut • Mordsliebe **SCHÜTZ, ERICH**: Doktormacher-Mafia • Bombenbrut • Judengold **SCHUKER, KLAUS**: Brudernacht **SCHWAB, ELKE**: Angstfalle • Großeinsatz **SCHWARZ, MAREN**: Treibgut • Zwiespalt • Maienfrost • Dämonenspiel • Grabeskälte **SENF, JOCHEN**: Kindswut • Knochenspiel • Nichtwisser **SKALECKI, LILIANE / RIST, BIGGI**: Schwanensterben **SPATZ, WILLIBALD**: Alpenkasper • Alpenlust • Alpendöner **STAMMKÖTTER, ANDREAS**: Messewalzer **STEINHAUER, FRANZISKA**: Sturm über Branitz • Spielwiese • Gurkensaat • Wortlos • Menschenfänger • Narrenspiel • Seelenqual • Racheakt **STRENG, WILDIS**: Ohrenzeugen **SYLVESTER, CHRISTINE**: Sachsen-Sushi **SZRAMA, BETTINA**: Die Hure und der Meisterdieb • Die Konkubine des Mörders • Die Giftmischerin **THIEL, SEBASTIAN**: Wunderwaffe • Die Hexe vom Niederrhein **THADEWALDT, ASTRID / BAUER, CARSTEN**: Blutblume • Kreuzkönig **THÖMMES, GÜNTHER**: Malz und Totschlag • Der Fluch des Bierzauberers • Das Erbe des Bierzauberers • Der Bierzauberer **TRAMITZ, CHRISTIANE**: Himmelsspitz **TRINKAUS, SABINE**: Schnapsleiche **ULLRICH, SONJA**: Fummelbunker • Teppichporsche **WARK, PETER**: Epizentrum • Ballonglühen **WERNLI, TAMARA**: Blind Date mit Folgen **WICKENHÄUSER, RUBEN PHILLIP**: Die Magie des Falken • Die Seele des Wolfes **WILKENLOH, WIMMER**: Eidernebel • Poppenspäl • Feuermal • Hätschelkind **WÖLM, DIETER**: Mainfall **WOLF, OLIVER**: Netzkiller **WUCHERER, BERNHARD**: Die Pestspur **WYSS, VERENA**: Blutrunen • Todesformel